米娅"圆梦"系列

- VOGLIO FARE LA SCRITTRICE -

我想当个小作家

[意大利]保拉·扎诺内尔/著

周仲楠 张 密/译

中国·广州

图书在版编目（CIP）数据

我想当个小作家 /（意）保拉·扎诺内尔著；周仲楠，张密译. -- 广州：花城出版社，2023.6
（米娅"圆梦"系列）
ISBN 978-7-5360-9595-3

Ⅰ. ①我… Ⅱ. ①保… ②周… ③张… Ⅲ. ①长篇小说－意大利－现代 Ⅳ. ①I546.45

中国国家版本馆CIP数据核字(2023)第104843号

版权合同登记号：图字：19-2020-129号
VOGLIO FARE LA SCRITTRICE by Paola Zannoner
World copyright © 2007 DeA Planeta Libri S. r. l .，Novara，www. deaplanetalibri. it
本书中文简体版专有出版权经由中华版权代理有限公司正式授权

出 版 人：张　懿
责任编辑：揭莉琳　欧阳佳子
责任校对：梁秋华
技术编辑：凌春梅
插　　画：黄沛云
装帧设计：迟迟工作室

书　　名	我想当个小作家
	WO XIANG DANG GE XIAO ZUOJIA
出版发行	花城出版社
	（广州市环市东路水荫路11号）
经　　销	全国新华书店
印　　刷	深圳市福圣印刷有限公司
	（深圳市龙华区龙华街道龙苑大道联华工业区）
开　　本	880 毫米×1230 毫米　32 开
印　　张	11.5　5 插页
字　　数	210,000 字
版　　次	2023 年 6 月第 1 版　2023 年 6 月第 1 次印刷
定　　价	65.00 元

本书中文专有出版权归花城出版社独家所有，非经本社同意不得连载、摘编或复制。
如发现印装质量问题，请直接与印刷厂联系调换。
购书热线：020-37604658　37602954
花城出版社网站：http://www.fcph.com.cn

爸爸妈妈甚至把这件事告诉了半个世界,现在连面包师都夸我了。

序言

整个故事要从妈妈要求我"好好布置"我的房间开始说起。

我现在最不能忍受的事情就是有人给我下达命令,即使命令被伪装成所谓的请求,甚至是"恳求"也不行,妈妈很擅长以这样的方式将命令强加于我。更不用提那些我不喜欢的"请求"了,也就是重新整理我已经足够整洁的房间,毕竟我是一个一丝不苟的人,这让我清楚地知道,实际上这令人厌恶的任务只是意味着:扔掉一些旧东西,甚至是很多我很喜欢的东西!

但是,我能说的这类事还有很多,根本说不完。对于这件事,我和妈妈的思维方式是不同的。她很乐意把房间里的一半东西都扔进垃圾箱,然后抱怨我们甚至连个坐的椅子都没有。相反,我和爸爸认为要保留我们的东西,最好是有一点生活气息和使用痕迹的东西。

至于我的哥哥贝尔尼，我不敢擅自断言，但我相信他的房间某天被陌生人打开时就会像特洛伊遗址一样，变成一个真正供人研究不同地层的发掘现场。

简而言之，我知道愤怒会使我失去讲话的逻辑。最好还是从头开始说，我叫米娅，今年十三岁，今天早上，当我的妈妈要求（正如你读到的这样）我整理房间的时候，我意外收获了一个惊喜。

在我的写字台最后一个抽屉的底部（谁知道我有多久没碰那个地方了）突然冒出来了一本书，是个大笔记本，我小时候在上面写东西，但是我已经完全不记得写过什么了。翻阅过后，我几乎不敢相信自己写下了所有这些故事。更重要的是，这些故事我都经历过啊！

这是我小时候的肖像画，就像我在日记里给它下的定义。我有着天生冒险家的皮囊。我去隔壁的时候像一个探险者，一个爱管闲事的侦探，就像是难以捉摸的米娅。这不是一本真正的日记，而是一本连载小说。在书里面，我是毫无争议的女主角。当然，要知道，这上面讲述的一切都是真的。不过，如果深究起来，我也增加了一些美好的幻想，就像是大家围坐在餐桌旁开始讲故事的时候，人们不得不去渲染美化一个故事，否则就会像安莎社的通讯稿一样，只写纯粹的事实，就像味道寡淡的意大利面，还要记者们在处理其发布的信息时，适当加些调味剂。

而这正是我最近所关心的：如何讲述一个故事？如何不只用短短几行字，而是把故事像一块漂亮的绣花餐布一样一点一点铺展开？尤其是怎么开头，有些什么方法？现在我写作的时候都异常小心谨慎，当我是个孩子的时候，我一点都不担心怎么开头，写些什么东西。因为故事就像是面团发酵一样，自然而然地在我的脑海里长大了。

我对所有这些事情的记忆都很模糊了，怎么会这样？我想，也许是因为年龄的问题，像我祖母那样年事已高的老人家，担心会忘记别人；或者是像我爸爸一样，马马虎虎的什么都记不住，甚至不记得结婚纪念日，害得妈妈为了避免失望，总得提前一天请一个亲戚或者朋友给爸爸打电话，提醒他这件事。这样，爸爸会带着鲜花和礼物出现，而妈妈则避免了上演一场悲剧。总而言之，你们看，我是遗传了我父亲的健忘！又或许十三岁的年纪是要对童年的记忆来个大扫除，为了给千千万万的新鲜事儿腾地方，而我有许多的新鲜事和梦想呢……

好吧，在这些梦想里，有一个羞于启齿的：成为一名女作家。但我刚说过，这让我不寒而栗，因为这种职业是这样的：不仅需要大量想象力和创作欲，还要知道如何让故事的发展一页页读起来不枯燥，在恰当的时候设置意外……另外，既不能太平庸，又不能卖弄学识，总之，要在词典里选取最合适的词汇，不局限于形式……老实说，这件事让我有点不知所措，我一直很喜欢写东西，而我今年写得少之又少，甚至在学校语文课上也没有尽力而为。

但是，当我看到招生消息的时候，我的心跳加速了：这是一所著名的写作学校发布的公告，他们要招收二十名我这个年纪的学生。入选者将参加为期一个月的培训班，请著名作家授课，学习我认为自己缺少的东西：叙述的技巧。尽管带着害怕和怀疑，我还是设法弄到了宣传单，背着爸爸妈妈藏了起来。因为如果他们偶然得知此事，可能会是最先做白日梦的人，以为自己家里有个小夏洛蒂·勃朗特。可是，夏洛蒂·勃朗特是个真正的天才，因为她小时候在没人教她如何构思一本小说的情况下写了一本超级棒的小说。

总之，在我弄到宣传单并从头到尾读了好几遍之后，我将这件事告诉了我的朋友珍妮，她是唯一一个知道我的秘密梦想并且鼓励我去尝试的人，而我的热情开始被一堆消极的想法熄灭：你看啊，整个城市才选二十个人，肯定会选学校里最优秀的！他们将进行笔试和面试。即使通过了笔试（我今年勉强在及格线徘徊），面对面的面试我肯定过不去！我对文学和语言学一无所知，或许我应该设法弄到在这个培训班里讲课的作家们的所有作品，并且快速阅读它们。但我没有时间这样做了，因为两周后招录即将截止！

总之，我当时认命了，放弃了，准备7月开始和我的表兄弟们去野营。而当我整理我的房间时，突然冒出来了这本我小时候的书。于是我开始仔细阅读它，然后就做出了决定，因为参赛要求之一是要展示一部自己的作品：一本小说，一本诗集，一本日记……我们看看这本半真半假地描述自己冒险的书是否能过关。

我很久没有读过它了，我真的很好奇，想看看后面还写了什么。

人物表

姓 名	身 份
米娅（玛丽亚·维罗妮卡·玛尔塔莉娅蒂）	女主人公
贝尔尼	米娅的哥哥
罗比	米娅家的狗
玛丽亚	米娅的奶奶
珍妮	米娅的闺密
吉吉	米娅的叔叔
罗莎（拉）	米娅的姑奶奶
莫拉	妈妈的朋友
史蒂芬	妈妈的美发师
圭多巴尔多	姑奶奶的客人的丈夫

姓　名	身　份
贝特利夫人	姑奶奶的客人
萨曼莎（萨米）	珍妮家的保姆
乔治·庞佐尼	珍妮楼上的邻居
普莉希拉·托诺尼	米娅讨厌的女同学
吉米	接普莉希拉的菲律宾司机
罗伯特	米娅的爸爸
马托内夫人；基罗贝里博士	姑奶奶的二楼邻居
弗拉西尼一家（米凯莱，男孩）；皮亚扎骑士	姑奶奶三楼邻居
普杜姐妹	姑奶奶四楼邻居
瓦尔吉先生；建筑师巴德利	姑奶奶五楼邻居
朱莉娅；布罗吉夫妇	姑奶奶六楼邻居
丽塔·帕迪尼和埃莱娜·马吉	普莉希拉的跟班
劳拉	米娅的老师
肖恩	米娅的男朋友
洛里斯	米娅的舅舅
恩里克（马克西姆）	探戈舞者，米娅舅舅的朋友
卡拉（卡拉·阿尔伯塔·玛丽亚·利奥波德）	米娅的妈妈
马龙	萨曼莎看的电视剧男角色

姓　名	身　份
贝琪	萨曼莎看的电视剧女角色
贾尼·菲奥雷	米娅的同学，米娅想让他做舞伴
安德烈·蒙蒂	米娅的男同学
席尔瓦娜	米娅的美术老师
马可	住二楼的六岁小男孩，米娅的舞伴
罗兰多	莫拉的男朋友
索娅·胡安妮塔	恩里克的舞伴
保罗	爸爸的律师朋友
瓦莱里奥	米娅的外公
沃尔泽（阿尔弗雷多）	博士、兽医
爬行动物	走私犯
贝塔	清洁女工
佩西奥尼	米娅四楼的邻居女士
齐佩尔	米娅的语文老师
莫吉	宪兵中士
老狼（沃尔方戈）	贝尔尼的朋友，在市场碰见的
拉法	贝尔尼的朋友，在市场碰见的
豪尔赫	治疗鬣蜥的医生
佩德罗	八岁鬣蜥

姓　名	身　份
内多	珍妮的外公
自由	珍妮的外婆
露西	山羊
希比拉	珍妮的妈妈
格里·皮尔桑蒂	洞穴的主人
德拉·皮纳（卡罗）	伊特鲁里亚专家
马里奥托	德卡·皮纳的爸爸，内多外公的朋友
拉希亚	伊特鲁里亚墓主
凯尔	米娅梦中的伊特鲁里亚男生
罗塞拉	米娅的表姐
阿尔玛	表姨，罗塞拉的妈妈，米娅妈妈的表姐，但米娅习惯叫她姨妈，因此表姨父也叫成姨父
福里奥	罗塞拉爸爸，表姨父
马尔科姆	罗塞拉的丈夫
梅西	贝尔尼的朋友
玛拉	电视主持人，史蒂芬的朋友
让-皮埃尔	导演
博洛蒂	米娅的邻居

姓　名	身　份
朱丽叶	米娅新邻居的兔子
皮耶罗	米娅新来的邻居
奥林比亚	米娅的外婆
拉比纳特	马尔科姆的爷爷
乔安娜	"盖亚"号船长
卡里姆	"盖亚"号另一个船长
夏奇拉（埃莉奥诺拉）	参加帆船游的一个女孩
洛克	帆船游成员
诺曼	帆船游成员
雅各布	帆船游成员，米娅做饭搭档
布兰多	帆船游成员，埃莉奥诺拉的搭档
黑杰克（雅各布·内罗尼）	海盗船长
巴托洛	海盗
马里奥	海盗
费尔迪	别墅看门人
皮诺	马里奥的朋友，诺曼家管家
弗朗科	老海盗
沃尔夫和布兰卡	别墅里的两只狗

目录
CONTENTS

魔法师米娅

\ 一个秘密的名字　　　　001

\ 谁是拉　　　　　　　　004

\ 姑奶奶罗莎　　　　　　008

\ 拉的客人们　　　　　　014

\ 尝试做个魔法师　　　　019

\ 再次尝试　　　　　　　025

\ 魔法师拉的建议　　　　034

\ 调查门垫盗窃案　　　　042

\ 发现门垫盗贼　　　　　047

\ 试用拉的护身符　　　　052

探戈舞者米娅

\ 我的梦想 056
\ 妈妈的艺术家梦 057
\ 洛里斯舅舅 062
\ 结束序言，进入正文 065
\ 探戈 069
\ 寻找舞伴 073
\ 尝试跳探戈 080
\ 妈妈的计划 084
\ 表白失败 090
\ 揭晓秘密 099

科学家米娅

\ 贝尔尼的生日礼物 106
\ 认识安格斯先生 111
\ 奶奶见安格斯先生 116
\ "小恐龙"不是恐龙 122
\ 安格斯先生试图逃跑 131
\ 米娅侦探开始行动 138
\ 寻找盟友 144
\ 瓮中捉鳖 149
\ 为安格斯先生找一个家 155

伊特鲁里亚专家米娅

- \ 古墓的故事　　　　　　168
- \ 乡间度假　　　　　　　171
- \ 珍妮的外祖父母　　　　175
- \ 初次探险　　　　　　　179
- \ 发现我的考古热情　　　185
- \ 露西闯祸了　　　　　　190
- \ 不可能的任务　　　　　198
- \ 发现古墓　　　　　　　203
- \ 救援抵达　　　　　　　206
- \ 真正的伊特鲁里亚专家　211

婚礼上的米娅

- \ 两件大事　　　　　　　221
- \ 阿尔玛姨妈　　　　　　225
- \ 罗塞拉的婚姻观　　　　232
- \ 选发型　　　　　　　　239
- \ 福里奥姨父要离家出走　246
- \ 新郎飞行员马尔科姆　　253
- \ 尝试拍电影　　　　　　261
- \ 神秘邻居的一切　　　　266
- \ 婚礼庆典　　　　　　　270
- \ 祝我生日快乐　　　　　279

海盗米娅
- \ 遇见真正的海盗　　287
- \ 从头说起　　290
- \ 开始航行　　297
- \ 黑杰克　　303
- \ 海盗的巢穴　　310
- \ 成为海盗　　316
- \ 开展调查　　325
- \ 准备逃跑　　331
- \ 我们的人到了　　338
- \ 回到船上　　343
- \ 记叙文写作学校　　346

# 魔法师米娅

一个秘密的名字

快乐其实真的很简单。就像我，自从给自己取了一个特别的名字以后，感觉好多了。这个名字和父母给我取的那个难听的名字完全不同。

当然，我只会把它告诉很少的朋友，比如我的狗罗比，它肯定不会传话给任何人；还有我的朋友珍妮，她发誓这是我们的秘密，即便她遭受酷刑也绝不吐露半个字。

对于这个秘密的名字，我想了很多。我希望它短一点，因为我自己的名字长得令人难以忍受。最后我选择了三个字母：Mia（米娅），这就是我现在的名字，即使世界上其他人都不知道。

至于另一个所有人都继续叫我的名字——玛丽亚·维罗妮卡……哼，你能说出一个比这更平平无奇的名字吗？你能说出一个比这更古老的名字吗？而且，我的姓是玛尔塔莉娅蒂，所以，当我不得不写名字的时候，用笔记本的一整行都写不完！

这个好主意是我妈妈从一个叫路易莎·维罗妮卡的流行歌手那里想到的，但是这位歌手发现她也受不了这个名字，所以就选了另一个：麦当娜。

此外，即使妈妈有她的所有CD，什么也不做就听它们，还不许别人批评，因为对她来说，麦当娜既是传奇又是个真正的艺术家，是最棒的，而我无法忍受麦当娜的歌。

幸运的是，在麦当娜这件事上，我的哥哥贝尔尼认为我有道理。但是，仅在这件事上，因为其他时候他总是说我不对。不过，对于一个十四岁的头脑简单的人还有什么好期待的呢？贝尔尼只有在两种情况下是灵光的：当谈起他喜欢的音乐时，还有他尝试弹电吉他时（但是我认为他不行）。其余的时候，他是一副患紧张症的（这个词还是我昨天刚从电影里学到的）表情，这很蠢，他还不听任何人说话。连打到家里的电话都不接，如果接了，他就说："打错了。"

即便电话那边是奶奶玛丽亚在喊："贝尔尼，是我，奶奶！"

咔嚓，放下听筒。

"谁打的？"妈妈问。

"他们打错了。"他打着哈欠答。

贝尔尼爱听难听的音乐，与其说是音乐，不如说像是吉吉叔叔工厂里的噪声。事实上，有一次，叔叔来我们家做客，贝尔尼正好在弹电吉他，叔叔高兴地说："嘿，这个孩子有天赋，几年后就能和我一起工作了。"

他以为我哥哥也会操作铣边机。

无论如何，回到我自己和我的名字上来。我要说明的是，我没有创造它，而是我找到了它。因为当我想到"我叫米娅"的时候，我感觉这个名字一直都在。它在我的身体里沉睡，现在终于被我唤醒了。

于是，我不再是叫玛丽亚·维罗妮卡·玛尔塔莉亚蒂的那个普通的十岁小女孩了，而是神秘而伟大的、非凡的米娅。

这就是对主人公，也就是对我自己的描写，我变身成了小小女英雄。自我描述总是很困难的，至少最近我就不知道从哪里开始，但是小时候我做得很好。无论是谈论我自己，还是要讲述我母亲的痴迷，以及我哥那让我们都无法忍受的"智力衰退"的青春期（幸运的是，如今事情已经发生了很大变化）。但是现在好了，因为我的故事进入了关键的人物板块，也就是我的姑奶奶罗莎——一个星相魔法师！

谁是拉

姑奶奶罗莎住在郊区一栋楼的四楼。

我没发现这栋楼有什么特别的地方,在我看来它和其他楼一样,都是普通的玻璃大门和电梯,还有一点炒菜的味道弥漫在整栋楼里。但罗莎说,她的这栋楼很"雅致",因为楼前有花园,门前有摄像头,还有看门的门房。

但如果她所说的花园是指草地的话,那姑奶奶罗莎就大错特错了。因为那块小草地上仅有一棵连罗比都看不上的发育不良的小树。

至于摄像头,就算是个瞎子也会明白那只是做个样子。在轰动一时的门垫被盗事件发生后,管理员为了讨好希望楼内有更多安全保障的住户们,才把它安放在那里。但它一直没有启用,管理员理直气壮地说这是全新的设备,必须先得到"批准"。我不知道那是什么意思,但父亲告诉姑奶奶,她可以举报那个管理员。但姑奶奶说,在一个雅致的建筑里,不应该投诉举报。而且她不想和警察扯上关系。

至于门房朱莉娅太太,她是个小个子女人,身高只有一米多点,勉强能走路。她也不像其他的门房那样在门口守着。其实她住在顶楼,顶楼并不是个真正的楼层,而是一个用两间极小的公寓"翻新"后改成的阁楼。它的天花板很低,只有个子很小的人才能住进去。结果就是当有人按门铃时,朱莉娅太太就像匹诺曹的蜗牛一样,从顶楼的小窗口探出头去,大喊:"谁啊?干什么?"

如果碰巧有包裹要取,或者有东西要签字,朱莉娅就在上面喊道:"您签个字,然后放进盒子里!我腿疼,要一个小时才下得去。"

当门垫不见时,门房几乎没什么作用。甚至,门垫丢失,她是最惊恐的那个。她连续一周都在评论说:"天啊,真是个悲剧!大家再也不得安生了!"

如果她遇见我姑奶奶,就低声和她说:"罗莎夫人,把门外的伞架拿走吧,太危险了……"

仔细想想,我觉得很奇怪,没有人问姑奶奶是否知道些关于门垫失踪的事情。不是因为她不是警察,甚至,她不怎么喜欢警察;也不是因为她像电视剧里说的那样"偷了门垫"!

事实上,罗莎姑奶奶的工作就是知晓万物。我的姑奶奶是个魔法师,而且是个有名的魔法师。不过,她的魔法师名不叫罗莎,而是叫拉。她还在门外的门铃上写道:"拉,预言和占卜。仅接受预约的来访者。"

我说她很有名,因为很多认识她的人,在大街上带着敬意和她打招呼,就像她是个医生或教授一样。但明明一下子就看得出姑奶奶既不是医生,也不是教授!虽然她已经到了一定的年龄,但她还是把头发染得黑得不能再黑,用黑色眼线笔画了眼线,然后她把嘴涂成鲜红色的心形,像日本艺伎一样。而且,她在家里像日本人一样,穿着一件长到脚面的绣花和服。但不穿拖鞋,她从不放弃穿自己的高跟鞋,就像她永不放弃涂红色指甲油一样。

"一个真正的淑女应该随时注意形象。"她一边说,一边涂抹着她的指甲油。

我不知道她看起来是否打扮得很好。我觉得她看起来很滑稽,有点像在马戏团里,为了表演,女人们头上戴着翎子,身上穿着金色的礼服。

也许高跟鞋、和服、指甲油和口红是她的魔法装备的一部分。但我不明白姑奶奶为什么要选择拉这样的名字,由于姑奶奶对日本和中国都有一定的热情,在她的家里,有日本的屏风、扇子和茶具等东西。她还添加了一些中国的东西,比如阳伞灯罩、五斗柜、巨大的花瓶和竹版画。可以说叫她什么什么桑,更符合她的装修风格。

"真幽默。"姑奶奶笑着用她沙哑的嗓音说,"你想象一下,魔法师什么什么桑?那就太不专业了。"

"那么,为什么叫拉?"

"因为拉出现在埃及神话中,而埃及是玄学和占星学的国度。"

"不！是天文学，不是占星学。"我反驳道，我刚在学校学过古埃及人。天文学，是关于星体的科学。

"所以呢？"姑奶奶耸着肩皱着眉说，"它们是一样的！"

现在我不喜欢做一个卖弄学问的人，我就不说了。但她选择了一个男人的名字，这让我不得不解释一下："但是姑奶奶，拉是太阳神，是一位男神！"

"你说什么哪？"她一点也不慌张，"拉一定是个女神，太阳女神。一个男人怎么会叫用'a'做结尾的拉呢？①"

"但就像Andrea, Nicola……它们虽然都以a结尾，却是男性的名字！"

姑奶奶再次耸肩皱眉说："那有什么关系呢？它们是一些例外。我想自称伊希斯，但是已经有女巫伊希斯了；而奥西里斯是来自利沃诺的魔法师；奈菲尔蒂蒂和奈菲尔塔里也已经被大量复制了。"

"什么是复制？"

"复制是……你去一个地方把名字存起来，这样就不会有人把它从你那里拿走了，听起来很奇怪，但是……都说复制，然而你不能复制。"姑奶奶轻声笑道。

---

① 意大利语中用a结尾的词一般情况下是阴性，拉写作Rha，因此姑奶奶认定拉一定是个女神。

"不对,这是版权。"我纠正她,因为我知道这个词,"你不知道吗?在书上,在CD上都有,这是一个英语单词,意思是版权。"

"我说了什么?复制,对不对?反正,最后只剩下'拉',它非常适合我,因为它由我名字的首字母和尾字母组成,是一个我的标志!"

"但中间的h呢?"

她厌倦了解释,于是简短地说:"这样更有神秘感。"

我一开始就给读者设下了悬念:在我姑奶奶住的楼里,发生了一起小小的盗窃案。虽然只是一件小事,但足以激发非凡的米娅的好奇心……

所以,我们在了解魔法师拉的时候就有了一个谜团。虽然只有几个基本的细节描述,但我们已经可以很好地了解她是个什么样的女人。

姑奶奶罗莎

罗莎是我的姑奶奶,在某种意义上说,她是爸爸的姑姑,也就是爷爷的姐妹(要分清所有这些亲戚关系能让人发疯)。即使她不是我姑奶奶,我也会喜欢她。因为她虽然有时候看起来脾气暴躁,但却是一个很好的人。

还有,我喜欢她,因为她也和我一样有两个名字。只不过我的是秘密名字,她的是艺名。但我的妈妈,总是强调谈论真正的艺术。她说罗莎姑奶奶不是艺术家,而是一个骗子。

但是,我更喜欢骗人的姑奶奶,而不是妈妈非常喜欢的各种艺术家。例如她的美发师和她的朋友莫拉,莫拉画绿色的落日和紫色的水果。至少姑奶奶没有像妈妈的美发师史蒂芬那样大肆宣扬。他一直不断地讲述他给所有人、给所有明星甚至是给莱那托[①]梳过头发。

"你在开玩笑吧,莱那托本人?"妈妈眼睛都亮了。

"就是他!"理发师激动得喉咙都哽咽了,"他的头发……看,说绝美都不够!"

"不,史蒂芬,你得告诉我一切……莱那托长什么样?"

在这种情况下,妈妈就会满脸通红,仿佛吹风机烫到了她。因为对她来说,著名的歌唱家就像圣人一样高不可攀,只能把他们供起来。

我更喜欢我的姑奶奶,她对头发比较了解。也就是说,她会对头发施魔法,只要她愿意,她可以从一根头发上得知一切——过去、现在和未来!

---

① 莱那托·布鲁颂(Renato Bruson,1936—),意大利男中音歌唱家。——编者注

我不明白母亲说的是什么骗局。罗莎姑奶奶并不强迫任何人去找她,她甚至不像女巫伊希斯那样在报纸上登广告,头上戴着头巾、怀里抱着一只黑猫在电视上出现。因为不相信美发师史蒂芬这样的人,所以罗莎姑奶奶待在家里自己涂指甲,或用超市里的产品染发。

来找她的人,都是打电话预约过的,一般都是从朋友或亲戚那里得到她的号码,而不是从电视或报纸上。而且姑奶奶也不强求什么,她经常说:"算了,她之后会付的。"

我知道这些事情是因为我去过她家很多次。实际上,虽然妈妈说姑奶奶是个骗子,但妈妈经常问她能不能在周六晚上让我留宿,因为她和爸爸要出去。然后,妈妈就会变得嘴很甜:"您好,姑姑,这个星期六您能带带玛丽亚·维罗妮卡吗?是的,包括睡觉……谢谢亲爱的,如果没有您,我都不知道该怎么办。"

但到了罗莎姑奶奶家,妈妈的声音就不那么甜了,她对姑奶奶说:"姑奶奶,拜托了,别让孩子看到。"

"你不用担心,星星,"姑奶奶回答道,"我没有预约。"她叫所有女性"星星",叫我"我的宝贝"。

妈妈放松地说:"我不反对您以此谋生,但您知道,孩子不能理解。所以,以她的想象力,谁知道她会想象些什么。"

"当然,星星。明天见。"姑奶奶说。

妈妈一走,我就扑进姑奶奶的怀里,问她:"今天的星座运势怎么说?"

"美好的一天,我的宝贝。你的金星在第二宫。"

我不知道为什么金星有这么多的宫位,也不知道它为什么会频繁地更换宫位,但它并不是唯一一个有这种行为的行星。罗莎姑奶奶说,等我长大了,她会给我解释这些东西是怎么运作的。我已经等不及了!有一个当魔法师的姑奶奶真幸运。

相反,贝尔尼则受不了她。当我们邀请她共进晚餐时,他几乎不和她说话,而且坚决拒绝和她相处超过5分钟。除非圣诞节时他去拿他所谓的"几个小钱"(其实是一个信封,里面有很多钱,因为姑奶奶很慷慨)。而且,因为他已经十四岁了,晚上爸爸和妈妈出去的时候,他也可以一个人在家里。幸好我可以去罗莎姑奶奶那里,因为即使她可能是个骗子,但比起贝尔尼来,我的父母更信任她。贝尔尼没脑子,永远听不到任何东西,因为他的耳朵上戴着耳机,以最大的音量播放音乐。此外,罗莎姑奶奶对贝尔尼并没有多少好感。虽然她没有直接说出来,而是用她自己神奇的方式来表达——

"贝尔尼是天秤座,"她撇着嘴说,"我们的星座不和。"

"那什么星座和你合适?"

"和我的宝贝的水瓶座!"姑奶奶惊呼道,她心形的嘴也舒展开来,露出笑容。

姑奶奶更喜欢女孩,因为她很想有一个女孩。不幸的是,她说她缺乏一些基本的原料:"施展魔法需要一些特殊的原料。想要一个宝宝需要的更多。"

"比如呢?"我问。

"首先需要一个姑爷爷。"

"但你有一个丈夫啊。"我喊道。但是她却皱起了眉头:"那样的姑爷爷可不是什么好东西。他一无是处,是个讨厌鬼。"

"妈妈也说爸爸是讨厌鬼。"

现在,如果说姑奶奶有一个喜欢的人,那就是我爸爸了。于是,她画的眉毛挑到了额头上面,眼睛瞪得大大的。

可以很清楚地看到,她想说一些"可怕的"话,但她克制住了自己,从她那张心形的小嘴里传出几声呼吸和许多"啊!好!好!可是!",直到罗莎姑奶奶设法控制住自己,郑重地说:"听着,玛丽亚·维罗妮卡,你的父亲是个好人,是个优秀的人,是最优秀的人。也许你妈妈……"在这里,姑奶奶深吸了一口气,"她这么说是在……"又一次吸气,"发疯的时候,有时会发生。但是记住,你的父亲是个好人。"

这时,回忆和感人的部分就来了:"我看着你爸爸出生,我甚至还帮着把他养大,你知道的。我没有孩子,所以……"她变得双眼发亮,"多少次,我把他留在我身边,那个善良、可爱的孩子。在学校里也好好学习……"

这时我已经不听了,因为我已经知道了全部的内容:爸爸在班上成绩名列前茅,体育很棒,愿意帮助最弱小的人,等等。就像他们在指导手册上告诉我们的,那些"别人家的"孩子的生活。

但我知道这都不是真的。因为有一次,我在衣柜里发现了爸爸的成绩单,其中有一些让人害怕的成绩。以至于贝尔尼情不自禁地在我的一侧脸颊上啪地亲了一口,评价道:"太好了!有了这些成绩单,我随时可以让她闭嘴!"

不管怎样,我没有透露任何关于成绩单的事,就让姑奶奶在她心爱的侄子的回忆中感动。因为我知道,当人老了,往事会变得更美好。而且我更喜欢像罗莎姑奶奶这样的人,她们记得最美好的时刻(除了那个一无是处的叔叔),而不是像住在我们楼下的多罗尼先生那种伤心的老人。多罗尼先生只记得不好的事情,还说生活没有给他任何东西,尽管最后他没有睡在桥下。相反,他有一个装满东西的大公寓和一辆闪亮的车。在这个年纪,他甚至有一个星期天和他出去玩的金发女郎做女朋友。见鬼的生活没有给他任何东西。

重读这篇文章,使我自己发笑。不仅因为我把姑奶奶描绘得和她本人一模一样,还因为她的形象是从不同的角度出发得来的:从我的角度,我非常爱她,觉得她的稀奇古怪很迷人;从我妈妈的角度，却是批评她的怪诞；从我哥哥的角度，直到几年前，他真的受不了她。（他不能容忍任何人，至少在他十六岁之前。然后，他突然改变了，现在他是世界上最善于交际的人！）尽管用第一人称讲述一切，但在外界看法的干涉下，我还是成功地模糊了肖像。

拉的客人们

罗莎姑奶奶的客户几乎都是女性，男性相当罕见。各个年龄段的女士们都会来，尤其是有钱的女士们，甚至非常非常有钱！我的姑奶奶有点炫耀地说：

"我的客户都是精心挑选过的。"

但我不认为是她选择了她们，这些珠光宝气、身着名牌的女士们。也许富人比穷人更害怕未来，谁知道呢？

魔法师拉的专长是读纸牌。但有一件非常奇怪的事：罗莎姑奶奶有一个大房子，有一个巨大的客厅，里面有一张真皮沙发和一张砖色的大桌子，她的卧室里有许多装裱好的照片，客房几乎就是我的房间，还有卫生间、厨房，有这么大个家，姑奶奶偏在厨房接待访客。厨房是最小的房间，甚至比卫生间还小。

但罗莎-拉说，所有的魔法都是通过火来完成的，厨房是一个"吉祥的地方"。

"是合适的。"我纠正她道。

"你错了,我的宝贝。合适的是适用于任何一个东西的,比如说一盏合适的、符合装修的灯;吉祥是一个宗教用词。"

"不对!"我反驳道,"人们说的吉祥,是古人说的,为了让神明息怒。"

姑奶奶看着我笑了:"我的宝贝知道的真多,你真是我的小教授!真棒!太棒了!"但是她还是继续说吉祥。

总之,在那个小厨房里,穿着毛皮大衣、满身是金的女士们,就像庞贝城的圣母一样,进来坐在铝制的椅子上,看着拉摆在绿色富美家桌子上的牌(她从来没有换过桌子,因为它"能带来好运")。

我之所以知道这些事情,是因为尽管答应不预约,但每次都有些紧急情况出现。先是一个电话打来,不久后就出现一位神情焦急的女士,像感谢恩人一样感谢罗莎姑奶奶。

在轮到的女士到来之前,姑奶奶就变成了拉。她穿上天蓝色的和服,在嘴唇上涂上口红,戴上珍贵的戒指,从卧室的梳妆台上拿起一副破旧的卡片。

"玛丽亚·维罗妮卡,乖一点,求你了。我马上回来,你在客厅里等我,和娃娃们一起玩,嗯……"

我说:"当然了,姑奶奶。"

门铃响了,一位女士走进来,显得很惊慌:"谢谢您能见我，真的很急，谢谢！谢谢！"

姑奶奶陪着她进了厨房："来，星星。"

现在，当厨房里发生着任何事时，我无法坚持坐在客厅里。于是，我悄悄地竖起耳朵，走到厨房门口。如果她们在窃窃私语，我什么也听不到，但通常拉和她的客人们都会大声说话。姑奶奶是因为她的声音很深沉，客人们是因为她们惊呼或大声叫嚷甚至哭泣。

"怎么了，星星？"拉边说边迅速洗牌。

"就像你说的，拉，还有另一个！"

姑奶奶并不慌张："你什么时候发现的？"

"昨晚圭多巴尔多很晚才回来，照例借口说在网球俱乐部开会。但我还在等着他，我闹了个不可开交。"

"他呢？"

"他否认了！"

"你身上有他的东西吗？"

"这儿，他的指甲刀。"

拉放下纸牌，研究起它们来，很久的沉默之后，她的声音更加低沉："听着，星星，这里这个情况很不清楚，这个男人没有说实话。"

"我就知道！"

"但是纸牌没有说背叛……"

"它想说什么，拉？"

"他在想的真的没有别人……你不应该再闹了，星星，没用的。倒不如尽量保持冷静，给自己安排一些事情吧，提升自己。"

在我看来，不是魔法师也能说这些话。连妈妈对她的朋友，画绿色的夕阳、和男朋友的关系总是处于危机中的莫拉也是这么说。妈妈建议她："不要吊死在一棵树上，出去兜兜风，想一想你自己……在爱情里，逃跑的人是赢家。"

最终，这位女士从小厨房里倍感安慰地、微笑着走出来。我已经在客厅里，坐在正对门口的真皮沙发上。我看到她满面春风地走出来，一只手伸出来和姑奶奶握了握，给她留下了一些东西，但拉说："不，你之后再付给我。"

"没关系，只是预付。"

如果真是我所看到的那样，只是预付，这将是贝尔尼十年的零用钱！

有时候，拉的客人们变得很烦人，她就会生气。比如对某位深夜给她打电话的女士，她很厌烦地说："听着星星，我是做魔法的，不是做奇迹的。"

还有一次拉被激怒了，在电话里说："我看起来像个主治医生吗？我看的是星星，不是X射线！"然后就挂了电话。

健康这件事真的让她勃然大怒。有人让她看看分析，或者是姑奶奶所说的"分析"（注：姑奶奶认为"分析"这个词是阳性）。

"分析是阴性的。"我纠正她。

"他们在学校都教给你什么，全乱了！"姑奶奶耸起她的肩膀，"不管怎么样，我哪懂什么分析啊。但贝特利夫人坚持，我告诉她，她的肝脏有问题，因为纸牌上写着。但剩下的事情得由医生来做。"

"如何从纸牌上看出一个人是否有病？"我很好奇。

"这是什么问题！我是魔法师！"

"是的，但当门铃响起时，你要问是谁，你猜不到。"

"听着，我的宝贝，我预测的是未来，而不是微不足道的小事。"

"那门垫被偷呢？你为什么不试着猜猜是谁干的？"

而在这里，姑奶奶的嘴角向下弯成了一个心形，这是她非常恼火的表现："我认为我是魔法师，不是警察。再说了，在我看来，不用是魔法师，也不用是警察，你就知道是谁干的。但不要让我说什么，看……"

"那就是楼里的人了！"我得意扬扬地喊道。

她瞥了我一眼，手指画叉放到嘴唇上，然后说："嘘！"

这时，门铃响了。是妈妈来接我了。

短篇小说最难的一件事,就是能交替进行叙述和对话。你本想一鼓作气,不间断地去做,结果却是致命的无聊!

由于我当时很小,我只能描述一个星期天的早上。一位富有的女士出现在姑奶奶家,我偷听厨房里的聊天。但这样的对话场景有助于更好地理解故事和人物,让她们更有生命力。不仅如此,让不同人物的说话方式变得有特色是非常重要的,比如我的姑奶奶就经常说些胡言乱语,坚信她用的是特殊的词语!

尝试做个魔法师

我多想成为像拉那样的魔法师,她能从纸牌中读出过去、现在和未来。我决定了:我要做"非凡的"米娅!

我在我的房间里做了第一个实验,我想确定我也有神奇的能力。周二下午似乎是最理想的时间。因为贝尔尼要去参加篮球训练,而妈妈不知道在哪里(周二她总是有一些神秘的事情)。

我有两个小时来尝试我的魔法。首先,我到爸爸妈妈的房间去拿装备。我穿上一件绝美的丝绸长袍,虽然有点长,还有点宽,但它很适合我;然后我穿上妈妈只有在过年或在一些节日才会穿的黑色高跟鞋;我在眼皮上画两条很长的黑线,然后涂上口红;最后,我把一条红色围巾包在头上。我真想拥有一条头巾,但是得知足。我看着衣柜镜子里的自己,并高兴地拍拍手。完美!这就是魔法师米娅!

我迅速回到房间,并准备好了氛围。熄灯,用来阅读纸牌的桌子(也就是我用来存放玩具的大盒子),两支红色的蜡烛(妈妈用来做特殊午餐的烛台的蜡烛)和纸牌。我想要拉的那些纸牌,极其漂亮,画着华丽的人物、太阳、战车和动物。我的是普通的纸牌,但也许同样可以。

现在我们需要一个客人,因此我叫了罗比。它像往常一样,在客厅的地毯上打瞌睡的时候,就装作听不见。我拉住它的耳朵,让它清醒清醒。

"我要读你的未来!"我对它说,但罗比嗅嗅我并试图舔我。

"别犯傻了!"我生气了,"进我的房间去!"

由于它不打算动了,我说出了那个有魔力的词汇:"饼干。"

罗比摇着尾巴蹿进我的房间,等着吃饼干。但我坐在桌前,认真地说:"我得先看你的纸牌。"

它看着我,像爸爸教它的那样坐下来。

"好。"我开始了。我专注于一副牌,重复着狗的名字,就像我看到的拉做的那样:"罗比,罗比……"

听到呼唤,狗吠了一声,有点不安,重新站起来,摇着尾巴。我说:"趴下,饼干来了。那么,让我们看看。"我把牌围成一圈，试着理解它们的意思。有方块7，黑桃2，然后5和3都是黑桃，还有红心王和黑桃皇后……

"你看，罗比，我的星星……这情况很复杂。"我用和拉一样的语气说。然后我指着红心王："这一定是你爱上了啦啦……"

一听这个名字，罗比的耳朵就竖了起来，因为对面楼里住的就是这只小狗。然后我指向了黑桃皇后："但是她似乎真的不想了解你。嗯，这需要耐心！"

但是罗比剩下的耐心也不多了，因为它走过去，开始嗅探纸牌。

"停，你在闻什么？我还没结束呢！"

它摇着尾巴，好好地舔了我一下。然后，它开始探索长袍的袖子，寻找承诺的饼干。我咯咯笑，因为它挠我痒痒，我命令道："停下，停下，够了。"可罗比却玩得不亦乐乎，把爪子放在我的胸前，正好在丝袍上面，打翻了摆着蜡烛的桌子。我迅速把头上的羊毛围巾扯下来，在有东西着火之前，在蜡烛上扑打了好几下。

在突如其来的黑暗中，罗比平静下来，甚至它有点害怕，因为它蜷缩起来，并且大叫。我跑去开灯，看到散落的纸牌，断成两截的蜡烛，摔开的盒子，周围撒满了很多玩具，然后妈妈的红色围巾被烧了。

我赶走了罗比,它摆出一副苦恼的表情,我急急忙忙地收拾。然后,我跑到父母的房间里脱掉鞋子和长袍,却惊恐地发现,罗比的臭爪子把衣服的前襟撕破了!我把所有的东西都收起来了,希望妈妈不要发现什么,然后飞奔到浴室擦我的脸。

妈妈回来后,她好奇地看着我:"你对自己的脸做了什么?你整个脸都红了。"

"没什么,我洗得很用力,因为……因为罗比舔了我。"

"通常你不会在意的。"

"但是……在学校,我们被告知被动物舔是危险的。"

"得了吧!"妈妈耸耸肩膀,"对我来说,如果你舔罗比才是危险的,而不是罗比舔你。"

我以为我已经成功了,直到,谁知道出于什么原因,晚饭后妈妈去翻她的东西,发现了那件有破损的长袍。从她的房间里传来一声尖叫,然后我看到她怀里抱着长袍出现,仿佛是抱着一具尸体:"谁干的?是谁?"

她看起来就像电视剧里的女演员,带着害怕的表情和颤抖的声音。

爸爸抬起看报纸的眼睛,一副质疑的样子。贝尔尼因为用耳机听着地狱式的音乐,所以什么也没注意到。而我觉得脸烧了起来,自责不已。

"这是为什么?"她抱着那件可怜的丝绸袍子哀号道。

我支支吾吾地说:"对不起,我想装扮成仙子……"

而母亲,转向父亲说:"我一眼就看出了房间里的异样,抽屉没有关好,镜子上也有痕迹……"

天呐,妈妈比蒙塔巴诺探长①还厉害!她应该加入警察队伍。我小心翼翼地不说话,那一刻我很清楚,唯一能做的就是低着头,一副沮丧的样子。

"你拿了别的东西吗?"她严厉地问我。

"没,没。"我支支吾吾地说。

"你确定吗?"妈妈-蒙塔巴诺反复敲打道。

然后我就屈服了:"我涂了口红。"

"啊!我就知道,实际上口红管的闭合方式不一样了!还有眉笔,对吧?"

"对。"我低声说。

"当然,事实上,它比今天早上消耗更多了。"

这时贝尔尼发现气氛很有趣,于是摘下了耳机。

"发生什么了,发生什么了?"

"你给我闭嘴!你妹妹穿上我的袍子,还偷偷用我的东西。"

"所以呢?"他哼了一声。

---

① 意大利电视剧中的福尔摩斯式探长。——译者注

"这很糟糕！"妈妈提高了音量，"我也没料到会有这样的事发生……趁着没人在家的时候，偷偷摸摸地到处捣乱……"

"来吧，卡拉，我们别夸张了。"爸爸介入了，"她肯定是想玩，这有什么不好的？"

"啊，好吧，现在看来是我错了！"妈妈忍不住哭了。

然后，我抬起头，两颗硕大的眼泪从眼眶里滚落下来。妈妈突然冷静下来，把袍子扔在地上。然后她冲向我，拥抱我："玛丽亚·维罗妮卡，来吧，别哭了！没什么，它是什么，一件旧衣服而已！是啊，我小的时候，也经常对着镜子打扮和表演……"

同时，贝尔尼评论道："并且你从未停止过。"

但爸爸给了他一个警告的眼神。我停止了哭泣（但说实话，只掉了两大滴眼泪），爸爸说："好了，玛丽亚·维罗妮卡，你把事情搞得一团糟，这意味着这个月我们只会给你一半的零花钱。你得满足于7欧元啦。"

我不但没有感到难过，反而灵光一现：纸牌告诉了我未来！实际上，很多黑桃显示出发生的混乱，还有方块7，也就是我的零花钱被减少了一半。

我真的是个魔法师：强大的米娅！

不知道这能不能谈得上是种巧合？

众所周知，日常生活中，巧合是相当罕见的。相反，在书和电影中，它们的发生只是艺术构成，甚至有时使用夸张的巧合，会让你觉得作者没有分寸感，尤其是没有现实感。

不得不说，我很讨厌强行的巧合。比如两个人相遇的时候，特别是在人群中互相看到对方（现实中怎么不会发生？），或者他们发现自己在世界的另一端，也许是在一个偏远的村庄里……你会觉得作者没有什么想象力。

在这一章中，我更倾向于认为，与其说是巧合，不如说是一种强行解释。想不惜一切代价，找到符号之间的对应关系，以便找到它的人（想象力像灯泡一样被点亮），以这种方式证实自己非常个性化的（非常值得商榷的）理论。

然而，回到生活中的巧合，就在今天早上，我去学校秘书处领取暑期写作培训班报名资料的时候，就在我身上发生了一个巧合。在进去的时候，我撞到了一个男孩，当我抬头道歉的时候，我几乎愣住了。哪里来的这么好的人？我呆住了。他脸上露出了微笑，就像那种能亮瞎你的闪光灯，像是让你在发光球中摸索几分钟的闪光。多么不可思议的巧合啊！

再次尝试

在家里做了这个实验之后，不管是好是坏，在我看来都是相当成功的，我想还需要再做一次测试。不过，这一次，我必须用一个人做实验,而不是用一只不懂魔法重要性的狗。

于是我求助于我的朋友珍妮。首先,我向她透露了我的秘密:我发现我也是一个魔法师。

"太好了!"她惊叹道,"你又是怎么发现的?"

"我有一种感觉。你知道,我是一个著名魔法师的侄孙女,所以这应该是家族遗传的。"

"也许。"珍妮有点怀疑地说。

"于是,我试着用姑奶奶的方式读纸牌,结果……我竟然猜对了!"

"你发誓!"她睁大了眼睛,"你猜到了什么?你长大后要做什么?你打算和谁结婚?"

"没有,我才刚刚开始。我猜到了那天会发生什么。"

"我的天啊!"珍妮吃惊地说,然后问我,"那你能猜到老师会问我们什么吗?"

"但……我不知道。"其实这个问题让我很为难,但我马上想起,在最复杂的情况下,拉总是说:"纸牌说得很笼统,不是挑鸡蛋里的骨头。"所以,我严肃地说:"纸牌揭示普遍的未来,不负责地理题。"

"好吧,我们试试!"珍妮兴奋地说。

"但我们需要一种氛围。"我说。

我们待在珍妮的房间里。在她家可以无拘无束,因为她妈妈在上班，她爸爸在外地。保姆萨曼莎在看电视，时不时她会无聊地问我们一句："孩子们，一切都好吗？"然后又开始看她的节目。在这个节目里，一些人被锁在房子里，他们聊大天，上厕所，煮咖啡，穿着内衣走来走去，我家星期天也这样。我不明白，看别人做大家都做的事，不唱歌、不跳舞、不讲笑话，这有什么好看的。但萨曼莎就坐在那里像被黏住了一样，她偶尔换换频道看个电视问答比赛，然后再去看其中一个人物有没有从卫生间出来，简直是个偷窥狂。想到她的工资是用来照顾我们的，而我们却做着一切我们想做的事，而且比电视上做得更好。我们在厨房里准备混合饮料，跳兰巴达舞，打扮成淑女的样子，在脸上涂抹珍妮母亲的美容面膜，到她父亲的工作室里去捣鼓泥土。

今天我们要在珍妮父母的房间里扮成魔法师的样子。不得不说，她的妈妈有精良的装备——她的整个衣帽间里装满了东西，你可以在里面找到一切。有时我怀疑她不是电脑公司的员工，而是秘密的变装演员，一个每分钟都要换衣服的女演员！因为在那个小空间里有骑兵装、摩托车手装、网球运动员装、滑雪装，然后是各种类型和颜色的包、帽子、鞋子——舞鞋、靴子、重型靴、拖鞋、凉鞋……更不用说长制服和短制服、裙子、夹克、外套、披风、束腰外衣、围巾、披肩、手帕，能让整个剧团高兴的玩意儿！

总之，在这个珍妮妈妈的"服装店"里，我找到了强人米娅的完美装扮：蓝色的缠头巾式无檐帽，帽子正中是巨大的灰色石英别针，阿拉伯式的红色丝质长衫（珍妮说是中式外套，但是很适合我，长度到膝盖的位置），金色的凉鞋和十来条叮当作响的手链。珍妮戴了一顶圆锥形的帽子，一条蓝色的长度到脚的连衣裙，蓝色丝质流苏披肩，上面还别着一个金色蝴蝶形状的胸针。她脚上穿了一双银色的鞋，有点松，但是没关系。

在镜子前，我们做了应有的化妆：蓝色的眼影和黑色的眼线，鲜红色的口红，脸颊上的腮红，珍妮还往自己身上喷了一升香水。因为按照她的说法，一个魔法师一定有一种令人陶醉的味道。

与此同时，萨曼莎照常问着："孩子们一切都好吗？"

我们回答："好，萨米！"

"你们没捣乱吧？"

"没有，萨米！"我们大喊，然后用手捂住嘴大笑。

我们准备好了：在珍妮的房间里，我们关上百叶窗，围坐在桌子旁，点上了蜡烛，准备好读牌。我不得不说，我懂得不多，它们几乎都是5、4、2，一圈里只有一个花色，一个方块皇后。我不知道该说什么。珍妮充满信心地看着我，而我把另一张牌扔了进去，就像我看到拉做的那样。这次又是一个2。

"只有这个方块女人。"我沮丧地说。

"但也许她是想说些什么。"珍妮鼓励我道。

"也许今天不是读纸牌的好日子,"我皱着眉头说,"或许我们可以尝试一个别的魔法。做个护身符如何?"

"好!"珍妮立刻跳了起来,"怎么做一个护身符?或者说,护身符是什么?"

"是一种用来施展魔法和赶走厄运的东西。我见过拉是怎么做的。她把一块石头和其他东西放在一起,装在一个小袋子里,然后客人得把它戴在脖子上。通常这个护身符能让悲伤或烦恼消失,有时护身符能让人在工作中得到升迁或者……"

"或者?"

"得到一个未婚夫!"我做出狡黠的表情,低声对她说。

"那我们得为萨米做一个护身符,这样她就能订婚了。"

"她该和谁订婚?"

"楼上的乔治·庞佐尼怎么样?"

"那个说话吞音S和E的?只是遇见我就脸红的人?"

"对,是他。实际上他还不错。"

"我不知道,我不了解,但萨米不是已经订婚了吗?"

"不,我向你保证。她的手机已经一个星期没响了。我跟你说,她和伊万分手了。她总是坐电车回家,而以前是伊万开车来接她的。"

"那她喜欢乔治·庞佐尼吗?"

"谁知道呢!"珍妮做出疑惑的表情,"当然,她穿着一身黑皮衣，戴着鼻环，而他却穿着那些浅蓝色的毛衣和棕色的裤子……但你知道，爱情是盲目的。"

"如果他们相爱了，就说明护身符起作用了！"

我们立刻开始了行动：我们拿着一块珍妮在海滩上捡到的石头，念了两三个魔法的咒语，比如"海石，让他爱上你！"，然后我们在石头旁边放了一些切碎的干花和辣椒，因为辣椒很辣，辣的东西会产生相爱的效果，再放一点盐和胡椒粉，这总是不错的，一滴珍妮妈妈的"感性"牌香水，然后是最重要的配料：一缕萨米的头发。

为了拿到头发，我和珍妮必须快速行动。我们四肢着地匍匐前进到达客厅，藏在沙发后面。萨米躺在那里一会儿看电视，一会儿看她的发绺，寻找分叉。

我们慢慢地直起身子，从沙发后面观察到这一幕。我们甚至不需要像想象的那样剪下一缕头发，因为沙发上满是萨米正在用指甲刀剪掉的分叉的小撮头发。所以我们只需要分散她的注意力，把那些散落的碎发弄到手。我和珍妮对视一眼，然后一起大喊："嘭！"

萨米跳到沙发上，转身看着我们："你们疯了吗……啊！你们在搞什么？天哪！"

当她在那里看着我们，生气地和我们说这些话的时候，我迅速地捡起零碎的头发，放在了长衫的口袋里。

"看啊，萨米，我们想给你一个惊喜！"珍妮一副无辜的样子说。

"马上去换衣服！"她怒气冲冲地喊道，"你们把衣服都整理好，然后我再来检查。如果没把一切都整理好，你们就要遭殃了。"

我们跑去把最后一种原料放在石头旁边，然后把所有原料放在一个曾经是糖果袋的小布袋里面，最后用一个魔法咒语来结尾："米娅的护身符，施展魔法！"

然后我们脱下衣服，洗干净脸，回到客厅，问："我们可以吃点心吗？"

萨米用凶巴巴的眼神审视着我们，点点头。然后说："给我拿一杯酸奶。"

我们默默地溜出门，去按了楼上的门铃。乔治·庞佐尼本人出现在门前，看到我们时立刻脸红了。

"对不起，乔治，我可以请你帮个忙吗？"珍妮出击了。乔治没有说话，但是点头表示了同意。"你能借给我世界地图册吗？我想看看巴塔哥尼亚在哪里。"

他再次点头，让我们进去。我们沿着走廊一直走到他的房间，那里有一张桌子，上面放满了书和笔记本，一张小床和一个深色的衣柜，没有像贝尔尼房间里的那些海报、日历或写的东西。看起来像修道士的房间！

所以我问他："对不起，乔治，你在哪所学校上学？"

他脸更红了，说："第三中学。"

糟糕，有一个问题，他比二十出头的萨米小太多了。但在这时候，口袋里有一个完美的已经准备好了的护身符了，怎么能退缩呢？当他们在地图册上查找巴塔哥尼亚的时候，我则走到走廊上，在入口处的衣架上看了看，那里有一件羊毛外套、一件雨衣和一件夹克。我选择了夹克，因为这是看起来最像属于男孩子的东西，我把护身符塞进口袋里。当珍妮和乔治离开房间时，我就在门口等他们，一副漫不经心的样子。此时，剩下的就是等待护身符起效了。

当萨米在晚上7点准时下班离开时，我和珍妮等了几分钟，然后以倒垃圾为幌子跟着她。萨米什么也没注意到，出了电梯就去开楼门，而我们则躲在门厅里巨大的印度橡树后面监视她。就在这里，最让人意想不到的事情发生了！下楼的不是乔治·庞佐尼，而是他的父亲，他一看到萨米，就急忙去给她开门："我来吧，小姐，刚好。"

"刚好什么？"她说，还是摆着那副臭脸。

"像您这样的漂亮女孩，不该受累。"

然后萨米耸耸肩说："你知道开一扇门有多难吗？"但她马上用手理了理头发，对着大门的玻璃照看自己。

乔治的父亲对她笑着说："如果您愿意，我送您上车。您知

> 道，这个时候不知道会有谁在附近，一个女孩独自一人……"
>
> 在我看来，附近只有他一个人，在和萨米调情。但她马上回答："什么车？"
>
> "我的金属色奔驰停在前面，我正要去市区。"
>
> "但我要去体育场。"
>
> "好吧，只要您愿意，绕点小弯算什么呢？"
>
> 就这样，他们两个人出了大门。我惊恐地看到他爸爸正穿着那件我以为是乔治的放进了护身符的夹克。
>
> 魔法真的奏效了！

误会就是这样发生的：你把一个人误认为是另一个人（因此，著名的误解喜剧总是给我带来极大的焦虑）或一件物品，就像在这个案例中，我认为夹克是属于乔治的，而不是他父亲的。

这还不是整个故事中唯一的误会：珍妮的妈妈认为萨米是个好保姆；我相信自己的魔法；罗莎姑奶奶认为拉是个女神……还有很多别的，包括偷盗……

至于我和在学校里遇到的那个人，也有过几次这样的误会：我以为我产生了幻觉；然后我想象他是某个人的弟弟，来秘书室找谁取什么东西；然后我想象他是某个老师的儿子，开始四下打听这个人的情况，开始想他。但似乎没有人知道这个帅气、褐发、高大，有着灿烂笑容的家伙。

魔法师拉的建议

今天罗莎姑奶奶来接我放学,我的同学,那些坏家伙,他们一看到姑奶奶边向我挥手打招呼边走来,就开始嘲笑我。

"那是谁?莫蒂西亚·亚当斯①?"有个人这么说,他笑得像只鬣狗。

"玛丽亚·维罗妮卡·亚当斯!玛丽亚·维罗妮卡·亚当斯!"另一个人像只猕猴一样喊道。但在所有的声音中,最突出的是我最大的敌人普莉希拉·托诺尼的声音:"啊!玛丽亚·维罗妮卡认识弗兰肯斯坦②的妻子,我一直都说她属于游乐场的恐怖屋。"

于是我真的生气了!她,这只拔了毛的蠢鹅,这个特别令人讨厌的家伙,这个淡黄色头发没光泽的蠕虫亚种,怎么敢说我的姑奶奶——世界上最好的女人的坏话?

"你这个丑陋的、愚蠢的……"我发起了攻击,我的脸都红

---

① 莫蒂西亚·亚当斯是喜剧电影《亚当斯一家的价值观》中的女主人,据说是坟墓中挖掘出来的美人。——译者注

② 弗兰肯斯坦是英国作家玛丽·雪莱的小说《科学怪人》中的男主角,他是个热衷于生命起源的生物学家,用不同尸体的各个部分拼凑成了一个巨大的怪物。——译者注

了，我的手抓着背包的带子，以免出手勒死她。只是，姑奶奶刚到我俩面前，就打断了我的话："玛丽亚·维罗妮卡！这是和朋友说话的方式吗？"

"她不是朋友，她是世界上最可恨的人！"我喊着，转身离开。

此时，普莉希拉一副受到不公正指责似的怏怏不乐的样子，还用那双天蓝色的大眼睛委屈地看着我的姑奶奶。罗莎姑奶奶就朝她伸出手，抚摸她的头发："多么可爱的小姑娘啊！你叫什么名字，亲爱的？"

"普莉希拉。"她叽叽喳喳地说。

"有什么可爱的啊！"我怒气冲冲地在地上跺着脚喊道。普莉希拉的假话让我觉得恶心，"一秒钟前她还说你是弗兰肯斯坦的妻子！"

罗莎姑奶奶直截了当，甚至开始用她那深沉的声音笑着说："但这是真的，绝对是真的！真棒，普莉希拉，你是怎么猜到的？"

然后普莉希拉，脸色白得像块破布，逃进了在校门前等她的车里，把自己反锁在里面。我猜她也把这个可怕的消息告诉了每天都来接她的菲律宾人吉米，因为那个可怜的家伙就像火箭一样开着车，还在拥堵的车流中不停鸣笛。

我很自豪有这样的姑奶奶。我知道很多同学羡慕我，因为接走他们的是身穿灰色夹克、额头上有波浪形发型、典型的老奶奶打扮的祖母们;也有人是被穿体操服的妈妈或者穿运动短衫、牛仔裤的爸爸接走的;而我走在无可挑剔的拉旁边。她穿着红色大衣和高跟鞋,梳着高高的黑色头发,戴着长耳环,嘴唇画成心形,整个人抬头挺胸,因为"对一个真正的女士来说,体态就是一切"。

"做一个魔法师是需要学习的吗?"我们走着走着,我突然问她。姑奶奶没有车,出行靠步行或坐公交车。

"好吧,也不尽然。"她看着我说,"没有专门的魔法师学校。也许就是天生的。"

"还有纸牌,占星,所有那些你能做的事情,你是怎么学会的?"

她停下脚步看着我说:"我的宝贝,咱们找个好地方喝杯热可可怎么样?"

我们走进一家很漂亮的酒吧,它看起来有点像一个沙龙,有窗帘和挂在墙上的画。又有点像一个餐厅,有圆形的桌子和小沙发。我们刚一坐下,就来了一个笑眯眯的服务生和姑奶奶打招呼:"罗莎女士,晚上好!这位漂亮的小姐是?"

姑奶奶骄傲地说:"这是玛丽亚·维罗妮卡,我侄子罗伯特的女儿。"

"啊,很高兴认识你。你爸爸呢?"我张嘴说他在办公室工作,和大家一样,但是他好像对我的回答不感兴趣,因为他马上接着说,"美女们,我能为你们做点什么?"

"两杯加奶油的热可可。"

"再来几块小饼干?"

"给这个孩子来几块就行了。"姑奶奶说,她总是在节食,因为"对于一个淑女来说线条就是一切"。

服务生一离开,我就问姑奶奶:"他怎么认识你?"

"我天天来这儿。"姑奶奶耸了耸肩膀说。

"那他怎么认识爸爸?"

"他小时候我就带他来这儿,后来我们偶尔还会一起来喝杯开胃酒。"

我不知道爸爸会来这里和姑奶奶喝开胃酒,他从来没有和我说过。

"爸爸会读纸牌吗?"这让我想知道。

"不会。"姑奶奶眼神闪躲地回答,我立刻明白了她在撒谎。

"你知道的,他说他不相信那些纸牌。"我坚持说。

"啊,是吗?"姑奶奶用手指敲击着桌面。

"他说这些都是瞎扯,魔法师都是骗子。"

"啊,他真是这么说的?"这次姑奶奶上当了。因为她皱着眉头,俯身向我说,"但是当他遇到麻烦的时候,就会来找他姑姑我，让我看一眼纸牌！"立刻，她就意识到她泄露了一个秘密。她赶快说："但是不要告诉你爸爸！你知道为什么，他不想让任何人知道他的事……"

与此同时，之前的那个服务员又来了，给我们送来了热可可和满满一托盘饼干。姑奶奶一看到那些好吃的东西就伸出手来："好吧，我就尝一个，看看味道怎么样。"由于饼干比樱桃还难吃，她几秒钟就拿了三四个，打发了服务员，而我还在啃第一个。

"姑奶奶，你还没有回答我之前提的问题，你是怎么学会使用魔法的？"

"我的宝贝，你看，"她开始严肃地说，"这不好解释。你要掌握它，必须向另一个魔法师学习，然后自己练习。"

"那我不能学吗？"

"你不是想做医生吗？"她立刻皱起了眉，"你看，医生可比魔法师好多了。"

"我不这么认为，因为，为了成为医生要学很多，不然就不知道别人得了什么病。而魔法师是预测一切，甚至还能治病。"

姑奶奶立刻打断了我："啊，不是！魔法师不预测疾病，而且谁说的我们能帮忙治病！最多看看一个人是否出了什么问题。但是药啊、诊断啊、治疗啊这些剩下的事情就是医生的事了。"

"但是姑奶奶，我确定我有一点魔法。"我说，由于姑奶奶一脸讽刺地看着我,我给她讲了在家里读纸牌的事。当我讲到罚款的部分,我告诉她爸爸从我的零用钱里拿走了7欧元的时候,她很震惊,说:"啊,还有这样的事!你爸爸什么时候变得这么抠门了?这不是你妈妈的主意吧?因为我真的没有想到他会这样……"然后她心软了下来,说,"我可怜的宝贝,他们要把你的钱收走了,不过现在姑奶奶会处理好的,你看……"她打开钱包,然后拿出了10欧元,告诉我,"不要对任何人说,记住了。"

哇,太棒了!既然我们在保守秘密,我决定告诉姑奶奶我的"真名"。姑奶奶蹙起眉毛说:"米娅?这是个好名字,虽然我更喜欢玛丽亚·维罗妮卡,它更优雅。"

这时,我很高兴地把第二次尝试魔法的事情也告诉了她。但我看到她反而变得越来越严肃起来,也不再吃饼干了(此时托盘已经快空了),当我把我做护身符的事情告诉她时,她表情严肃地说:"你不应该拿这些东西开玩笑,你还太小了。"

"但是姑奶奶,你觉得它起作用了吗?因为你看,庞佐尼先生在和萨米调情!"

"那个男人不需要护身符!他对每个人都很轻浮。"

"你是怎么知道的,姑奶奶?"

"因为他的妻子是我的客户。这不重要,你得答应我不要乱搞护身符。你记住,你得上学,好好学习,成为一个医生。"

现在，居然是她来跟我说这些话，我完全不能接受，就反驳说："但我想成为一个魔法师！我想成为你这样的人！"

看得出来，她很高兴，但她对我说："嗯，我能理解你想成为像我这样的人，因为现在真正的女人很少。看看现在那些女人们的穿着打扮，头发、手都没有好好保养！而那种时尚的运动鞋，人人都可以穿，即使是在剧场里也可以穿！然后她们来找我抱怨她们的男朋友不看她们……"她摇摇头，使她的耳环摆动了起来，"我的宝贝，你看，做魔法师不是游戏，是工作。而且很多人对此嗤之以鼻，没有学校，没有文凭。但你可以拿一个好的学位，开一个优雅的工作室，拥有自己的客户。"

"但是你没有大学文凭也有客户。"

"因为我没能学习，否则我也会成为一个医生，而不是魔法师拉！"

我真的不知道该说什么，姑奶奶让我很为难。但是在我们离开酒吧之前，她告诉我："听着，玛丽亚·维罗妮卡，忘掉魔法吧。如果你真的想要一个护身符，拿着，这个可以帮助你在学校里取得好成绩。"

她递给我一条上面挂着一颗钻石的项链。我睁大了眼睛："姑奶奶！这是一颗钻石！"

"不，我的宝贝，这是一块水晶。是属于真正的淑女的东西，你不觉得吗？"

我把它戴在脖子上,看着吧台后面镜子里的自己。罗莎姑奶奶说得对,这样的项链只有真正的淑女才能戴。

"我们走吧,宝贝,因为这里很热,我穿着的这件让绒[①]毛衣,让我出汗了。"

"它应该读羊绒,写作'羊绒'。"我纠正道。

"你看!这就是因为我没有学过法语。"

"实际上它是英语。"我喃喃自语道,但姑奶奶已经起身了。

我想,有了这一章,罗莎姑奶奶的形象终于具象了。

随着故事发展的进程,开始一点一滴地描述一个人物。这是一种现代的叙事手法。相反,在19世纪的优秀小说中,一个人物往往在一开始就被描述得很详细。今年,在学校里,我们读了曼佐尼的《约婚夫妇》中的段落。我印象很深的是作者介绍露西娅的很长一段话,告诉我们她是什么样的,甚至是她的具有典型时代特征的发型。

而在现今的书中,人物的细节贯穿了整个故事。因为我一直都是一个强大的读者(谦虚地说),所以我觉得我已经"积累"了这种不同的讲述人物的方式。

---

① 其实是羊绒,这里是姑奶奶又在使用"特殊的词"了。

调查门垫盗窃案

好吧,我会放弃魔法的。但有一件事,即使没有纸牌的帮助,我也想找出真相:是谁偷了我姑奶奶住的那栋楼的门垫?因为,如果我找到了罪魁祸首,门房朱莉娅就会重新开始下楼(现在她怕在楼道里撞见小偷),二楼的女士也不会再说都是那些移民的错了。更何况,这里连个移民的影子都没有。只有五楼的瓦尔吉先生养的那条阿富汗灵缇犬,但它是一个看起来相当势利的移民,看不起我们人类和其他大多数狗。

我快速计算了一下:五层楼,每层两套公寓,共十户人家。毫无疑问,我可以减去朱莉娅和我的姑奶奶,所以有八个有嫌疑的家庭。其实只有一个家庭,其他套间都是一个人住,或者是当作办公室用的。

因为我对他们有一定的了解,所以我立即着手工作,利用周五下午和周六上午的时间,对他们所有人进行了采访。这是我在调查笔记本上写下的内容:

二楼:

马托内夫人

寡妇,退休教师,总是指责移民。如果她这么做是因为她是罪魁祸首，想把注意力转移到别人身上呢？总之，她有一个伞形的门垫（打开的伞）。

基罗贝里博士

商法律师。他下午过来接受了采访。针对"你有门垫吗"这个问题，他的回答是："我不在办公室里养动物。"

三楼：

弗拉西尼一家

父母整天都在外面工作，有一个上大学的女儿、一个上高中的女儿和一个上初中的儿子。男孩是个像贝尔尼一样的家伙。（可能就是他，我开了个愚蠢的玩笑！）他们的门垫是半圆形的，颜色像彩虹。

皮亚扎骑士

一位总是穿着西装、打着领带的老先生。他每天在固定时间（9点、12点、16点）出三次门，午餐在外面吃，晚餐喝布罗吉夫人（六楼）为他准备的汤。他的橙色门垫是三十年前买的，但保养得依然很好。

四楼：

罗莎姑奶奶

她有一个画着埃及人物的门垫。

普杜姐妹

两姐妹，既没有结婚也没有订婚。早上出门去上班，大约下午6点回来。她们很生气，因为她们的门垫来自撒丁岛，形状像一只猫。

五楼：

瓦尔吉先生

势利眼的灵缇犬的主人。因为狗在阳台上的事情与普杜姐妹发生过激烈的争吵。他可能为报复而拆掉门垫，因为普杜家有一个猫形状的门垫，那只阿富汗犬总是对着它咆哮。他的门垫是长方形的、棕色的。他很想指出，那是"和其他人有的一样的最普通的门垫"。但在我看来，在这栋楼里，没有一个门垫和他的一样。

建筑师巴德利

他在家里工作，把客厅变成了一个巨大的书房。当被问及"你的门垫是什么样的"，他回答说："我没有任何门垫，它们让我害怕。"他可能是出于恐惧,决定将它们全部除掉。

六楼:

朱莉娅女士

门房。有个带圆圈的圆形门垫。

布罗吉夫妇

两个老人,布罗吉是男仆,他的妻子打扫瓦尔吉先生和皮亚扎骑士的房子。云朵形状的门垫。布罗吉夫妇很有诗意。

现在我已经掌握了这些线索,我决定集中精力调查三个主要嫌疑人,即马托内夫人、米凯莱·弗拉西尼、建筑师巴德利。不过,罗莎姑奶奶对我这个侦查行动并不十分满意,神色阴郁地问我:"你不想当警察吧?"

"姑奶奶,我不想。"

"那么这些调查是怎么回事呢?"

"这不是调查。我想发现门垫之谜。"只是谜这个字,就让罗莎姑奶奶放松了一些。"我喜欢做一个预言家。"

"那你会怎么猜,说来听听?"

"总之,有些人肯定是……"我想说,是没有嫌疑的,但由于姑奶奶讨厌一切有警察的感觉的东西,我说,"总之,是不可能的。"

"啊,为什么?"

我用一种有点魔法师的方式来解释我的推论。二楼的商法律师没有作案时间,他不住在这儿;皮亚扎骑士的星座没有做这种危险行为的特性;普杜姐妹两个都是水瓶座,因此害羞又善良;朱莉娅太太是狮子座的,但她是半个残疾人;布罗吉先生和夫人年纪太大了,搬不动所有那些门垫,无法把它们搬去别处。

罗莎姑奶奶放下心来,评价道:"好样的!我也是这么想的。我再告诉你:布罗吉夫人在瓦尔吉先生家做清洁工作,如果瓦尔吉先生偷了门垫,把它们藏在某个地方,她就会看到它们,你不觉得吗?"

"对!那么只剩下三个可能的人:马托内夫人、米·弗拉西尼和建筑师。"

"我想说只剩下两个人了,我的宝贝。"

"什么意思?"

"我了解米凯莱·弗拉西尼,就算门前有一具尸体,他都不会注意到,更不用说门垫了!"

"就像贝尔尼一样。"我承认。

姑奶奶点点头,微微一笑。

然后我对她说:"你已经知道谁是罪魁祸首了吗,姑奶奶?"

"没有,瞧你说的。"

"是马托内夫人,对吗?"

"你是预言家,让护身符帮你吧。"她轻笑道。

我以为悬念这个词是英文单词,但最近我才知道它是源自拉丁文的。给你留下悬念是所有侦探故事的做法。因为侦探故事的机制就是要引起读者一种甚至病态的好奇心,因此要尽可能地推迟给出解决方案或推迟给出答案。

无敌的米娅也参与其中。她不仅是一名魔法师,而且是一名侦探。在这里,她证明的不仅是她的侦查技能,还有她给我们保持悬念的能力,从而推迟了罪魁祸首的揭晓。

但是我犯愁了。我找不到那个好男孩,我也不知道该问谁……

发现门垫盗贼

因此星期六下午,我按响了马托内太太的门铃。她以为我要陷害她,在门后大喊:"谁啊?谁啊?"

这时,我脑中闪过一个贝尔尼式的回答:"我,一个吉卜赛小女孩,你最好开门,我要偷银器!"但我觉得这不是时候,我来这里是做调查的。因此,我说:"我是玛丽亚·维罗妮卡,罗莎·玛尔塔莉娅蒂的侄孙女。"

"你想干什么?"

"我替我姑奶奶给你送点东西。"

"我不想拿巫婆任何东西!"

"其实是公寓物业费。"我还没来得及说完,所有的门闩都转动起来,门开了,马托内说:"你可以马上告诉我,来,亲爱的,来。"

马托内负责这栋大楼的所有开支账目,然后她每年会将这些账目交给会计一次,以检查是否一切正常。

她的房子里有一种可怕的很闷的气味,而且一片昏暗。当她带领我进入客厅时,打开了所有的灯,然后对我说:"抱歉,太暗了,但是即使是在大白天,我也害怕打开窗户。你知道的,在二楼太危险了,他们可能会从窗户跳进我的房子!"

"为什么不装个报警系统呢?"我问她。

"看在上帝的分上!装一个就要花很多钱,而且据说哪怕有只苍蝇进来,它都会发出警报。这样过上一段时间,就算警报响了,警察都不会当回事。"

"那你为什么不让人在窗户上装上栅栏呢?"

"啊,不!我不想活得像在监狱里一样!"

所以你宁愿活得像在坟墓里一样,我想。但还是算了吧。

当我回到姑奶奶的公寓时,我告诉自己,一个如此害怕小偷的人是不会偷东西的……

剩下最后一个嫌疑人：建筑师巴德利。我又看了一遍我的笔记："他可能是出于恐惧才偷了门垫。"会是这样吗？我把一只手放在护身符上，按响了建筑师的门铃。他亲自给我开了门，有那么几秒，我们凝视着对方的眼睛。我觉得他已经很老了，但是姑奶奶说他很"年轻"，因此他应该和爸爸年龄相仿。他又高又瘦，穿了一身黑，包括他的夹克和脚上的篮球鞋。在所有的黑色中，他的灰色的头发和白色方框眼镜很显眼。

我把护身符对准他，故意犯坏地说："你就是那个偷门垫的人！就是你！"

他毫不畏缩地说："好吧，是的。"

"什么！"我惊讶地睁大了眼睛，"你就这样立刻坦白交代了？"

他耸耸肩："怎么了？你要把我送进监狱吗？"

我真不知道该怎么办。我把双手放在身体两侧，带着一种轻蔑的表情（我很擅长这种表情，我在镜子前试过），我说："你不觉得羞耻吗？"

"一点也不。事实上，我做了一件好事。"

"从什么时候开始，偷窃成了一件好事？"

"这不是偷窃，这是……我们叫它一次清理行动。我给整栋楼订了新的门垫，这将是一个惊喜。它们都是我自己设计的，你想看吗？"

我想这是邀请我进去，但是我不信任陌生人，尤其是偷门垫的贼，所以说："我更乐意从这里看它们。"

"随便你。"他说着，进了屋子，过了一会儿手里拿着一张照片回来了，上面描绘着某种空间物体：一个看起来像塑料的扁平白色圆盘。

"你喜欢吗？这是全新的门垫，大家的都一样，采用全新的防水防臭材料制成。"

"什么意思？"

"它不湿，不脏，不臭。形状很漂亮，你不觉得吗？"

"我不知道，"我耸耸肩，"我对门垫一窍不通。"

但他看起来很满意，对我说："现在高兴了吧？你已经发现了……应该说是……作案分子。但我这么做是出于好意。"

我再次用护身符对着他，和他说："这也许是出于好意，但我认为你替大家做决定是不对的。我，在我的房门外，想要一个我喜欢的门垫，而不是那种早餐餐垫。"

"早餐餐垫？"他看着照片重复道。但我连再见都没跟他说就走了。

当我回到姑奶奶家时，发现她在玩单人纸牌游戏。

"怎么样？"她扬起一条眉毛问我。

"我发现了那个小偷，是建筑师巴德利。"

"恭喜你。"她边翻开一张卡片边说,但我觉得她没那么惊讶。

"但是你已经知道了,姑奶奶。"

"我已经告诉过你了,我不知道,我的宝贝。"她放下那副牌,看着我,"尽管……事实上,我有了一些想法。"

"你在纸牌上看到的吗?"

她突然大笑起来:"啊,不!我不会为了这种事情而去劳烦纸牌!如果一个男人在电梯里对你说:'请允许我指出,心形的口红画法从20世纪50年代开始就已经不流行了',就不指望他有什么好的想法。"

"那你呢,姑奶奶,你怎么回答他的?"

"'请允许我指出,网球鞋只有四十岁以上的人才会穿,年轻人更喜欢篮球鞋。'"

"那他呢?"

"他今天穿的什么鞋?"姑奶奶问。

"篮球鞋。"

"看到了吗?相反,我的嘴一直画成心形的。"

我想我终于明白了,我们在语文课上经常讲到的这种著名的话中有话的内涵式语言是什么了。在整个故事中,我不只是客观、冷静地描述发生的情况,而是表达了我的感受和对人的判断，比如这个滥用职权的建筑师。

总之，我有很大的自由。我写作时不会对形式上的正确性有太多顾忌，不会担心是否多次重复"说"或"做"，我经常使用现在时态（意大利语的一种时态，即使我讲述的故事应该用近过去时）。因为现在时态更直接，你会觉得仿佛看到了这一幕在你眼前重演。

语文老师向我们解释说，想把词语变成自己的语言，就要说话人带上自己的腔调、自己的意图……

试用拉的护身符

我并不太相信姑奶奶的护身符在门垫事件中帮了我的忙。因为说到底，建筑师巴德利早就期待自我吹嘘呢。所以只有在学校里试一试，因为它应该能帮助我成为优秀的人。

我戴着挂着优质水晶的项链来到了教室，但令人讨厌的普莉希拉·托诺尼立刻对我冷嘲热讽："你脖子上挂个瓶底干什么？"

"让你长点知识吧，这是一块有魔法的水晶！"我对着她做了个鬼脸，回答道。

"有魔法的？那你为什么还和以前一样可怜？"

现在，当她向我说这些漂亮话的时候，丽塔·帕迪尼和埃莱娜·马吉却笑得像两个傻瓜,因为她们是她"后宫"的一员,对于她们来说,普莉希拉说的一切都是"金口玉言"。

"并不是所有人都想成为像你一样的'世界小姐'。也有一些人想成为聪明人,比如我。"

"那些嫁给足球运动员的美女才会上电视。这才是聪明人!"她向我挑衅,"相反,那些丑陋的人却要学习,要打零工。"

"相反,对我来说,他们很聪明,但你不明白其中的区别,因为你很愚蠢!"我涨红了脸,变得像火鸡一样吼道,而她在狂笑。然后,不知怎的,我的水晶似乎发出了一道闪光,一直射向普莉希拉。

她把一只手放在眼睛上,尖叫道:"啊,她把我的眼睛弄瞎了!"然后她开始呜咽,"我看不见了,我看不见了!"

劳拉老师冲过来:"发生了什么?"

"玛丽亚·维罗妮卡用一块玻璃弄瞎了我的眼睛!"普莉希拉号叫道。

"什么?"老师喊道,转身对我说,"你对她做了什么?"

"没什么。"我耸耸肩。

"让我看看!"老师很担心,让普莉希拉把手从眼睛上拿开。也许她以为会有个伤口,但她一眼就看出没有,于是她就放松了。

"也许有灰尘进了你……"她耐心地说，同时用拇指和食指扒开普莉希拉的眼睛仔细查看。但普莉希拉坚持认为："不！是玛丽亚·维罗妮卡和她脖子上戴着的那块玻璃。它发出了一道闪光，想把我弄瞎。"

老师立刻不再看普莉希拉的眼眶，直起身子，皱着眉头看着她："现在你能看见了？"

"是的，"她承认，"只是眼睛有点模糊。"

"当然！"老师的语气非常严厉，"是眼泪！你这个愚蠢的笑话让我很难受。"

"这不是玩笑，老师……玛丽亚·维罗妮卡……"

"我明白了，她用一道闪光闪瞎了你的眼睛。"老师用冷冷的语气说，"听着，普莉希拉，这次我就不追究了，但你别再像往常那样，为了引起我的注意而开玩笑了。现在回到你们的座位上，孩子们，开始上课了。"

普莉希拉生气地看着我，但她什么也没说，当我经过她时，我对她低声说："这只是一个警告！"

不知道护身符是否真的有那么大的威力，它是因为我朝着窗外移动而发出了光芒，还是只是普莉希拉在幻觉？姑奶奶拉总是说，魔法之所以存在是因为我们让它存在，因为我们相信它。

我有点信了……

与此同时，如果我能通过写作培训班的录取考试，那才是一件非常神奇的事情！

学校坐落在一个美丽的地方，在一个公园里的大别墅，正如我的罗莎姑奶奶所说，这无疑是一个"适合"写作的地方。这里将有一些作家，他们将各自揭示自己叙事艺术的秘密。还有好处是，除了上课，还会有"文学"晚宴、名著主题晚会、与故事相关的游戏和舞蹈。而且，培训班结束后，我们的故事还会出版成书。

毫无疑问，我必须参加考试！

也因为我终于找到了那个英俊而神秘的男孩！好吧，他也报名参加写作学校！终于，当在我以前的学校外碰见他时，我才知道，一边是我们的初中，另一边就是他就读的高中所在地。

我原本怀疑他比我大！当我知道他是高中生后，事情就简单多了。通过在学校之间也起作用的学校的八卦系统，我知道了他叫肖恩。肖恩！！多好的名字啊！而且他也想成为一名作家……我将尽我最大的努力成为写作学校的一员，那么让我们看看我能否从我日记的第二次冒险中得到一些启发……

探戈舞者米娅

我的梦想

我经常被问到的问题是:"你长大后要做什么?"

总之,除了我必须读完小学,然后还要上中学(从我哥哥贝尔尼的学校生活来看,这是个很了不起的事业),我不明白为什么要告诉大人我长大后要做什么。好家伙,他们几乎从来不知道自己要做什么,却跑来问我的事。

不管怎样,我清楚地知道我长大后要做什么,但我不会把这件事四处泄露出去,因为现在,这是一个要守口如瓶的秘密。

好吧,总而言之,嗯……等我长大后,我要成为一个探戈舞者。

我必须说明，因为我讨厌舞鞋和芭蕾舞纱裙，还有脚尖的小碎步。相反，在探戈中则是另一回事。首先，女性要穿真正的高跟鞋，穿正常的衣服，如开衩的裙子和短袖薄线衣。其次，跳探戈需要两个人。我已经知道我会和谁搭档——一个出色的舞者，非常优秀的，最棒的。

我说的是恩里克，世界上最英俊的男人。

我真的不记得我曾经想成为一个探戈舞者了。

这也许只是一个转瞬流逝的愿望，我连现代舞学校都没有上过，也没有向父母打听和尝试过。但在这几页中，我显得很有说服力，就像……就像我要成为一个舞者一样。而这也是作家的另一个技巧：让自己完全沉浸在一个环境、一个人物和一个故事中，就像这完全是自己的生活……

妈妈的艺术家梦

要解释恩里克是如何进入我的生活的，说来话长，我得从我的母亲说起。她是一名社会福利救济工作人员，在市咨询中心工作。只是她不太喜欢这份工作，因为据她说，照顾邻里老人"一点也不刺激"。

妈妈一直觉得自己是个艺术家，但我的外公外婆有点守旧，所以他们告诉她可以把艺术忘了。她是这样说的："我想上艺术专科学校，只是外公不听。你知道的，他是陆军上校，对他来说，除了军校，任何地方都是流浪汉的巢穴！"于是她只好读大学，读硕士，然后取得社会科学的博士学位，这基本上是世界上最无聊的事。但即使在后来她嫁给了爸爸，以及我们出生后，她的艺术爱好依然存在。

爸爸也是一个艺术家，他有自己的一套。他模仿各种方言，然后他能像杂耍演员一样转小球，他能拍出漂亮的照片，还能修理任何东西。不过据妈妈说，这些都不是艺术的东西。对她来说，艺术永远是"大写的"，只有涉及音乐、戏剧、歌唱、舞蹈和绘画，才是真正的艺术。

那她为什么说她的理发师史蒂芬是艺术家而爸爸不是？剪头发有什么艺术可言？

贝尔尼出生之前，大约十四年前，为了安慰自己没有成为真正的艺术家，妈妈参加了绘画培训班。在那里她遇到了她的朋友莫拉，莫拉现在是个画家。相反，我妈妈不再画了，因为她要照顾贝尔尼，而且松节油的味道使她感到不适。

直到后来，她才意识到自己的艺术道路是音乐，于是她开始上声乐课。可惜的是，当她一练习发声，我哥哥就开始哭。但贝尔尼对一种由咕噜声和"泰山"①般的尖叫声组成的音乐的热情一定是从那里产生的。

妈妈也放弃了唱歌，全身心地投入到舞蹈中去。和她的弟弟洛里斯一起参加每周两次的拉丁舞蹈课程，当时洛里斯舅舅才十六岁。最后洛里斯舅舅成了真正的冠军，他是一个舞蹈天才。而她，依旧是个不怎么样的舞者，属于在聚会上给人留下好印象的那种，但仅此而已。后来我出生了，那时候我母亲有很多事情要做，不能专心致志地去跳曼波舞和桑巴舞。

直到不久前，她发现了自己真正的**使命**（总是用大写加粗，这对艺术家来说很重要）：戏剧。但是，也许是因为在家里我们都取笑她的艺术热情总是惨淡收场，她不想告诉任何人她参加了戏剧培训班，有课的时候她就神神秘秘的。

周二下午和周四晚上，她总是找借口。下午没什么问题，晚上就比较复杂了。有一次她说要和莫拉一起去吃饭，还有一次她说要和同事去看电影，然后当我们问她电影的事情时，她又会把剧情搞混，等等。

前几天，她终于告诉我们，她加入了一家健身房，恰好是周四晚上，现在她有了出门的借口。可惜每隔一段时间她就会把健身包忘在家里……

---

① 指动画电影《泰山》的主角，他在猿猴家族照料下长大，会发出猿猴一样的叫声。——编者注

所有这些谜团，终于让爸爸开始怀疑了。我猜测他以为妈妈找了个男朋友，以至于去让罗莎姑奶奶给他读纸牌。有一次周四晚上，他还偷偷跟着妈妈去了！

当他回来的时候，只比妈妈早20分钟，他吹着口哨，满面春风。然后，我那出了名的浑蛋哥哥贝尔尼对他说："你以为妈妈有了别人，是吗？"

"你在胡说什么？"爸爸发火了，满脸通红。然后他意识到我也在那里，而且我一个字也没错过，所以他也对我大吼大叫："玛丽亚·维罗妮卡，你怎么还没睡？现在立刻去睡觉。"

"但我想知道妈妈的'别人'的情况。"

"得了，我们能就此打住吗？"爸爸炸了。

"你们脑袋里在想些什么？妈妈周四晚上很忙，就是这样。她不想告诉我们任何事情，因为……因为这是她的事情，很私人的事……"

"是什么？戏剧课？"贝尔尼打断了他的话。

"你怎么知道的？"爸爸睁大了眼睛。

"听着，爸爸，两个月来，妈妈一直在四处放课程手册，然后是导演和演员的书。还有一些疯狂的拙劣的录像带，比如《荒诞剧场》……她总是碰巧在星期五看这些东西……爸爸！只要问我，我就会告诉你一切，你不用跟着她，也不用去读纸牌……"

爸爸几乎脸色发紫，像只火鸡："你在说什么？你很清楚我不相信纸牌！"

贝尔尼意识到了这句话的失误,于是立即后退,说:"啊,是,对。是罗比让人读了纸牌。"

"罗比?"爸爸喊道,"你疯了吗?"

"怎样了?"贝尔尼及时说道,"你不知道罗莎姑奶奶给它看牌,给它做占星吗?"

在这一点上,我觉得我得为哥哥辩护:"是真的!罗比是射手座的。"

爸爸生气了:"够了,你们俩都去睡觉!你们的姑奶奶会听到我说的,她有给每个人读牌的狂热……"

但我知道,他根本不会跟姑奶奶说什么,因为他跟姑奶奶在一起都不敢张嘴,被问到时他就会点头表示"是的"。

这一整章被称为"序",因为它是用来让读者在人物和情境之间定位自己的。它非常快速地回溯了母亲的过去,使她对戏剧的热情和她每周奇怪的外出活动变得更加清晰。它还简要介绍了舞者洛里斯舅舅的形象,以便在下一章进行更详细的讨论。

我意识到,叙述的时间不再是现在时(因为是以前的事),而是近过去时。是的,著名的时间一致性。如果叙述的是现在,当倒回去的时候,需要使用近过去时;另一方面,如果叙述的是遥远的过去,我就必须使用近愈过去时或远愈过去时。

洛里斯舅舅

秘密一经揭晓,一切便再度平静下来。星期二,妈妈借口约见牙医或莫拉,整个下午都待在外面。在星期四晚上,她带着健身包离开,里面真的装有套装和毛巾。

当然,保守这些秘密是多么辛苦啊!

我认为妈妈什么都不想让我们知道,那是因为,如果演出也出了问题,她会感到很惭愧。尤其是在洛里斯舅舅为了陪她跳舞而开始跳舞,并且成了家里的明星之后。对于像我外公这样做梦都想让儿子穿上军装(同时也成了将军)的父亲来说,是一件很不容易的事。

与妈妈不同的是,洛里斯舅舅不顾外公外婆和其他人的反对,追随着自己的志向。十八岁那年,高中毕业后,他去了另一座城市,在舞蹈学院完善了自己的风格,成为真正的拉丁舞蹈冠军。之后,他和他的舞蹈团开始了漫长的远行,认识了很多名人,在南美生活了几年,最后回到这里,在这里开办了一所舞蹈学校。

大家都以为外公会命令他的部队去轰炸这所学校,但事实并非如此。在舅舅上了电视赚了很多钱以后,外公再也没有说过一句反对舞者的话(起初他称他们为"放荡的玩意儿")。他甚至开始说，这毕竟也是一个和别的职业一样的正经职业，最后他总结说："无论如何洛里斯显示出了作为领导者的气质。"

说到这儿妈妈看不下去了："那你为什么想尽各种办法阻止他？更不用说我了！我也想成为一名艺术家！"

"这有什么关系，你是女人，女人的天职就是家庭。"将军声称，而外婆点了点头表示赞同。

"这是什么封建的说法！"妈妈嚷嚷着。

"卡拉，冷静点，"爸爸插话进来了，"你父亲的意思是你也取得了很多成就，家庭、工作……"

"没人问你的意见！"妈妈让他闭嘴了，说实话，她的性格很像外公，她的志向更偏向军人。

而洛里斯舅舅，就不是个当兵的料。

首先，他穿得很时髦，即使在隆冬，当人们穿着黑色和棕色的衣服时，他的衣服也是五彩缤纷的。而且，士兵们都像囫囵吞下了一把扫帚似的直挺挺地走路，可洛里斯舅舅笔直但柔软地走着，他的腿很有弹性，肩膀也晃晃荡荡。

洛里斯舅舅住在市中心，大公寓的大窗户可以俯瞰米兰大教堂，当中午的钟声响起时，他的屋子会产生一种美妙而深沉的震动，就像鲸鱼的歌声（他这样说，因为他曾经听过鲸鱼的歌声）。

房间的墙壁是五颜六色的，上面挂着各种图案的布料，可以走在地上铺的大席子上。家里到处都是植物，就像在真正的丛林里一样，只是比丛林小并且没有动物。

公寓在一栋老楼的顶层，其他房客来自世界各地，也许洛里斯舅舅买下这套房子就是为了让自己感觉到一点异域风情。因为他太喜欢旅行了，即使他现在回到了自己的城市生活。他特别喜欢这里，以至于学会了英语、葡萄牙语和西班牙语。所以，他时不时就会用另一种语言发出感叹，比如用西班牙语说"当然不是"。

我很喜欢洛里斯舅舅，可惜他每隔一段时间就会消失，和他的团队到处去演出，因为我觉得和他在一起的感觉很好，我也会隔三岔五地去看他，说不定我还能让他教我桑巴或梅伦格舞。

洛里斯舅舅，我对他的描述就像他本人一样，英俊且开朗，在这一章中，他也代表了一个特殊的存在，在有介绍人物和情况的"前提"下，本章中他的性格与外公的（军人）性格形成了鲜明的对比，同时也与妈妈的性格形成了一点对比，他在做选择时如此变化无常，就像下决心一样，甚至不顾家人的劝告，毅然决然。

的确，当写作的时候，能够把不同之处表现出来是很重要的，抓住那些矛盾的方面，恰恰因为它们是对立的而使人感到有趣。

我可以说，这对我来说很容易，因为只要描述我在房子里看到的东西就够了，但这需要一定的观察精神，最重要的是要知道如何用有趣的方式来转述。如果我选择了更戏剧化的方式呢？比如外公禁止子女们做自己想做的事，而舅舅离家出走的部分，本来可以是一个小悲剧……但这就不适合洛里斯舅舅温柔的性格了！

结束序言，进入正文

就像我说过的，洛里斯舅舅经常在外，有时他会去南美洲，在那里待上两三个月。但他去那些国家更多的是去度假，而不是工作。因为那里所有人都会跳拉丁舞，真的所有人都会跳，他们去剧院也许就是去看塔兰泰拉舞。

舅舅每次回来都很兴奋，每次都说他又学到了一些复杂的舞步，一种变奏，或者是一种"明年夏天会流行起来"的全新的舞蹈。

但最近一次他带来了更大的惊喜：不是一种新的舞蹈，而是一个舞者本人。是的，从阿根廷回来时，洛里斯舅舅带来了恩里克，世界上最伟大的探戈舞者。事情是这样的。

前几天妈妈告诉我们，洛里斯舅舅在照例度了两个月假后，从南美回来了，她满脸兴奋地说："周六他要和他的一个阿根廷朋友来看我们。"

由于贝尔尼讨厌客人,所以他立即跳了出来:"阿根廷人关我们什么事?"

"我们就是很关心!"妈妈用"悲惨世界"的调调骂他,然后又立刻变得温柔起来,就像她谈起真正的艺术时的一贯做法,"洛里斯的朋友是一个伟大的探戈舞者,一个非常著名的艺术家。"

"你会知道的,他还不如埃米纳姆。"

"你给我闭嘴!"妈妈命令道,一下子又恢复了那种军人的语气。

这位非常著名的探戈舞者,我想象他是一位相当年长的绅士,穿着滑稽,穿马甲和条纹喇叭裤,可能嘴里还叼着一枝玫瑰花,就像在电视上看到的那样。

所以周六的时候,我甚至没想过穿得比平时好一点,就穿着牛仔裤和运动鞋,头发扎成两个马尾。而妈妈则"打扮得漂漂亮亮",正如贝尔尼恶意评价的那样:红裙子、高跟鞋、涂口红、头发挽起,看起来几乎就是个探戈舞者。

当门铃响起,我去开门,顿时傻眼了:在我的面前,舅舅的旁边,有一个穿着皮夹克和黑色牛仔裤的帅哥。他一见到我就鞠躬,笑得很灿烂,用西班牙语说:"你好,小妞。"(舅舅翻译过来就是:你好,小家伙。)

"嚯。"我回答。可能我是想打招呼,但我呆住了。

洛里斯舅舅对我说:"你也不跟你舅舅打招呼吗?"他向我伸出双臂,我在他的两颊各亲了一口,因为当着帅哥的面,我不好意思跳到他的脖子上。舅舅开始大笑,对他的朋友说了一些我不能理解的话,而妈妈则满面春风地走了过来:"哦,你们来了!站在门口干什么,快进来吧!"

她吻了舅舅,但她和我一样,看见舅舅的朋友也很惊讶。他递给她一束玫瑰,吻了吻她的手。妈妈脸红了,我开始明白为什么成年人有时会嫉妒得发疯:"他为什么不吻我的手?"

"这是恩里克。"洛里斯舅舅说。

当恩里克开口说"谢谢你们接待我"的时候,我几乎要昏过去了。

整个午餐期间,我变成了机灵鬼米娅来逗他笑:我做鬼脸,我像爬山虎一样紧紧抓住妈妈的胳膊,几乎不让她说话,然后我取笑贝尔尼和他可怕的音乐品位。

但恩里克对我哥哥说:"你也喜欢AC/DC乐队吗?真好,好棒,我也很喜欢这种音乐。"

午餐结束时,恩里克对我微笑着说:"小姑娘,你喜欢跳舞吗?"

我装作听不懂,呆呆地看着他。这时,舅舅插话了:"她当然喜欢跳舞,她想学桑巴舞,对吧,玛丽亚·维罗妮卡?"

然后，为了表现我对舞蹈的热情，我把自己变成了伟大的舞者米娅：我跑到客厅中央，开始用单脚脚尖旋转，而其他人看着我，好像我突然疯了一样。

我的狗罗比睁开眼睛，意识到我已经投入到舞蹈中，像弹簧一样从地毯上跳起来，它高兴得像搅拌机一样摇晃着尾巴。从它的表情看，很明显在想我们终于要大展身手了！作为我的骑士，罗比举起它的前腿，我抓住了它们。

妈妈大发雷霆，大喊："罗比，趴下！玛丽亚·维罗妮卡，够了！"

但我和狗狗继续在转圈，直到我们撞到客厅的矮茶几上，在散落的银色镜框、烧瓷天使、杂志、尖叫声和低吠声中摔倒在地上。

我听到妈妈的声音说："我不知道她怎么了，她平常很害羞的。"

我很困惑！我几乎一点都不记得我这里所叙述的这件事！

我记得一点恩里克，我对他有一点喜欢，他很奇怪，很黑（不过现在，我不知道会不会说他很帅），但是其他的一切……是虚构出来的吗？是吧……实际上需要把故事渲染一下，否则写出来的东西会很苍白。

探戈

事到如今，我只能学探戈了，但是怎么学呢？如果我问妈妈，她可以给我报个芭蕾舞班，或许就是普莉希拉那只"蠕虫"去的那里。我似乎已经能听到她说："首先你需要一个经典的模式。"

我不知道"模式"这个词是什么意思，但听起来很不好听，让我想到了兵役。相反，探戈应该是自由和欢快的，虽然我不知道具体怎么跳，我在电视上看过一些，但一般有芭蕾舞的时候我都会换频道。

妈妈可能会跳探戈，但在派对上，她总是跳萨尔萨舞或梅伦格舞，这是她最喜欢的舞。爸爸不会跳，而且他一点也不想学，甚至只是为了跟上妈妈的那几步都不想学。总之，我不知道从哪里开始，所以我向珍妮求助，她总是能帮助我。

我们在学校里，珍妮想了一会儿。

"我们需要一盘录像带。"过了一会儿，趁老师不注意，她悄悄地对我说，"我试着看看家里有没有，不然我就去问萨曼莎。"

"没用的，她甚至不知道探戈这个词。"我低声回答。

"我不能问爸爸妈妈，他们是两个爱管闲事的人，然后他们就会开始问：'为什么？是关于学校的吗？你想学习吗？你为什么想学？你从哪儿听说的？'不，不，至少萨米只管她自己的事。"

"珍妮，你有什么要说的？"劳拉老师抓住了我们，说道，"咱们都专心一点，不然你们还得让我再解释一遍，就没完了。"

这样，珍妮当天下午就去试探了萨曼莎，然后她给我打电话："你说得没错，她什么都不知道。不过我有个主意，今天我去妈妈订录像带的商店，我去问皮诺。他知道所有的电影，一定有一些是关于探戈的。"

如果有一部关于探戈的电影，皮诺肯定知道，他成天看录像带，当你进去的时候，他会用很烦躁的眼神看着你，但他会给你很好的建议。

第二天早上，珍妮给我带来了一份清单，上面有很多关于探戈的标题，但是皮诺只在其中几个上加了星号，也就是我们可以看的。

我们决定当天下午就拿来一盘看。

第一个问题是萨曼莎，她一看到我们拿着录像带过来，就发火："什么意思，你们想看电影？你们不应该做作业吗？"

"作业就是看录像带。"珍妮机灵地回答。

"但我绝对得知道贝琪到底会不会离开马龙！"萨曼莎抗议

道。她说的是一个美国电视剧,从我们出生前就开始播了,她每天下午4点到5点都会看。

"她不会离开他,瞧你说的,她得离开他两个月,现在她正要看这一集会发生什么。"珍妮很明智地说,她是为了去放录像带。

"你不能一个小时之后再看电影吗?"萨米坚持说。

"不行,因为之后我们得写报告。"

"当然了,你就是这样的一条毒蛇。"萨米发出嘶嘶的声音,生气地说。

但她也做不了什么,否则珍妮会告诉她妈妈,萨曼莎下午都是在电视机前度过的。

我们插入磁带,坐在沙发上,萨米噘着嘴嘟囔道:"但是偶尔换换台,让我看看会发生什么。"

这部电影很无聊,有一位女士,她不清楚自己该做什么,但她总是跟着一个舞者,因为她想学探戈。最后,也许是为了摆脱她,舞者教了她一些舞步。

在电影开始的几分钟后,我们就受不了了,珍妮快速地将磁带快进,直到看到跳舞的场景。与此同时,萨米坚持说:"请换到3台,我能感觉到贝琪要走了!"

3台,有个金发女孩一直在说:"马龙,你为什么不理解我?"

就连电影中那个棕色头发的女孩也很感动:"鲁迪,你为什么不理解我?"

那就随它去吧,如果你们都不能相互理解!

不过,我从磁带中了解到两个基本知识:一是,探戈根本不是一种欢快的舞蹈,因为舞者一脸严肃,还有点生气,音乐也很伤感;二是,探戈很复杂,你要站得笔直,要走上万步,转无数个圈。

最后我们把遥控器交给了萨米,萨米冲到第三频道,那里正放着马龙那张大脸,一副吊儿郎当的表情,说:"我好想贝琪。"

"啊,"珍妮评价道,"她离开了他。是时候了!"

但萨曼莎朝她扔了个沙发垫,还说了一句脏话,我的朋友马上在笔记本上记下来,以备不时之需。

"这就是我不向妈妈告密的原因。"珍妮对我说,并给我看了一份我从未听过的疯狂词汇的清单,"很酷,不是吗?"

珍妮总是有这样的下流词汇清单,与此同时,她还扩展了其他几项内容,例如令人毛骨悚然的词组以及类似的内容。

编列清单是相当有用的,我认为,对那些想写作的人来说,这些清单有很大的用处。例如,有趣的名字的清单,可以在公墓或墓碑中找到。所以,如果你需要一个好听的旧名字来讲述过去的故事，就可以借鉴自己的个人档案。

另一个非常有用的清单是那些在博物馆里看到的奇怪的东西，你可以给它们编一个故事，或者把它描述成一种特殊的工具，也许是有魔法的……

寻找舞伴

不管困难与否，我都想学探戈。

首先我必须找到一首合适的音乐，所以我去找罗莎姑奶奶，她有一些老古董磁带，我请她借给我上面写着"黑帽探戈"的一盘。

"当然，我的宝贝，我可以借给你，但不要弄坏了，因为这是我年轻时的一张唱片了。"姑奶奶嘱咐我，她从不对我说不。

然后我就去翻妈妈的书，妈妈平时什么都不扔，我找到了一本"现代舞"的旧手册。它相当复杂，画满了舞步，有很多箭头和圆圈表示如何移动和往哪移动。我自己试了试：右脚向前，左脚也向前，然后左移，右退，再向前，左移，转身，交叉……救命啊！这比我们在学校里上的行路规则教育课还糟糕！

无论如何，我不会放弃，我进入了第三个阶段：给自己找个舞伴。这件事变得很微妙，因为要找到一个愿意跳舞的人并不那么容易，更何况是跳探戈。于是，我耍起了小聪明：这里需要

"狐狸精"米娅。

在所有的同学中,我选择了最安静的那一个,贾尼·菲奥雷。他是一个非常害羞的人,他不像其他一些人那样爱说大话,也不找女孩子麻烦,比如安德烈·蒙蒂总是扯女生头发,或者一边掐着她们,一边窃笑。

我们正在进行"表现力活动",贾尼·菲奥雷正埋头在纸上画着某一辆我不知道的车。他坐在放颜料罐的桌子旁边,我就拿着调色盘走过去,在上面放上一些颜料,假装看他的画。然后趁着他还在困惑的时候,用甜甜的声音小声地对他说:"你想来我家做作业吗?"

他抬起头来,脸都红了:"作业?什么时候?"他害怕地小声说。

"明天下午。"我的语气无可辩驳。我也要跟外公学。

但贾尼似乎很不确定:"可是……我不知道……我得问我妈妈……我不知道她会不会让我来。"

"为什么?"我睁大眼睛,一脸的伤心和失望,仿佛在说,你难道怕我这个世界上最善良的孩子吃了你吗?

"我明天早上再告诉你。"他最后说,因为他看到安德烈·蒙蒂走近来,两手叉腰盯着我们。

"哈!贾尼和玛丽亚·维罗妮卡!"

贾尼又埋头画他的汽车,像个狂人一样。我转过身来,用五个手指托着我的塑料盘子，就像端托盘一样。但安德烈抓住我的胳膊，坏笑着说："你喜欢贾尼·菲奥雷！你喜欢贾尼·菲奥雷！"

其他拿着画笔和颜料自顾自地做着自己的事情的人们，转过身来开始问发生了什么。这时我看不下去了，我变成了战士米娅，举起我的塑料盘子扣到安德烈身上，正中胸口。盘子滑落到地上，在他的实验室蓝色围裙上留下了一大块各种颜色的污渍。

一秒钟后，美术实验课老师像鹰一样朝我们扑过来，大喊："这是怎么回事？"

但因为她总是在听之前先问一连串的问题，此刻就连发了一大串："你做了什么，安德烈？是谁干的？谁先开始的？这成什么样子？你们觉得这样文明吗？"

安德烈愤怒地跺脚，用一根手指指着我："是她干的！她给我弄脏了！"

"但是他冒犯了我！"我喊道。

"这不是真的！"安德烈气得满脸通红，正想出拳打我，却被席尔瓦娜老师抓住了胳膊。

"还来？你们还嫌不够乱吗？你们没看到弄得一团糟吗？你们其余的人，还在这里看什么，嗯？回去干活，去吧。你们两个跟我来，给我解释一下……"

她拉着我俩的胳膊，把我们拖去最后的那张桌子。然后坐在我们面前，双臂交叉，用责备的目光看着我们："那么，怎么办？"

安德烈和我两人同时开口，老师用一个凶巴巴的眼神示意我们闭嘴。她先指着安德烈说："你说！"

安德烈用自己的方式解释了事情的原委：他要去拿颜料，而我出于怨恨，把盘子扔在了他身上。

"现在轮到你了！"席尔瓦娜老师让我说。

我的版本截然不同：我刚从桌子上拿起颜料，安德烈就开始开我的玩笑；然后他开始拽我，我手里的盘子就掉在了他身上。

老师沉默了几秒钟，她一个一个地盯着我们。然后她摇摇头，生气地说："我会跟你父母说，我不接受这种行为。你，安德烈。"她用食指指着他，"你不要再惹恼你的同学了，否则你就别再来参加表现力活动了。"然后她转向我，"还有你，玛丽亚·维罗妮卡……我很惊讶！你可以叫我，而不是做出那样的反应。我得告诉你，我对你很失望。"

啊，老师的失望！对我们来说，这是最糟糕的惩罚，因为那就像掉进了某种无形的垃圾桶，要花很长时间才能出得来，有时甚至是几个月。在这整段时间里，她对你怒目而视，即使你画出一幅媲美米开朗琪罗的画，或者是一个足以获得诺贝尔奖的作品，她也不会给你一个优秀的分数。

我低下头喃喃地说："对不起，老师。"

相反，其实我一点也不抱歉，当我和安德烈转身的时候（我回去上色，他去换衣服），还忍不住朝他做了个鬼脸。

贾尼·菲奥雷看起来像是在进入饿狼的巢穴。事实上，他跨入我家的门槛时，头缩在肩膀里，仿佛以为我会一口咬掉他的头！他妈妈推着他往前走，像推一个装了轮子的木偶，同时还问我："你妈妈在哪儿呢？"

"她不在，上班呢。"我撒谎了，其实她是去上周二下午的戏剧课。

"就你们两个，没其他人一起？"菲奥雷夫人担心，她四处看着，把可怜的孩子们自己留在家里，究竟是一个什么样的房子。

"还有我的哥哥贝尔尼。"我迅速回答。

"啊！"菲奥雷妈妈松了一口气说，"一个哥哥！真幸运，嗯，小贾尼？玛丽亚·维罗妮卡有个哥哥！"

贾尼点点头，一点都不相信。同时，身上还穿着扣子都扣好的棕色大衣，围巾还紧紧地绕在脖子上，像个绳套。此时，菲奥雷妈妈沿着走廊向客厅投去了打量的目光，决定允许她的宝贝小儿子留下来，我们的房子似乎还不错。她俯身解开贾尼的绳套式围巾，把它从大衣上解下来。

就在这时，贝尔尼的房间里传出了一阵鬼哭狼嚎，接着是一声可怕的咯咯声。

"天哪,是什么?"

"没什么,是音乐声。"我解释道。我该死的哥哥,他不是应该出去训练吗?

"对不起,什么样的音乐?"菲奥雷妈妈疑惑地说道,而贾尼则很感兴趣地望向贝尔尼的房间。

"摇滚乐……"我含糊其词,但又一声号叫传到我们耳朵里,接着是一阵像火车运行的噪声。

"我能看看你哥哥吗,亲爱的?"菲奥雷妈妈问。同时她向贾尼示意不要解他的大衣扣子。

"如果您真的想。"我对她说,然后开始朝贝尔尼的房间走去。敲了两下门,停顿了一下,又敲了一下,这是为了让他知道是我的信号,否则他不会开门。贝尔尼向外探头,问:"你干吗?"

"贾尼·菲奥雷的妈妈想和你谈一下。"

"为什么?"

"我不知道,她不放心把她的儿子留在这儿,因为你房间里传出来的号叫声。"

"啊!"他回答,"我来了。"

他关上了门,我走回门厅,菲奥雷母子还穿戴整齐地站在那里,正在看英国挂钟。菲奥雷妈妈看起来很紧张,她一定对贾尼说了些什么，贾尼的耳朵都红了，眼睛盯着地板。

就在这时，公寓里充满了低沉的隆隆响声，贝尔尼的房门大开。哦，不！他放了最糟糕的一张CD，还把它放得很大声！实际上，从他房间的黑暗中走出来一个披着黑色斗篷，脸上戴着骷髅面具的黑影。

菲奥雷妈妈发出尖叫，用手捂着嘴。贾尼瞪大眼睛，用一种我从未见过的表情盯着那个鬼。贝尔尼（因为黑影就是他，穿着上次狂欢节的服装）把手举到空中，而他的房间里传来一种非常可怕的管风琴音乐，像来自地狱门前的东西。

菲奥雷妈妈转身来到大门口，抓住了门把手。我尝试说："这只是一个愚蠢的玩笑。"

"你们都是疯子！"菲奥雷妈妈吼道，她已经出了公寓，正在按电梯。而贾尼却还待在那里，盯着那个像木偶一样舞动手脚的愚蠢的贝尔尼。他的妈妈冲回来拉着他："快走！"

我翻了个白眼，心想贝尔尼会为此付出代价的。但当贾尼经过我身边时，我意识到他正欣喜若狂，因为他对我低声说："啊，和僵尸生活在一起真是太幸运了！"

好吧，好吧。我承认，在这部分我有点不听使唤，我有点夸张，比方说，因为贾尼·菲奥雷其实是个害羞又笨拙的家伙，而他的妈妈是个压抑-焦虑型的女士，但我把我的一些想象力放到了讲故事的过程中,而我记得的现实中的故事更平庸和无聊。从技术角度来说,我采用了夸张的叙述方式。

我不得不承认,我讲故事的时候特别容易夸张。例如珍妮,我向她介绍了肖恩,她说,他似乎并不像我描述的那么好,她期待着至少得像约翰尼·德普①。在这一点上,我认为她夸张了。她还说,那些高中生从不和我们初中生谈恋爱。这是真的,因为肖恩从来不朝我这边看,即使我用如此炽烈似火到能穿透学校墙壁的目光盯着他。

我开始明白,作家们说的,他们所讲的故事从来都不是完全真实的,都是现实与想象混合的结果,甚至,也许是从一个小小的线索出发虚构的。

尝试跳探戈

排除了贾尼·菲奥雷,我得另找一个人。我把认识的男孩的名字写下来,从我们班开始,然后再开始删除那些不合适的人。安德烈·蒙蒂,出局;贾尼·菲奥雷,出局;乌戈·阿尔贝蒂尼……我想了一下,不行,他太紧张了,出局;马蒂亚·塞尔维,我都没和他说过话,出局;贝内德托·法拉利,他太无聊

---

① 好莱坞巨星。——译者注

了，出局……

慢慢地，我删去了我所有同学和朋友们的名字，还有那些不知道从哪里认识的曾经一起野营和上教理课的人的名字，然后也删去了那些偶尔来我家玩的人的名字，他们是妈妈朋友们的儿子，因为他们太爱闲聊以致有让半个城市的人都知道探戈这件事的风险。

最后我决定和马可一起试试，他是住在二楼的一个男孩，今年6岁。当然他比我矮了不少，但对于初学者来说还不错。而且我会让他妈妈高兴：她有很多事情要做，总是不知道把他放在哪里托管。

小马可走进我的房间，兴高采烈地问："我们玩什么？"

"我们不玩，我们跳舞吧。"我告诉他，他高兴的表情立马消失了。

"我不喜欢跳舞，"他噘着嘴，"那是女人们的事情。"

"实际上，也有很多男人跳舞，你没见过吗？"我生气了，双手叉腰。哦，这个马可真是个讨厌鬼。

"是的，但是我爸爸说跳舞是女人的职业。"

"对，舞者也是男人的职业。"

他不明白我是在取笑他，他说："我想成为一名空手道大师。"他自己摆出一种可笑的姿势，一只胳膊向前挥舞，另一只胳膊向后弯曲，握紧拳头。然后同时大喊："哈！哈！"

我翻了个白眼，后悔邀请他来：也许和珍妮一起学探戈会更好，她不会在那里就什么更阳刚、什么更阴柔而闹出太多问题。我耸耸肩，而马可则做了很多应该是他在日本动画片里看到的动作，我把那盘"黑帽探戈"磁带放进卡带机。

突然，小马可的态度发生了变化。他一定是意识到了我打算把他送回家。他停了下来，听着音响里传出的音乐，问："这是什么？"

"探戈……"我突然来了灵感，"空手道探戈。"

他瞪大了双眼："是怎样的？"

当我解释的时候，我觉得自己是狐狸米娅："这种音乐是为了用来更好地学习空手道。"

"我不信。"

"不信？听……"音响里传来沙沙的声音，"探戈……黑帽……"准备好了，我说："听到了吗？他说空手道探戈。"

"这不是同一个词。"他说，也许他没那么傻。

但我趁热打铁："怎么不是。他是用另一种语言说的。听到了吗？空手道……"

马可似乎被说服了，我补充道："这儿有一些动作要学。"

"动作？"他来劲了，"好！"

他正准备回到原位，但我抓住他的手，手臂对着手臂，命令他："好，右脚向前。然后是左脚！"

总之,也许他没有我以为的那么笨,因为只要我一靠近,把胳膊搭在他的肩膀上,小马可就会马上用胳膊圈住我的腰,然后按照我告诉他的去做。

"我们向左转!"我说,他准备好了,转了个身。不过,与其说跳舞,我们更像是勾肩搭背地在房间里走来走去,我伸出右臂,他伸出左臂,我们双手交织在一起。

音乐结束,我退了出来,但小马可没有。

我推开他说:"哎!结束了!"

"我们再跳一次?"他一脸如痴如醉地说。所以他很明白,这与空手道无关!

"我要说不。"我干脆地回答。然后我马上把带子拿了出来。

"但我们现在已经订婚了。"他对我说。

我上气不接下气,然后环抱双臂,严厉地盯着他:"你对我来说太小了。"

"没关系,"他笑了,整个人很开心,"我喜欢比我大的女人!"

但这是真的。什么样的体验啊!和一个小娃娃订婚!我希望没有人知道,否则我有可能被人嘲笑一辈子!

妈妈的计划

几天后,我发现妈妈频繁地打电话:"不,你不用说西班牙语,恩里克什么都懂,他自己明白,你会看到的……啊,我告诉你了,他很可爱的……不过,你想带什么,得像个巧合,我来搞定……拜托,莫拉,别傻了。这是个认识新朋友的机会,不是吗?"

现在整个事情都让我觉得很蹊跷。为什么妈妈跟莫拉说起恩里克,说"他很可爱"?莫拉为什么要关心恩里克?因为即使罗兰多还没决定娶她,他俩早就已经订婚了!

莫拉时不时地来找妈妈发泄,因为和罗兰多已经订婚好久了,但进展得并不顺利。我不明白他们为什么不解除婚约,其实很容易的。但妈妈一劝她"离开他吧",莫拉就开始哭泣,并喃喃地说:"我做不到!我爱他!"

蠢话!她怎么会爱上一个又老又胖、有点跛脚、鼻梁塌陷、胡子灰白的人呢?有时这个罗兰多也会来我们这儿吃晚饭,但我和贝尔尼都对他恨得要死。

我突然意识到了妈妈打算干什么:让恩里克和莫拉在一起。这样莫拉就不会再抱怨罗兰多了。

这里需要天才米娅出个主意,防止妈妈做那样的蠢事,但我不知道该怎么做，我的时间不多了：显然，明天下午她、莫拉和我将"偶然"路过洛里斯舅舅的舞蹈学校。

我整个上午都在想这件事，以至于劳拉老师叫了我好几次……然后我就有了灵感。

莫拉是那种经常生病的人，进电梯就会头晕，从高处的窗户往下看就会觉得头晕，春天会得花粉热，秋天会头疼，还有就是对烟尘过敏。如果有灰尘，她就会开始打喷嚏、咳嗽，而且一直不停，鼻子红红的，眼睛湿湿的，给人留下点印象。

所以我决定用学校作业需用的闪光粉。对于莫拉的过敏，这个也管用，对吧？计划很简单：我将把粉末撒到她身上，这样她就会开始打喷嚏，给恩里克留下不好的印象。

下午莫拉出现在我们家，要去洛里斯舅舅的学校，我看到她紧张的样子，就觉得有点良心不安，很明显，她根本不想演这出戏。而且，她给我带来了一份礼物，一本特地为我买的精美图画小册子。

我想和她开的玩笑很不好，但如果我想让她远离恩里克，我别无选择！

我们把车停在离舞蹈学校有点远的地方，我耷拉个脸下了车，把手伸进长大衣的口袋，我把装着银粉的小盒子放在那里（我选了这个，因为我觉得它不太显眼）。

洛里斯舅舅在他的办公室里，当他看到我们的时候，整个人都亮了起来:"真好啊!"他惊呼着张开双臂。

我忍不住了,迅速收起脸色,跳到他的脖子上,他把我抱起来,在空中转了一圈,然后把我放回地上,好像我是轻飘飘的。一瞬间,我的紧张感消失了,我不再想离开洛里斯舅舅的怀抱,他仿佛有一根魔杖,因为他能在片刻间,让你感觉很好。

"你什么时候来我家,小甜心?"他问我,"我从阿根廷给你带了一份精美的礼物!"

"现在!"我喊道,"妈妈,我可以去舅舅家吗?"

但她却比以往任何时候都更像个军人,她说:"现在不行,舅舅很忙,你没看到吗?"

我真的不觉得有什么可做的。洛里斯舅舅并没有穿着衬衫和宽松的裤子这样的舞服,而是穿着一套天蓝色的天鹅绒西装,里面是深蓝色的衬衫。他看起来是准备参加典礼或聚会,而不是工作。办公室里只有他一个人,没有秘书,他通常会接电话或者坐在电脑前。

在办公室里可以听到从一个厅里传来的音乐。应该是在上课,但不是欢快的节奏,而是一种由手风琴演奏的慢音乐。

"不,我没有什么重要的事情要做。"舅舅客气地说,虽然在我看来他是在算账,因为在打开的电脑屏幕上有一个有很多数字的表格。"你们想看恩里克训练吗?"

莫拉开始说:"但是打扰……"

妈妈马上打断她:"非常乐意!"

舅舅带我们进了一个大厅,里面有镜面墙和镶木地板。音乐开到最大声,手风琴声将我们完全包裹住,尤其是两位舞者让我们三个人都说不出话来。

莫拉甚至把嘴巴张得大大的,仿佛看到了圣母一样。跳舞的是恩里克和一个棕发瘦弱的女孩,他们挺直得像纺锤,高昂的头颅,严肃的面孔。他们仿佛同时奔跑,相互拥抱;时不时地旋转、分开,然后又重逢,各自朝外伸着一只胳膊。女孩用单脚旋转、来回踱步,恩里克似乎在追寻她,一只手搭在她的腰上,然后抓住她,当他扶着她时,她向后仰。

我的嘴巴也张得大大的,我注意到了,因为洛里斯舅舅捡起了我掉在地上的口香糖。我从来没有见过有人这样跳舞:两个舞者仿佛是树叶,但却很坚韧。

音乐一结束,洛里斯舅舅就鼓起了掌,我们三个也鼓掌。女舞者只是转向我们,然后她迅速地向更衣室走去。恩里克则笑着走了进来。

妈妈和舅舅背对着我:这是复仇者米娅的时刻!我掏出银粉,朝空中、朝莫拉撒去。我等着她开始打喷嚏,但是……没有!甚至,她什么都没注意到,连头发和围巾上那些小闪光点都没注意到。

我噘着嘴,看着他们四个人笑着,说着大人间愚蠢的客套话：你好吗，在意大利感觉怎么样，她叫啥啥啥，他叫啥啥啥，不如我们一起喝一杯，女舞者跳舞很棒……当他们站在那儿寒暄的时候，恩里克转过身来对我眨眨眼，说："嗨，小姑娘。你真琳达①。"

"你好，小伙子。"我回答，重新耷拉起脸来，小伙子说的是他，看着吧。

洛里斯舅舅顿时大笑起来："听到了吗？我的外甥女已经会西班牙语了！"然后他走近我，低声对我说："琳达的意思是'漂亮的'。"

我满脸通红地看着对我微笑的恩里克。我对他吐了吐舌头，然后黏着洛里斯舅舅，舅舅说："我不会让你抢走我的外甥女的，嗯！她向你吐舌头，说明她喜欢你！"

"啊！如果有人不喜欢她，这个小女孩要怎么办呢？"他担心地问。

总之，很显然，银粉没有起作用，甚至起到了相反的效果。因为，她们一出来，莫拉就开始说起恩里克，说他有多好，多有趣，多敏感，她从哪儿看出他敏感了，他们肯定说了什么。最后她对妈妈说："你知道还发生了什么吗，卡拉？特别神奇，真

---

① 西班牙语中"漂亮的"一词发音与意大利语中的女生名琳达相似。——译者注

的。他刚一走近,我就看到空气中弥漫着银色的粉末,仿佛天上下的银雨。这是一个征兆!"

"如果是这样的话,"妈妈回答说,"你的头发和脸上,全都是银粉。我以为你撒上它是为了给人留个深刻的印象。"

我们在人行道上停下,靠近汽车。"什么,我真的有银粉?"莫拉从包里拿出一面镜子,检查了一下。然后她惊呼道:"你说得对!我身上都是闪粉!但我发誓我不是故意撒的,它们是突然从天而降的……"

她沉默了一会儿,然后睁大了眼睛:"卡拉!这是一个奇迹!就像我在电视上看到的那个印度圣人,把尘埃变成东西,然后分发给信徒……"

"是吗,啊?"妈妈发表意见,并给我递了个眼神。我心不在焉地看向一家店铺,仿佛什么也没听到。"玛丽亚·维罗妮卡,你看到空气中的银粉了吗?"

我假装刚从自己的思想深处出来,装出一副无辜的表情:"咦?什么灰尘?"

"看啊,莫拉头发上的。"

我左试右试,说:"我没有看到任何灰尘。"

"那些闪粉,你没看到吗?"妈妈坚持说,指着莫拉的头发,凶巴巴地朝我靠过来。

我带着一种无助的神情,低声说:"为什么?我应该看得到它们吗?"

莫拉插话了,她的表情很亢奋:"卡拉你看,我说得没错,只有你和我看到了这种在发光的魔法粉末!这和印度圣人的那个是一样的,那是普通的粉末,只有少数幸运的人能看到它像金子一样闪闪发光。"

"也许……"妈妈疑惑地审视着我,她不想继续讨论下去了,然后决定回到车上去。她的阴谋终究还是成功了,莫拉见到了恩里克,并把他看成了一个用简单的微笑就能撒出银粉的魔法师。大人们真是太容易受骗了!

我真的要好好强调一下这个关于银粉的念头!这就是人们说的文学是"生活的老师",或者说生活是喜剧的老师?

这应该听听我的语文老师是怎么想的,她一整年都在跟我们讲:内容才是一篇文章文学品质的基础,是文学提供教育榜样的基础。

好吧,我不做作了:这不是文学,只是一篇日记。

表白失败

最重要的是,几天后,我被当作去见恩里克的借口。事实上,妈妈对我说莫拉决定帮我一个大忙,那就是下午早些时候陪我去舅舅家。

"这样洛里斯就能把他从阿根廷带给你的礼物送给你了。"她虚伪地说。

我双臂交叉,黑着脸说:"我不想。"

"但如果你想马上走,那就改天吧!"

"我改变主意了。"

"你为什么不想去舅舅家了?"

"因为……因为恩里克在他家,我不想去。"

"你不喜欢恩里克,是吗?"妈妈说,她狡猾得像只狐狸。如果她是个侦探,肯定会把很多无辜的人送进监狱。"我从你晚餐时的表现就立刻知道你不喜欢他。但是你看,亲爱的,恩里克是个国际艺术家,他不擅长和孩子们相处。"

我认为他是擅长的,但我什么也没说,因为妈妈深信世上的人分为两类:有孩子的和没有孩子的。

"再说,他是洛里斯的朋友。"她用最甜美的语气说,"你就不能试着不那么讨厌他吗?"

"我可以试试。"我同意了。

"那么去你舅舅那儿,今天?"

"好,但我不想莫拉去。"

"为什么?如果她去了,她和恩里克聊天,那么洛里斯舅舅就完全属于你了!"

该死,她拿住了我!我无法反驳,所以我只能拉个脸子。妈妈用她自己的方式解释着一切，她说："别担心胡安妮塔，她今天不在。"

"谁是胡安妮塔？"我问。

"昨天和恩里克跳舞的阿根廷女孩。"

老实说，我根本没有注意到。无论如何，如果胡安妮塔不在更好，就能少一个女人。

我只能准备去洛里斯舅舅家。这次我决定打扮一下，就像贝尔尼说的那样，我将成为不可抗拒的米娅！

我选择了在生日派对穿的蓝色天鹅绒裙，蓝色的丝袜，黑色的漆皮鞋，然后让头发松散地披在肩上，再戴上两个闪闪发光的发夹将头发固定在后面。我偷偷地抹上妈妈的唇彩，给自己喷上珍妮送的香水。当莫拉来了，我在门厅做自我介绍时，妈妈评价道："真优雅！玛丽亚·维罗妮卡真的是爱上了自己的舅舅，看她准备得多充分啊！"

但莫拉也决定使出浑身解数，她穿着很短的迷你裙，紧身毛衣，戴着两千条项链，圆形耳环；她把头发吹蓬松，甚至脸上也化了妆，所以她看起来像运动后一样红润。她看起来很惊慌失措，不停地重复着："我可以吗？我会不会太夸张了？"

而妈妈说："你会给人留下深刻印象的。"

于是我们出发了，打扮得漂漂亮亮，香喷喷的，好像要去参加新年晚会一样，但其实只是在一个潮湿的11月的下午2:30。

莫拉是如此紧张，在车上，她不是一挡启动，而是三挡启动，结果车熄火了。而且她忘了拉手刹，车就往前蹿了起来。等一切就绪了，她没有打开后雨刷，而是打开了防雾灯，于是她后面的车都开始按喇叭。

终于到了市中心，莫拉整个人很激动，开始抱怨找不到停车位，相反，她立马在广场上找到了一个早晨有集市的地方。那个空位一辆大型卡车都可以很轻松地停进去，但她却进行了2000次操作，先是停车，然后她决定向人行道靠近一点，再然后她靠得太近，擦到了轮胎，总之，就是一种煎熬。当我们下车的时候，莫拉整个人可怜兮兮的。

洛里斯舅舅像往常一样面带微笑，但看得出他有点紧张，有点不对劲。当他接过莫拉的外套时，他说："我煮了咖啡，你要喝吗？"

"我只喝大麦的。"她用带着歉意的语气回答。

但舅舅这个走遍天下的人，眼睛都不眨一下，说："没有大麦的，但是我可以为你准备一个。"

"不，谢谢，别麻烦了。"

"有什么麻烦的？"但这个礼貌性的问题有些不对劲，我想我们可不是打扰了吗？

我们路过厨房，舅舅在那里摆弄水壶，同时问起各种各样的问题，只是为了聊天，因为莫拉只是默不作声站在那里，靠着桌子。

大麦咖啡做好后，舅舅拉着我的手对莫拉说："请稍等一下，我要带外甥女去拿那个礼物……"

"好的，好的，你们去吧……"她说，她终于拿着杯子坐了下来。

"妈呀，她太无聊了。"洛里斯舅舅一进他的房间，在莫拉听不见的地方，就憋不住了。

"不，她只是紧张，"我对他说，"你知道的，她是为了恩里克而来。"

"我很清楚，你妈妈逼着我让他们见面，但恩里克不想见她。我们现在该怎么办？"

我耸耸肩："把她留在厨房里，她会自己看着办的。"

"不行，"舅舅说，"这不礼貌。"

"哦，听着！她不请自来，算她倒霉。"我反驳道。

洛里斯舅舅叹了口气："不是她不请自来，是卡拉说服了她。好吧，我会想办法的。但首先是看礼物，我的开心果。"

他从衣柜里拿出一个精品店的大袋子。我把手伸进去，拿出一块用上等羔皮纸包着的布。我慢慢打开，没有撕坏包装纸。那是一件叠好的长裙，很漂亮：它是红色的，在衣襟和袖子上缝着黑色的蕾丝花边。我愣住了。

"你喜欢吗？这是一件真正的舞者的礼服。"

然后，我投入他的怀抱，亲吻他："啊，舅舅！你怎么知道我想成为探戈舞者？"

"因为你是我心爱的外甥女。"

"舅舅，舅舅！我可以试试这件衣服吗？"

"当然了，小甜心。你留在房间里，慢慢试。我去招呼莫拉。"然后他又说，"嘿，我有个主意。我去和那个女画家聊天，你去说服恩里克来和她打招呼。"

"他在哪儿？"

"躲在客房里。但如果你告诉他是你，他会开门的。"

过了一会儿，我穿上这条阿根廷裙子照镜子，几乎不敢相信自己的眼睛：在我面前是一个惊艳的女孩，红黑相间的裙子一直到膝盖，裙子卷曲着。相比之下，我的蓝色天鹅绒连衣裙看起来像一件睡衣。这是米娅，伟大的探戈舞者，她出发去征服恩里克，敲响了他的房门。

"是我，玛丽亚·维罗妮卡。"

门马上就开了，但恩里克怀疑地看着我："你不是玛丽亚·维罗妮卡，她还是个孩子，你是位非常优雅的小姐。"

"不，不，真的是我。"我边把裙子抚平，边欢喜地说。

"哦，真的吗？"他惊讶地看着我，"那么……我能有幸邀请你和我跳舞吗？"

"啊，但我不会跳……呃，像你那样跳舞！"

"我相信你会。"他说着,从房间里走出来拉起了我的手。我们朝客厅走着,经过厨房时,他示意我小心点,洛里斯舅舅和莫拉正在那里聊天(也就是舅舅在说话,莫拉在点头)。

我们一进到莫拉听不见我们声音的客厅,恩里克就对我说:"探戈很简单,只有八步,你看。照我说的做。"

他教我如何走舞步,我试了几次,而他则一边鼓励我:"对,很好,再来。"

"但那天我看到你的时候,你不是这样跳的。"我对他说。

"是的,探戈就是要即兴发挥,要有创造力。在这些舞步的基础上,能做出很多花样。来吧,我们来试试。"

他走到CD机前,插入一张光盘,一阵忧郁的音乐响起。恩里克问我:"你准备好了吗?"

"准备好了!"

我们按照他教的舞步走着,然后他突然拉起我的胳膊,开始在房间里旋转起来。他时不时把我放到地上,然后说:"舞步!"

我踏着舞步,然后他把我举起来转圈。太美妙了,我想永远这样下去。但在音乐结束的时候,掌声让我转过身来——舅舅和莫拉正站在客厅门口看着我们。

"真美。"莫拉用尖细的声音说道,"我也想学!"

"如果你感兴趣的话,我可以教你。"一个很恼怒的声音从她身后传来。

原来是昨天的那个棕发女孩,但今天的她却披着一头卷发,穿着紧身的橘黄色连衣裙和高跟鞋。总之,还是昨天的那个女孩,但是现在像个超模。她一定有一把房门钥匙,因为没有人按门铃。由于莫拉目瞪口呆,女孩严肃地说:"很高兴认识你,索娅·胡安妮塔。"

当我们离开洛里斯舅舅家的时候,已经下午5点了,天都快黑了。但我们俩立刻认出了靠在房门前的罗兰多。

"罗兰多!你在这儿干吗?"

"我路过。"他撒谎。可以看出来他已经专门待在那里不知道多久了。他脸色阴沉,马上问:"你去哪了,穿这么漂亮?"

"陪玛丽亚·维罗妮卡到洛里斯那儿去。"她一脸无辜地说。

"谁在洛里斯家?"

"谁在那儿?"莫拉重复着,好像她不明白一样。

"有个探戈舞者在追你,就是他!"他忍不住生起气来。

"你看,我也在场。"我插话,为可怜的莫拉辩护。

"啊,当然!穿着迷你裙和细跟鞋去找舅舅!"他喊道。

实话说,莫拉没穿细跟鞋,而是穿着很普通的黑色女鞋。当然,也不是她平时常穿的系带短靴。

"罗兰多……"莫拉一脸幸福地喃喃自语,仿佛发现了谁也不知道的奇迹,"你是在嫉妒!"

"一点也不!"他反驳道,就像所有嫉妒的人那样说。因为我们就像在萨曼莎看的小说里一样。事实上,罗兰多的回答就像马龙对贝琪的回答一样,"你是个骗子!"

"罗兰多,谁告诉你莫拉在这儿的?"我再次插话,因为事情有些不对劲。

莫拉补充说:"是啊,你怎么会在这里?你从不会来市中心。"

"我有第六感。"

是,谁会相信啊,我想。但是,莫拉完全相信了,而且!她整个人很感动地说:"我的小罗罗……那你还是在乎我的!"

小罗罗?这是个什么名字?他慌张地低下眼,她继续说:"你的直觉让你找到了我,因为你认为我们之间出现了另一个人!但是没有别人,小罗罗。玛丽亚·维罗妮卡,你告诉他。"

我在这里要扮演一个清白的证人。天哪!

"那个舞者?"

"是我舅舅的朋友,"我解释道,"而且他有个阿根廷女朋友,是个大美人。"

听到"阿根廷女朋友"几个字,小罗罗松了一口气,我却听到他说了一句:"真是个愚蠢的玩笑。"

我立刻问:"什么玩笑?"

"没什么,我是想说误会了。"他重新说道。

"那我们今晚出去吃饭,就我们两个人?"莫拉马上利用这一点,她没有我想象的那么天真。

"一会儿有最后一集……"小罗罗欲言又止,最后说,"当然,你想去哪儿我就带你去哪儿。"

莫拉激动不已,喜出望外,往车边走去。但我在带着疑惑思考:谁和小罗罗开了他所说的愚蠢的玩笑?或者说,谁告诉他莫拉要和探戈舞者见面?

悬念!必然需要看下一章,因为我们得知道是谁告诉罗兰多告密的。

我一直在想,作者们是如何做到让读者注意力集中的。这里是一个"自制的"例子:在最后一页形成了一个谜团。就算我们要分心了,也会为了大结局,一直读下去!

我想我已经掌握了这种注意力策略,在结束之前,最后来一个惊喜!

揭晓秘密

要查出是谁通知了罗兰多,我们需要侦探米娅。所以,我一回家就提出了我的假设:妈妈,不,不可能,她是莫拉的同伙;

那就只剩下爸爸、贝尔尼和莫拉,只有他们几个知道我们去拜访洛里斯舅舅的事。

爸爸可能通知罗兰多,因为他觉得对不起他;莫拉也可能这样做,让他吃醋(她成功了);另一方面,如果这两个人分手了,贝尔尼应该很高兴,这样就能赶走罗兰多了。

我决定一步一步来,我去找妈妈,告诉她谁出现在洛里斯舅舅家的门前。

她惊呆了:"罗兰多?谁通知了他?"

"或许是莫拉?"我猜测说。

"瞧你说的!为什么?"妈妈情不自禁地说。

"为了让他吃醋。"

"谁?罗兰多?"妈妈笑了,"他不是那种人,他对新车都比对莫拉更上心。"

"这不是真的。他很嫉妒。"我告诉妈妈。

"真的吗?"妈妈来了兴趣,"来,好好地给我讲讲!"

我几乎一字不漏地把一切告诉了她,她有时也会惊呼:"啊!你听听!谁能想到呢!"

"也许莫拉打了一个匿名电话让他吃醋。"我总结道。

"不,亲爱的,你在想什么?"妈妈坚定地回答,"那都是电影里的东西,莫拉没那么多主意。她连拿起电话听筒都要吓得半死。"

其实，妈妈说得没错。在这一点上，我要试试爸爸，他正安安静静地看报纸，脚边躺着罗比。

"爸爸……你有没有告诉罗兰多，莫拉要去洛里斯舅舅那儿？"我一气呵成问出来，不给他准备的时间。

"嗯，当然。"他心不在焉地说。

"爸爸！我对你感到震惊！"我生气了。由于我提高了音量，他从报纸上抬起头来，说："怎么了？"

"是你干的！"我气得爆炸了。

"我干什么了？"

"给罗兰多打电话，你刚才说的！"

"打电话说什么？"

当然和爸爸在一起需要很多耐心，妈妈说得对。我气得冒烟："告诉他莫拉今天要去哪里！"

"为什么？莫拉去哪了？"爸爸叹了口气，"玛丽亚·维罗妮卡，亲爱的，你想让我知道什么……我刚从办公室回来，我有一天……你问妈妈，她肯定知道。"

那么，就剩贝尔尼了。

我敲了两下他的门，等一下，然后再敲第三次。我什么也没听到，但还是决定进去。我发现他躺在床上，耳朵上戴着耳机，他没有听到信号。他看了我一眼，意思是"你要干吗？"。

"我需要一些信息。"

他摘下一只耳机,重复道:"你要干吗?"

"今天下午我和莫拉遇见了罗兰多。"

"真好!"

"但很奇怪,因为他知道莫拉是去洛里斯舅舅那儿。"

"那又怎样?她一定告诉他了。"

"不,因为他生气了,他以为恩里克在追求她。"

"啊,我在听。"贝尔尼很感兴趣,摘下另一只耳机,"他生气了吗?"

"是的,很生气。"

"那个小丑活该。这是安格斯·杨的复仇。"

"谁是安格斯·杨?"

"一个传奇人物——AC/DC乐队的作曲人。罗兰多讨厌他们。"

"你知道莫拉怎么叫罗兰多的吗?"

"怎样,怎么叫?"贝尔尼问,他更感兴趣了。

"小罗罗。"

"小罗罗?"贝尔尼开始狂笑,"小罗罗!太好了!我会给他发各种信息,给小罗罗!"

"什么信息?"我立刻有了个猜想,"贝尔尼……你有小罗……罗兰多的邮箱地址吗?"

贝尔尼耸耸肩。而我坚持:"贝尔尼!是你通知了他!用电子邮件！"他什么也没说，所以我想我说对了，"看吧，他会知道是谁干的！"

"不，妹妹。"他回答，"我很聪明，我是从朋友的邮箱发的。"

"你给他写了什么？"

这时他承认："我写信给他：你知道莫拉喜欢阿根廷探戈吗？你知道她和谁跳舞吗？明天下午去洛里斯家，你会知道的。一个朋友。"

"但最后你什么也没得到。这只是一个愚蠢的小玩笑，他们很快就和好了。"

"怎么没有！我知道了他的秘密名字，现在全世界都会知道。每个人都叫他……小罗罗。"

是的，每个人都有一个秘密的名字，这个名字只有很少人知道。也许罗兰多只让莫拉叫他小罗罗。我只告诉了珍妮、罗比、罗莎姑奶奶和……恩里克，我叫米娅。

这就是这个故事的结局。周日下午，洛里斯舅舅和恩里克一起来向我们告别，恩里克要去意大利各地进行一系列的演出。我好难过，因为他才刚到，就已经要走了！当他们都坐在客厅里聊着无聊的平常琐事时，我走近恩里克说："你想玩吗？"

"Okay."他说，但这是美国人的说法。

他坐在我房间的地毯上，我摆好棋盘和跳棋。我们玩了一会儿，然后我对他说："你知道我有一个秘密的名字吗？"

"哦，是吗？是什么？"

"你必须保证不告诉任何人，甚至是洛里斯舅舅。"

"我保证。"

"这个名字是……米娅。"我低声说。

"啊……好听。"他也低声说，"我也有一个秘密的名字。"

"真的吗？是什么？"

"马克西姆，我在更……更年轻的时候用过它。"

"那我可以叫你马克西姆吗？"

"当然。"

既然我们已经告诉了对方我们的秘密，我决定把我们的友谊封存起来："那我送你一样东西！"

我从抽屉里拿出字母图章中的一枚，是装饰好的首字母"M"。恩里克看着它，开心地笑了："谢谢，谢谢你，非常漂亮。"

"听着，马克西姆……"我豁出去了，"你和胡安妮塔订婚了吗？"

"不，我们是朋友。"

这是个好消息！那么我决定全力以赴："你愿意和我订

婚吗?"

恩里克看着我说:"也许你现在有点太小了。"

我的表情一定很失望,因为他马上笑着说:"等你长大了……我就有点太老了。"

我看着他,用最诚实的语气说:"说实话,你已经很老了,不过没关系。所以……我们,我等你,你等我。好吗?"

"好吧,我们可以试试。"他微笑着向我伸出手。

我庄重地抱紧他,然后我吃掉了他最后三颗棋子,在跳棋上,我是无敌的米娅,最好让我未来的男朋友马上知道这一点。

赢得男孩们的青睐都这么容易就好了!

关于这个问题,可以将引起男孩兴趣的艰难艺术与国际象棋进行比较:你得仔细考虑自己的棋和别人的棋,但是对于最多会像棋盘上的马一样跳一跳的我来说太复杂了。因此,小时候,我是迷人的,甚至是无敌的,但现在我觉得我是迷糊的、软弱的、笨拙的!随着年龄的增长,我没有提高,反而失去了这种能力!我不是在说像我小时候喜欢的舞者那样的成年人,我说的是一个比我大一点却不屑于看我一眼的人,好像我变成了看不见的米娅。谁知道下一个故事会不会给我带来更多的灵感来引起肖恩的注意……

我想当个小作家

科学家米娅

贝尔尼的生日礼物

在我哥哥十五岁生日时,他要求为他所谓的"大事件"送一份特别的礼物。

"我看不出来满十五岁有什么了不起的。"妈妈说,"你还没成年。"她正在把盘子放进洗碗机,我和贝尔尼在帮忙。

"你知道我已经走到了人生的五分之一了吗?我已经在变老了!"贝尔尼抗议道。

"生命的五分之一是什么意思?"

"假设我活到七十五岁,十五岁就是我生命的五分之一。"

"你什么时候开始学做数学了?"妈妈开玩笑说,"况且,如果你活九十年,那么就到生命的六分之一了。"

"但说什么六分之一,四十岁以后就无事可做了。"

三十九岁的妈妈立刻被激怒了:"什么意思?你看,现今所有的顶尖人物都超过四十岁了。"

"那我们来听听,这些重量级人物都是谁?"贝尔尼很积极,因为他总是和妈妈争论一切,尤其是他评价妈妈的品味过时的时候。与此同时,我正在自己把碗装进洗碗机,因为那两个人只顾交换意见。

妈妈先开始:"比如说歌手麦当娜,再比如说莱那托……"但贝尔尼却忍不住狂笑起来:"那些木乃伊!现在已经得强制住院了!"

妈妈很生气:"他们会过时,但是每个人都喜欢他们,他们取得了巨大的成功,他们是伟大的艺术家。我想看看你是否能做到,在四十岁的时候,像伟大的莱那托一样。"

"比方说五十多岁,包括拉皮整容。"

现在,当心别触碰妈妈心中的某些神圣形象,会有在家关禁闭的风险。其实,妈妈的怒气值已经到了顶峰,她忍不住了:"你知道吗?看,你的生日都不用庆祝。我们会让它变得更特别。"

但贝尔尼没有被吓倒:"啊,所以我们直接变成勒索了,是吗?恭喜。"

"这不是勒索,"妈妈为自己辩护,但从她的声音中可以立刻听出她很后悔，"这是……一个想法。"

"是的，狱卒。反正我不感兴趣，我要去别的地方庆祝。"贝尔尼为自己感到骄傲，然后他讽刺说，"我要向玛丽亚奶奶要礼物。"

玛丽亚奶奶是爸爸的妈妈，妈妈不可能同意她来考虑贝尔尼的生日。

"抱歉，现在跟奶奶有什么关系？"妈妈很快做了让步，"你都没说过想要什么礼物。"

"算了，我们别再说了。"诡计多端的贝尔尼转过头生气地说道。同时，我关上洗碗机的门，让它开始洗碗，否则天就黑了。

"不，我们要谈谈……"妈妈看了一眼厨房墙上挂着的钟说，"我们今晚再谈，因为现在我真的要离开了，天啊，已经差一刻4点了！"

于是，我们在晚餐时，当着爸爸的面继续讨论，爸爸比妈妈冷静得多，而且经常知道如何拿捏贝尔尼。

"总之，你想要什么生日礼物？"爸爸开始说。

贝尔尼一副受害者的模样，说道："没什么，我只是想要一只宠物。"

妈妈小心翼翼地不插话，爸爸笑着说："嗯，我们已经有一条狗了，不是吗？"

对此，贝尔尼越来越像个受害者，他回答说，罗比是属于大家的，他想要一只属于自己的小狗。于是我插话了："我不能也养它吗？我喜欢动物！"

"你看到了吧？"贝尔尼伤心地说，"大家都在这里插手我的事情。我还没来得及说我想要一只动物，玛丽亚·维罗妮卡就立刻占有了它。"

妈妈再也受不了了，她脱口而出，说如果他真的想养宠物，她就会把罗比放在他的房间里，这样他就可以时不时帮着带它去小便，而不是总是她和爸爸想着这些事。

贝尔尼的反应是拉着一张一米长的脸，一言不发，这是他采取行动的前奏，他会写好"暴君""家庭暴政""拥有自己动物的自由""动物恐惧症""一条狗不够"等烦人的便签，分别贴在冰箱、浴室镜子、父母卧室的门、桌子等地方，总之，贴得到处都是。

最终妈妈和爸爸做出让步，组团去贝尔尼的房间。这就意味着他们敲响了挂着醒目的"请勿入内"牌子的房间门，并问贝尔尼说："你想要什么动物，我们能知道吗？"

贝尔尼含糊其词："一个小动物。"

"我希望不是猫，"妈妈说道，"我们有一条狗了，而且，我对猫毛过敏。"

"什么时候开始的？"爸爸很惊讶，"你小时候家里就有两只。"

妈妈迅速地瞪了他一眼:"是我妈有两只猫,不是我。我是过敏的,她也没在意。甚至,我觉得她是故意的。"

这时我也加入了讨论,因为我已经在门口了:"是兔子吗,贝尔尼?"我真希望是兔子,因为我太喜欢兔子了。但他越来越回避地说:"我不想养毛茸茸的动物。"

"啊,太好了!"妈妈满意地感叹道,"至少,不会到处是毛。"

我敢肯定妈妈认为贝尔尼会选择一条金鱼或一只小鹦鹉,所以总结说:"那我们同意,不是搞得很脏的猫、兔或仓鼠。我很高兴!"

那么,当贝尔尼带着小恐龙回家时,有什么好大惊小怪的呢?

十五岁,这是个有点令人恼火的年龄,因为肖恩也十五岁了,他本质上是令人讨厌的。

因为他假装看不见我,即使我从他身边一米之内经过,也是因为他对所有人都微笑,唯独不对我笑。他确实不知道我的名字,但我也想成为这个新晋作家圈子里的一员,这一点,这位少爷是知道的,因为我们在进秘书处拿比赛资料的时候撞见了。珍妮的一个读高二的表姐告诉我,肖恩毫不掩饰他想成为作家的志向，而且他已经开始写某类奇幻小说了。谁知道讲的是什么，龙、精灵和魔法大战？

我想我更擅长写实的故事，因为我是从自己的经历和家庭出发的。但也有很多作家都用过自己的传记材料，不是吗？

此外，这个关于小恐龙的故事简直太奇幻了，不知道肖恩会不会喜欢呢。同时，让我们看看我是如何讲述这个家庭小传奇的。

认识安格斯先生

多么令人难忘的一幕啊！贝尔尼拿着一个用布盖着的玻璃盒子走进屋里，我们其他三个人围了过去，很是好奇。因为我们都在厨房里，罗比也摇着尾巴加入进来。爸爸观察着："啊，你看，他抓到了一条鱼，虽然这个鱼缸有点大……"

贝尔尼一边哼着歌，一边小心翼翼地把盖好的盒子放在厨房的桌子上："这不是鱼缸，这是一个玻璃缸。"

突然，妈妈起了疑心："是什么？所以它不是鱼……玻璃缸是给陆地动物的，对吧？"贝尔尼越来越高兴地点头，妈妈接着说，她的眼睛盯着藏着我们新客人的黑布："是什么，乌龟？"

这时，贝尔尼以魔术师的动作，拿起黑布的一角把它扯了下来，并喊道："我向你们介绍……安格斯先生！"

我们三个人都开始像看恐怖片一样尖叫，连平时那么冷静的爸爸也不例外。甚至,我和妈妈紧紧地抱在一起,她把我的头转过来压在她身上,就像在车祸现场一样。

与此同时,听到我们的尖叫声就跳了起来的罗比,开始疯狂地朝玻璃缸吠叫。爸爸抓住它的项圈,试图让它平静下来,但罗比继续咆哮。当爸爸忙着把我们受到惊吓的狗拖走时,我挣脱了妈妈的怀抱,大喊:"恐龙!爸爸!妈妈!这是一只恐龙!"

其实,玻璃缸内的动物看起来就像一只恐龙,虽然它和兔子差不多大。它是绿色的,有很多鳞片,头相当大,喉下有某种鳞片,爪子像蜥蜴,尾巴很长。在它的后背,从头部到尾巴尖,有许多像梳子一样的小弯齿。

"天啊,天啊,天啊!"妈妈在喃喃自语,一只手捂着心口。与此同时,爸爸已经成功地把罗比弄了出去,罗比在客厅里哀嚎,然后爸爸浑身是汗,满脸通红地,像一只火鸡似的,对着贝尔尼大喊大叫:"你……你疯了!"

我不得不说,我从未见过爸爸如此失态。妈妈则脸色白得像块抹布还重复着:"哦,我的妈呀……哦,主啊!"

贝尔尼惊讶地看着他们俩:"为什么?我干什么了?"

"你傻了吗?"爸爸的眼珠子都快从眼眶里蹦出来了,"你从哪里搞到的这个……这个东西?"

"我买的。"贝尔尼好像更惊讶了,好像没看出得到一只恐龙有什么奇怪的地方。事实上,这只脸上长满鳞片的恐龙正睁着双眼观察我们，可能是想知道这么混乱的原因。它蹲在一块石头上，静得像一尊雕像，只是那对小眼睛里闪着黄光，像蛇的眼睛。

"买的？让我们听听，在哪儿，从谁那儿？"

贝尔尼知道自己搞砸了的时候，脸上的表情就像条死鱼一样，试着继续糊弄："我的一个朋友的朋友要把它送人，你知道，可怜的家伙，我为那些在寒冷中死去的动物感到难过，所以我想……"

"你想？可是，你想什么呢，你！"爸爸炸了，什么也不听，怒气冲冲地走出房间，叫嚷着，"我马上给保罗打电话，"那是他的律师朋友，"这畜生肯定是非法的！"

此时，妈妈像一片树叶一样颤抖着，没有力气生气，用断断续续的声音问道："贝尔尼，你怎么想的？……谁让你脑袋里想出这种东西的？……"

"没人。"他很平静地说，"我在网上看到了它，它看起来真漂亮！"

"漂亮吗？"她瞪大了眼睛，"它令人毛骨悚然！我都不知道它是哪种爬行动物！"

"我知道，妈妈！"我决定插话进去，"这是一只小恐龙，他们一定是用一种特殊的技术把它唤醒了！"

"你在说什么？"妈妈叹了口气，无力地倒在椅子上。于是，我火箭般地冲出厨房，大喊："我去拿书，等着！"

小恐龙一动不动，跟着我们的举动，闭上眼睛，等待着自己的命运：他们会让我留下来吗？

当我拿着恐龙的书回到厨房的时候，妈妈已经从惊吓中恢复过来，已经走向战场了："我告诉你，我不想让它在这里！"而她用食指强调"我"和"这里"这两个词，先是指着胸口，再指着地板。

贝尔尼用和妈妈一样的动作来回答："但我不把它放在这里，我把它放在我的房间。"他用大拇指指着那边的房间，把"我的"二字说得很清楚。

"瞧你说的！这事根本就没得说！"

我的哥哥眉毛一挑，摆出一副气愤的样子："抱歉，妈妈，你在做什么？你要像外公一样发号施令吗？你不是总说我们是民主家庭吗？"

现在，如果说妈妈绝对不想和谁做对比，那就是外公瓦莱里奥，那个退役的将军，就像她说的那样，他曾经让家里的所有人都处于戒备状态。

就这样，妈妈无言以对，而贝尔尼则轻轻抱起玻璃缸，带着厌烦的语气，结束说："来吧，安格斯。这里不欢迎你。"

他差一点没有撞上爸爸，爸爸明显平静下来了，正回到厨房。

"你去哪儿?"

"我把它带到我的房间。"他再次强调"我的"这个词。

"你确定那个箱子是安全的吗?那个畜生不会跑掉?"

"确定。"贝尔尼在消失之前,简短地回答。

爸爸倒在妈妈对面的椅子上,而妈妈则满怀希望地问:"怎么样?保罗和你说什么了?"

他悲伤地摇摇头:"我们必须采取温和的路线,卡拉。贝尔尼得告诉我们是谁给了他这只动物,以及如何给的。进口外来动物并不完全违法,但需要证书、许可……贝尔尼还未成年,我们可能会牵扯进去。"

这个时候正是插话的好时机:"妈妈,爸爸,我知道它是什么动物。这是一只踝龙!它生活在1.5亿年前。但它有大象那么大……也许这是一只幼崽。"

"玛丽亚·维罗妮卡,你现在也要参与进来了。"爸爸叹了口气,双臂垂在桌子上,像个绝望的人。

"但是不,爸爸,你看!"我给他看我书里的踝龙的照片。他瞪大了眼睛,惊呼道:"令人印象深刻!看起来确实像它。"

妈妈伸长了脖子:"让我看看。"

他们都看着书上的插画,说道:"我们所需要的就是这个。恐龙的后代。谁知道它在吃什么?"

"别担心,"我让他们放心,"它是个素食主义者。"

我们都相信这是一只小恐龙？嗯，看起来是这样，也是因为从来没有人说过这种动物属于哪个物种，所以误会可以继续，这种叙事技巧，你知道，我是个相当的高手（谦虚一点）。

在这一章中，我还使用了侦探或奇幻故事中的一种基本技巧——渐进法来让人不寒而栗，或者说是加大叙事张力的过程（从好奇心到不祥的焦虑感，再到惊恐的爆发）。在一部电影中，紧张的气氛也会被萦绕的音乐所唤起，令人毛骨悚然。其实，在某些场景下，我总是忍不住。当音乐声越来越大的时候，我就会闭上眼睛，有时甚至用手捂住耳朵。但我不想让别人知道，因为我不想被认为是胆小鬼。

奶奶见安格斯先生

第二天是星期天，奶奶玛丽亚要来探望我们。爸爸和妈妈决定什么都不让她知道，因为他们说奶奶是个老人，所以很敏感，他们嘱咐我和贝尔尼不要提起安格斯先生的存在。对了，安格斯先生不会发出任何声音，也没有任何气味，所以完全可能不被发现。

现在，我不明白，为什么奶奶不能看到一只小恐龙，好像是一个两岁的孩子。并且，还要留心别称呼她为"老人"，因为她自称"不是最年轻的"，最多就是一个"成熟的女人"。她偶尔说:"等我老了……"用她的小手一挥,仿佛在说还要再过多少个世纪。

况且,还得要理解她:她从年轻的时候就守寡,那时爸爸还小,从那时起,她就学会了凡事都靠自己,直到爸爸成家立业。奶奶在一家大型报社工作,后来她宁愿辞职,也要在一家女性周刊上保留信件专栏。她卖掉了和爸爸住的郊区的房子,去住市中心的小公寓,像年轻女孩子一样。我偶然听到妈妈和她的朋友们说:"你能相信吗?包括家具她都卖了,我的婆婆,那个疯子。甚至一个她爱不释手的18世纪抽屉柜也卖了!"

不过在我看来,奶奶做得很好。她一个人在偌大的房子里做什么?走来走去?而在市中心,她却非常快乐:她有自己的书房、一个漂亮的小客厅、一间卧室和一个小小的厨房,那里足够做她一个人吃的饭,而且还有富余。此外,由于她离剧院和电影院都很近,而且她订购了戏剧演出季的套票,还跟看了所有的新电影,比起喜欢看家庭录像的爸爸妈妈来说,她潇洒多了。

这还没完,奶奶还报名了一个防身术课程。因为,正如她告诉我们的那样:"有时候一个不再年轻的女人可能会有不好的遭遇。"我已经可以想象她被一个小偷威胁,她用两个柔道动作就把小偷打倒在地,那将是一个奇特的景象!

不管怎么说,贝尔尼和我保证不提起安格斯先生。对了,它的名字来自摇滚歌手安格斯·杨,对贝尔尼来说,他是一个活着的传奇，即使他是在二十年前唱的歌。甚至，我怀疑这个安格斯·杨的年龄和奶奶一样大，如果他们见面，一定会互相理解的。

也因为奶奶有特殊的品位，她喜欢任何有异域风情的东西，她站在那里讲述一个叫不出名字的中国导演的电影。然而，当我们列举我和爸爸喜欢的那些很棒的电影、所有的特效和情节转折时，她会脱口而出"这些美国女孩"，就和她说"真蠢"的语气一样。

总之，对我来说，奶奶似乎是与安格斯先生会面的合适人选。毕竟，它不能永远藏在贝尔尼的房间里，对吧？所以，午饭后，当我们像往常一样去我的房间聊天时，我不想再保守这个秘密了。

"你知道，当我长大后，我想成为一名古生物学家。"我对她说。

"哦，是吗？你喜欢史前的东西吗？"她很感兴趣，手指间转着她的彩色巴西项链（奶奶非常喜欢华丽的珠宝、手镯和非洲项链）。

"我喜欢恐龙。"我笑着说。

"真的吗？我得带你去伦敦，你肯定会喜欢自然历史博物馆的，它最大的收藏之一……"她每次都会赞同我，告诉我她会带我去巴黎、伦敦或纽约，去一些博物馆或奇妙的地方。但得先等我长大了再说。

"没必要大老远跑去伦敦,"我表情神秘,压低声音说,"我们有一只小恐龙,就在这,在家里。"

"是吗?"奶奶向我走来,看起来像个阴谋家,"你们把它关在哪里?"

"在贝尔尼的房间。"

"我一点也不惊讶。"奶奶说。

"你想看看它吗?"我用更低的声音问道。

"当然了。你是不是因为这是一个秘密,所以才会轻声细语?"我点头微笑,因为奶奶马上就明白了一切。

"爸爸和妈妈不想让我们告诉任何人,尤其是你。"

"他们总是有公开的秘密。"她叹了口气,站在我的房间门口,而我则悄悄地出去,按照我们的信号敲贝尔尼的门——敲两下,停一下,然后再敲一下。我的哥哥从门里探出头:"什么事?"

"奶奶想见安格斯先生。"我小声对他说。哥哥抓住我的胳膊,让我进去,然后把我身后的门关上。

"你疯了吗?爸爸和妈妈会剥了咱们的皮!"他嘶了一声。

"我们不告诉他们。"

"瞧你说的,他们是两个宪兵!他们会审问咱们,然后活剥咱们的皮。"

"但是他们从来没有！"我抗议道，因为贝尔尼很坚决地拒绝了。

就在这时，有人用约定的信号敲门：敲两下，停一下，再敲一下。贝尔尼把耳朵贴在门上，问："是谁？"

"不可能完成的任务。"奶奶在门的另一边回答。贝尔尼阴沉着脸看了我一眼，然后一脸愤怒地打开门。

"多么可爱的地方啊。"奶奶看了一眼墙上贴着有骷髅头和狰狞面孔的海报后，对着房间里的疯狂乱象眨了眨眼睛，开心地评论道，"养恐龙的最佳场所。"

"爸妈会把我们放在烤架上的。"贝尔尼坚持。与此同时，我拉着奶奶的手，指着那个玻璃缸："就是它，看到了吗？"

安格斯先生一如既往地在石头上一动不动，奶奶走过来，开玩笑说："这是什么？一个微缩模型？一个仿制品？"

但安格斯先生一看到奶奶色彩丰富的项链，就把头转向她，眨着黄色的小眼睛。我几乎要尖叫了，我用一只手捂住了嘴，因为如果妈妈发现了，即使她从来没有过，那可能是她真正剥我们皮的时候了。奶奶惊呆了："我的老天爷，它是活的！"

"是的，但是不用害怕，"贝尔尼保证，"它是不伤害人的。"

"我很清楚，"奶奶握着拳头叉腰说，"可怜的小野兽！谁允许你们把它关在家里的？哦，小可怜！"

她边看着安格斯先生边继续说:"小可怜,小可怜……"然后迈着坚定的步伐走出贝尔尼的房间,朝着手里拿着报纸躺在沙发上的爸爸走去。

"你做事太轻率了!"奶奶突然高声说,把他吓了一跳。

爸爸如堕五里雾中,而奶奶威胁要给动物保护组织、世界自然基金会、环境部、巴西领事馆,还有弄不清的其他什么机构打电话。

最后,爸爸和妈妈弄明白了她指的是安格斯先生,并试图为自己辩护,说是要面对贝尔尼的"既成事实"和"紧急情况"。可是奶奶觉得没道理,她急急忙忙地走了,威胁说:"你们两个没有主见的孬种,我会处理好的!"

在关门之前,她最后一次重复说:"啊,小可怜!"这是冲着安格斯先生说的。老实说,在我看来它并没那么可怜,整天待在它的玻璃缸里,懒洋洋的,趴在石头上,上面有它的水碗,还有装生菜的碗,贝尔尼每天都会给它装满生菜,好像它不是恐龙,而是一只无比普通的乌龟。

我把这前几章读给我的朋友珍妮听,她问我这整个故事是不是真的。我告诉她是,然后又纠正:"部分是,部分不是。"然后珍妮开始刨根问底,什么是真的,什么不是。我发现自己很为难,因为我不知道如何向她解释,笔是如何在想象力的手中流利地写下文字的。如果我坚持纯粹的事实,它就会出来一份像爸爸从大楼管理员那里得到的公寓业主代表大会的报告一样无聊得要死!相反,我经常有描述的乐趣,因此我夸张一点,创造一些对话、修饰……

"是的,但是哪些是完全真实的呢?"珍妮坚持说。

"全部。"我屈服了,但是,就跟说"没有"一样。

"小恐龙"不是恐龙

玛丽亚奶奶没有浪费时间,不到一个小时,她就带着一位非常尊贵的先生回来了。她急忙向我父母介绍说,这位先生是"沃尔泽博士",是一位兽医,是外来动物和受保护物种方面的专家。我不知道玛丽亚奶奶是怎么说服医生在周日下午赶到我们家的。通常情况下,这个时候即使是濒死的人打电话求医,医生也不会接。

而这名兽医却胳膊下夹着公文包出现了,他神情凝重,仿佛要进行开颅手术。也许他脸色阴沉,是因为今天是星期天,当奶奶就像一阵旋风一样冲进他家时,他正在安然自得地小憩。事实上,她已经架着他的胳膊把他往贝尔尼的房间里带,说:"来,快点,在这儿。"

面对这只小恐龙,沃尔泽博士眼睛都亮了:"啊!多棒的标本啊！"并开始从玻璃后面仔细观察它。现在，这位博士可能是个专业能力很强的兽医，但他非常没有教养，因为他不屑于看任何人，在进入贝尔尼的房间之前他甚至没有征得"允许"，贝尔尼也许脾气古怪，但归根结底，他是这个房间和这只小恐龙的主人。

于是，为了支持我的哥哥，我双臂交叉站在他旁边，这样我们就是两个人，板着脸、斜着眼，看着这位著名的博士分析安格斯先生。

而爸爸和妈妈则只是站在门口，有些气馁地看着兽医。奶奶追问道："我告诉过你，阿尔弗雷多。你不觉得它在这里面很痛苦吗？这对它来说不是很危险吗，小可怜？"

这时贝尔尼再也无法保持沉默，生气地脱口而出："有些人自己的事都管不了，它比他们强得多……"

"你在发什么牢骚，贝尔尼？"妈妈一边走近一边低声吼他。

贝尔尼小声回答："没什么，只是你们至少要征求我的同意再看安格斯先生，因为它是我的。"

"啊，是你的吗？"兽医插话说，他的耳朵一定很灵。

"是的，博士，我儿子把它带到家里来的。"我妈妈用很随和的语气解释道，"他甚至没有告诉我们他在哪里买的，从谁那里买的。"

"好吧,还是得告诉我们,"沃尔泽博士嘀咕着,眉头越皱越紧,"因为有一个糟糕的卖这些动物的地下市场,如果你参与其中,就会被处以巨额罚款。"

该死的!他是兽医还是警长?贝尔尼脸色苍白,可以清楚地看到,他心虚腿软了。

妈妈几乎是在乞求他:"来吧,贝尔尼,回答博士的问题,一切都会好起来的。"

"可是我……我知道什么?"我哥哥无可奈何地摊开双臂,"我是在网上看到的,我联系了一个人,想买他的……但我连他的名字都不知道,他有个绰号……"

"是?"眉头紧锁的博士催促他。

"绰号……爬行动物。我们在一个未出租的店铺里见面,我给了他钱,他给了我安格斯先生。"

"他没有给你这些动物必须有的CITES[①]证书?"兽医追问他,而贝尔尼不自在地耸耸肩。

"走私买卖!"爸爸惊呼道。

"你知道吗,贝尔尼?你为什么一开始不说呢?"

---

① CITES即《华盛顿公约》(《濒危野生动植物种国际贸易公约》),其精神在于管制而非完全禁止野生物种的国际贸易,其用物种分级与许可证的方式,以达成野生物种市场的永续利用性。——译者注

"可能会有不好的事情发生在你身上,你可能会受到伤害!"妈妈试图抱着贝尔尼,好像他受了重伤一样,但他马上避开了,看起来很烦躁。

兽医-警长摇摇头:"这是他们的制度,他们总是这样做。匿名联系,约在一个不会引起怀疑的地方,交换货物,然后消失。而动物是没有登记或检查的。一个不光彩的交易。"然后他用手指着贝尔尼,"可你为什么会成为帮凶呢?"

我们正在审讯中,贝尔尼一开始还很大胆地回答:"我在摇滚杂志上见过它,在'埋葬'①的队长怀里……很强壮!"然后,因为奶奶摇头,爸爸摇头,妈妈也开始摇头,在所有的摇头中,贝尔尼的声音渐渐减弱,"我以为它是一个具有攻击性的动物……呃……好吧,我错了……"

"埋葬都是谁?"博士坚持问,他更像警长了。

"一支摇滚乐队。"贝尔尼小声嘀咕,现在几乎没有声音了。

就在这时,博士决定变身为一名真正的警长。

"来,玛丽亚,你看到了吗?"他用一种迂腐的语气说,

---

① "埋葬"是一支来自巴西的死亡金属乐队,也是最早的死亡金属乐队之一。——译者注

"这些都是年轻人的案例,廉价的歌手为了给人留下深刻的印象而利用这些可怜的生物。"他指着此时仿佛在它的鳞片上有一个光环的安格斯先生。但可以看到,小恐龙一点也不喜欢这种圣人的形象,因为我第一次看到它动了起来,挥舞着尾巴,张开了嘴,一张血盆大口!仿佛是发起战争的吼叫。

"我们打扰到它了。"警长立马回到兽医的角色做出诊断。

同时,我真的受够了他的说教。于是,我对他说:"奇怪,它从来不动。即使是贝尔尼喂它的时候也不动。我想,它讨厌你。"

兽医不听我说话,好像我只是一只看不见的蚂蚁在说话,转身对贝尔尼说:"你喂它?喂的什么,说来我们听听?"

贝尔尼板着脸,迅速地列出来:"西葫芦、生菜、红薯、煮熟或磨碎的胡萝卜……这些动物吃的东西,对吧?"

讨厌的博士耸耸鼻子,一副很懂的样子,说:"不错。你是怎么知道的?"

"听着,我可能很天真,但我不是无知。如果您想把我当成个傻瓜,现在就说出来,我们就不用再谈了。"

这时,奶奶和妈妈站了出来。妈妈感叹道:"果然如此!我的儿子又不是三岁小孩,如果他决定养这样的动物,说明他已经了解了情况……"而奶奶,则回应道:"但是当然,对不起,阿尔弗雷多,嗯……我的孙子可能犯了一个错误,但他是个孩子,如果不法分子利用了他的善意，我们不能责怪他。而且贝尔尼很聪明！"

因此，我看到光环从安格斯先生有鳞片的头上转移到贝尔尼的卷发脑袋上，贝尔尼抓住机会，表现得像个好孩子。于是，沃尔泽博士决定放弃警长的角色，还是做一名兽医。因此，他要求把这个玻璃缸搬到一个更大的房间，这样他就可以更方便地观察安格斯先生。

现在他已经平静下来了，我走到他面前，捏着拳头叉着腰，站好位置，让我的脸正好在他两英尺范围内，然后我大喊："博士，我能问您一个问题吗？"

"用不着大喊大叫，我不是聋子。"

"那您就是没礼貌了，因为您来的时候，并没有跟我和我哥哥打招呼，而是看着安格斯先生入了迷，仿佛它是个难得一见的美女，之前我说话的时候，您也没有尊重我。"

奶奶抱着我，在我的额头上印下一个吻。"我的孙女真棒，你说得对！"她对我说，并转向博士说，"阿尔弗雷多，你的确要道歉。"

他微微一笑："性格像奶奶，嗯？"为了表示他之前就好好听了我的话，他说："其实我真的很讨人厌。问题是什么，亲爱的？"

"地球上还有很多这样的恐龙吗？"

"我想说是的。"他高兴地说,"但它们已经不是那些生活在数百万年前的恐龙了。它们现在是各种蜥蜴目,也就是各种形状的蜥蜴。"

"这么说安格斯先生是一只蜥蜴?"

"准确说,它是一只鬣蜥。"他解释说。我看到我生命中最伟大的科学发现正在化为乌有:"鬣蜥?"

"是的,这是一只绿鬣蜥。"有了他的断言,我的失望达到了顶峰。再见了,复活了恐龙的古生物学家米娅!再见了,我伟大的科学事业!

我立刻开始生爸爸妈妈的气了:"你俩知道吗?"

爸爸翻了个白眼:"玛丽亚·维罗妮卡,我还以为你是假装的,讲这个恐龙的故事。"

我很生气,气势汹汹地跑回自己的房间,让他们去对付那只没用的爬行动物吧!过了很久,才有人想起我,我在愤怒地画着恐龙追逐愚蠢的鬣蜥的画。

爸爸决定来和我谈谈,他得这么做,因为他有点内疚心虚,他可以在那个卖弄学问的兽医告诉我那是一只鬣蜥之前告诉我!总之,情况是这样的:安格斯先生差不多有一岁半,它还很小。事实上,再过几年,它将有一米半长,重七十来公斤!或许和我们住在一起,它有点太大了,因为它需要一个笼子,更重要的是,需要一个可以不时走动的房间。此外,它似乎是一种非常敏感的动物，需要大量的关爱和不断的照顾。光喂它吃的和水是不够的，沃尔泽博士说，要爱它。就像一只狗，一只猫，甚至，一个孩子，博士解释后总结道："你们能做到吗？"

"当然。"贝尔尼回答道，而妈妈同时喊道："门儿都没有！"

于是，兽医似乎很有耐心地把贝尔尼拉到一边，告诉他鬣蜥可以活二十多年，需要不断的照顾，最重要的是，它不喜欢摇滚乐。

"我不相信。"贝尔尼坚持说。

"虽然我反对这种实验，但我允许你试试。"

就在这时，贝尔尼在客厅的播放器里放了一张埋井乐队的CD，所有人都聚集在那里观察安格斯先生。在第一段的开头，可怜的鬣蜥就躲在了石头后面，再也没有动过。

贝尔尼惊呆了："怎么可能！这不可能……那埋井乐队那些人？"

"他们和鬣蜥一起拍照的时候，没有在演奏吧，对吗？"博士说，"鬣蜥是一种爱好和平的、孤僻的动物。喜欢安静、稳定、久坐不动的生活，温暖、平静。"

"就像对一个老人的描述。"贝尔尼小声嘀咕道。

"是的。这是一个有数百万年历史的物种。"

因此我们现在遇到了一个小问题：给安格斯先生找一个主

人，一个能爱它、能用很多耐心驯养它的人。但首先我们要报告它的存在，让它接受检查，并获得许可。因为偷渡者的生活对人类来说已经够艰难的了，更不用说爬行动物了。

似乎大多数的故事都包含着意外，甚至不止一个意外，这样的情节就像人们所说的那样，引人入胜。不过，在这里，意外是足以预见的。因为没有人会相信安格斯是真正的恐龙，可能会有人问它是属于什么物种。因此，对于懵懂的米娅来说，与其说是一个意外，更多的是一种"揭示"，把自己想象成一个古生物学家的勃勃野心一下子就垮掉了。

所以，我——这个故事的作者，要让我关于鬣蜥的这段讲述在一系列令人误解的情况后，最后真相大白。应该说，对从一开始就看明白的读者而言，这个意外并不算什么，但对MIA[①]来说，却是个很大的意外（哈哈！真是一语双关）。如果说对读者有什么影响，那就是对叙述者的某种讽刺（米娅不是那么无懈可击）。

我觉得这整件讽刺的事情很有指导意义，我可以用它来引起肖恩的注意，通过留下一个讽刺评论，来讽刺关于某些非常商业化的科幻小说的成功……当然，如果我有勇气的话！

---

① MIA做名字的时候是"米娅"，做形容词的时候意思是"我的"。——译者注

安格斯先生试图逃跑

星期二早上,贝塔女士,我们的清洁女工来了。多年来,每周二和周五,我和贝尔尼一出门去上学,贝塔女士就来我们家。当我们回来的时候,不仅一切都井然有序,而且有时还会有准备好的美味肉酱。主要是在周二而不是周日,因为一到周日,比起做烧烤或者意大利面,妈妈觉得我们更需要去户外呼吸新鲜空气,常带我们去某些地方来"一次很好的野餐"。即使天气一点也不暖和,甚至有下雨的危险。贝塔女士是一个肉酱和千层面的魔法师,所以有时我迫不及待地盼着周二的到来,因为当我从学校回来的时候,有特别的可口美食在等着我。

但这个周二,当我回到家,我马上意识到不对劲。没有肉酱面的味道,而且,门厅里一片混乱。妈妈赶到门口,对我说:"玛丽亚·维罗妮卡,别担心。跟我去厨房。"

现在,如果看到自己的妈妈头发散乱、心神不宁地过来,用颤抖的声音说"别担心",换了世界上任何一个人都会担心!

"发生什么了?"我害怕地问,因为她马上就关上了身后的门。

"可怕的事情,宝贝。爸爸马上就来,他会处理的。"

与此同时,从房子里的某个地方传来了贝塔女士的叫喊声:

"夫人，夫人，别把我一个人留在这儿啊！"

妈妈像疯了一样尖叫："我来了，贝塔……我来了！"然后她睁大眼睛对我说："你就待在这里，千万别出去！"

"妈妈，发生什么了？"我再次问道，几乎要哭出来了。

"鬣蜥从玻璃缸跑出来了！"她用悲伤的语气告诉我。

这让我松了一口气，因为我以为有小偷。相反，这一切的混乱都是因为那个无害的小动物！但我还没来得及说什么，妈妈就冲了出去。厨房就像战场，桌子上放着椅子，水槽里有脏抹布，家居用品到处都是。显然，贝塔女士把一切都抛之脑后了。

我摘下背包，出了房间，去找那两个绝望的女人。客厅里仿佛刮过了一场龙卷风：沙发被移动了，扶手椅被掀翻了。而贝塔女士站在桌子上喊道："我不会从这里下来的！叫消防员！叫宪兵！"

现在，我在想，消防员能做什么？

给鬣蜥浇水？那宪兵呢？把它抓起来？再说，安格斯先生也不见了踪影。玻璃缸是空的，而它无处可寻。罗比在我房间里狂吠，应该是妈妈把它锁在那里了。

"玛丽亚·维罗妮卡！你来这儿干什么？我叫你待在厨房里！"妈妈挥舞着长柄刷子大喊。

就在这时，焦急万分的爸爸出现了，妈妈声音变了调子，绝望地大喊："罗伯特，你可来啦，我还以为你不来了！我们已经等了你一个小时了，都快疯了！"

爸爸气喘吁吁地手捂着胸口道歉："我遇到堵车了，电梯又总是被占着，我是从楼梯跑着上来的！"

事实上，这个时候，电梯总是被四楼的佩西奥尼女士占着，她每周二都会去多肉植物市场，回来后就不慌不忙地卸下采购的东西。她的房子现在一定是一个温室，因为每周二她都会带回来新的植物，还有特殊的产品和处理剂、盒子、花盆和肥料。我经常在认命地爬楼梯的时候遇见她，看见她从容地把一个包朝屋里搬，电梯门大开着[①]。

无论如何，从妈妈狂乱的讲述中，我们得知麻烦发生在大约一个半小时前。贝塔女士正在打扫客厅，认为最好把玻璃缸的盖子取下来，想好好掸掸她认为是小模型的恐龙。因为从各方面看，它都和几天前在电视上看到的史前动物的电影中令人印象深刻的野兽一模一样。鬣蜥当时可能在打瞌睡，因为它在石头上一动不动，闭着眼睛。但贝塔女士一用鸡毛掸子碰到它，安格斯先生就睁开了它的小眼睛，摇着尾巴。由于受到惊吓，贝塔女士跳了起来，险些向后摔倒，于是她抓紧了玻璃缸，把它掀翻了。安格斯先生被甩到地毯上，怔了几秒钟，四处张望。与此同时，贝

[①] 意大利旧式电梯需要手动关门，只要不关门就处于被占用状态，别人无法使用。——译者注

我想当个小作家

塔女士冲出房间，关上门，给上班的妈妈打电话，断断续续地大喊着，并威胁说要报警，或者叫精神病院把我们都带走，说我们真是疯子，竟然在家里养了一个可以要她命的危险怪物！

妈妈说服她什么也不要做，并急速赶回家，因为她早上工作的老年中心离我们家很近。她到家时，发现贝塔女士躲在厨房里，正在向天堂里所有的圣人祈祷。慢慢地，妈妈说服贝塔女士帮她一把，并解释说安格斯先生看起来很丑，但它心地善良，为了说服她，还说："有点像您的姐夫马里奥，刀疤脸的他看起来像个罪犯，可其实对所有人都很好。"

对此，贝塔女士很不高兴，她说这种类比是不合适的。因为首先，她的姐夫是个基督徒，而基督徒和野兽是有很大区别的，你永远不知道野兽脑子里在想什么，再说她的姐夫马里奥也没有被放在客厅里展览！

长话短说，妈妈紧急地给爸爸打了个电话，同时向客厅里看了一眼，看那只鬣蜥在哪里。但刚一开门，她就发出了一声尖叫，差点再次刺激到贝塔女士。安格斯先生，在房间的正中，正在大口大口吃着垂叶榕盆栽的最后几片叶子，那是妈妈多年来精心培育的最受宠的植物，眼看就要长成了一棵树。于是妈妈再也看不下去了，作为将军的好女儿，她发起了进攻。她用长柄刷子武装自己，大喊道："我让你看看，你这个贪婪的，贪得无厌的畜生！"并向鬣蜥冲去。

鬣蜥看到那股手持武器的怒火烧过来了，先逃到了一张扶手椅下，妈妈立即掀翻扶手椅，大喊："你以为逃得出我手掌心吗？！"然后它逃到沙发下面，妈妈带着杀气移开了沙发，最后它躲在了一个胡桃木家具的后面，那是一个重达一吨的展示柜，只有四个身材魁梧的大个子才搬得动。

"你有种就出来吧！"妈妈威胁它，试着用长柄刷子去捅它，但鬣蜥远远地藏在了角落里。

这时，我到了，再不久，爸爸到了。

"可怜的安格斯先生，"我说，"它一定怕得要死。"

"如果我抓住它，就把它烤了！"妈妈喊着，"但最重要的是，我要逮到这场灾难的责任人，我……"

就在这个时候，真不凑巧，贝尔尼出现了，刚从学校回来。"这到底是怎么回事？为什么还没做好饭？"

我不认为妈妈能发出科曼奇[①]战士的战争呐喊，但如果爸爸没有在那里阻止她，我敢肯定今天贝尔尼不能再用手抚摸他的卷发了，因为妈妈会把他的头皮挂在古驰皮带上。

所幸的是，爸爸是个沉稳的人，在任何情况下，他总是尽量找到一个和平的补救措施。等妈妈冷静下来，帮着贝塔女士从桌子上下来后，爸爸把我们召集到厨房，冷静地解释道："我们

---

① 科曼奇族印第安人是美洲印第安人部落中最好的骑手。他们是个尚武好战的民族，会将敌人的头皮割下来作为战利品。——译者注

不必惊慌。鬣蜥是一种无害的动物,它害怕就会一直藏在家具下面。唯一的解决办法就是紧急打电话给沃尔泽博士。你们待在这儿,我来打电话。"

伟大的爸爸!看到他如此可靠、强大,我几乎都感动了!相反,我的哥哥除了抗议之外,没有更好的办法:"我们不能先吃饭吗?不,因为我太饿了……"

现在,如果贝塔女士不在这里,我怀疑妈妈会让他把长柄刷子吞下去,但我们的保姆却立刻跳起来,大喊道:"天哪,这些可怜的孩子还空着肚子呢!"眨眼间她就开始做意大利面和肉酱,准备大煎蛋饼和芸豆饼,还做了水果沙拉,这么多好东西,以至于我真想说一句:"谢谢你,安格斯先生。"

当沃尔泽博士按响我家门铃时,我们已经暂时忘记了有一只贪吃垂叶榕树叶的鬣蜥在客厅里游荡。

不怕鬣蜥的小米娅真的很勇敢,事实上,她对妈妈歇斯底里的态度感到惊讶。

但要我说,所有这些勇气去哪儿了?因为如今,我觉得自己变成了一个腼腆的人,无缘无故地脸红,难道我对数不清的事情都感到羞愧?

我大胆的目的是什么?用讽刺的方式评论奇幻时尚让肖恩大吃一惊?事实上它已经成为一种商业类型……相反,这是我的光辉形象，不亚于在年度图书聚会上与著名的英国传奇译者见面时的样子。这次会面只有感兴趣的人参加，因此我们是一群很不错的人，当然也包括肖恩，他向译者提出了很多问题：关于他如何修改原著对话的一些部分，关于魔咒的翻译，以及作者是否知道这些修改，以及为什么……当然肖恩表现出他看过原著，并与译文进行过对比，好像他是牛津大学教授似的！

译者似乎对这一连串的问题印象深刻，并宣称自己非常高兴能遇到这样一个细心而严谨的男孩（而且很专注，有人小声议论说）。而我呢，早就准备好了一个问题，不但没有问出来，而且还把它永远地忘记了，甚至到现在也想不起来，仿佛被我用一句决定性的"删除"从记忆中抹去了。

至于讽刺的评论，我唯一能说出的相当白痴的句子是："你是用英语读的吗？"

不得不说，肖恩很友善。他本可以这样驳斥我："不，用阿拉米语①，你看不出来吗？"而他却只是点了点头，说道："我推荐，它更精彩。"

这时候正需要真正的专家来一段绝妙的讽刺性评论，比如：

---

① 阿拉米语是古代西亚的通用语言。——译者注

"你推荐托尔金①还是刘易斯②?当然,如今也要取决于用它改编的电影的特效,你不觉得吗?"

我却大力地点了点头,之后我们就朝着出口散去。我再也没有勇气去面对他了!

唉……我最好还是继续研究从前的米娅吧,她在小时候,从没有失败过。谁知道,也许我除了写作之外,还要学会不那么糊涂无能。

米娅侦探开始行动

安格斯先生回到它的玻璃缸,卧在石头上,由于受到了惊吓,它比平时更加无精打采。沃尔泽博士建议给它吃以猕猴桃和杏子为基础的食物,但主要是尽可能让它安静地待着,让它忘记因为从家具下面被抓出来而造成的视网膜严重创伤。

沃尔泽博士从妈妈开始,斥责了所有人。他告诉我们,安格斯先生并不是自愿离开亚热带森林来到客厅里的笼子里,所以我

---

① 约翰·罗纳德·瑞尔·托尔金,英国作家、诗人、语言学家及大学教授,以创作经典严肃奇幻作品《霍比特人》《魔戒》与《精灵宝钻》而闻名于世。——译者注

② 刘易斯是英国20世纪著名的文学家、学者、杰出的批评家。——译者注

们应该尊重它，因为对它来说，垂叶榕不是一种装饰性的植物，而纯粹是一种食物。

沃尔泽博士也许是粗暴无礼的，但他是对的。我为变成非法的、没有许可证的安格斯先生感到非常遗憾。因此，我决定在这里化身为米娅侦探，因为必须把它的走私者们绳之以法。我无法想象，只因为一些白痴认为带着一只稀有动物四处炫耀很有趣，更多可怜的鬣蜥会落得和它一样的结局。

所以，第一件事就是去和贝尔尼谈谈。傍晚时分，我连门都没敲，就走进了他的房间。

按理来说，那时贝尔尼应该在学习。事实上，他躺在床上看音乐杂志。家里没有人，妈妈在剧院排练，尽管今天是噩梦般的一天，爸爸在上班。

贝尔尼看杂志的眼睛都不抬一下："你不能进我的房间。"

"这是紧急情况。"我说着在他的床上坐下。

"是吗，都给我出去。"他挑衅地发起进攻。然后他就像被蜇了一样，突然坐了起来："你知道吗？我去你的房间，把你的毛绒玩具扔掉，然后看看你会怎样。"

"我要和你说一件重要的事情。"我十分严肃地回答。

"我不感兴趣。"

"我不叫玛丽亚·维罗妮卡，"我吐露道，"我叫米娅。"

"所以呢？像我叫贝尔纳多，但所有人都叫我贝尔尼。"

我想当个小作家

他说。

"你的是一个缩写,但我的是一个秘密的名字,没人知道。"

他盯着我看了一会儿,然后笑了:"我也有一个秘密的名字。"

"真的吗?叫什么?"

"雷古拉斯。"

"酷!"我说,"是你自己虚构的吗?"

"不,他是《指环王》里的精灵。"他指的是那本两千页的大书,他在这个夏天几乎没有抬头地潜心研究了一个月。

"当你是雷古拉斯的时候,你会做什么?"我问,我为这个新发现感到兴奋。

"我通常会上网或聊天或玩一些角色扮演……"

"当你找到安格斯先生的时候,你的自我介绍用的是雷古拉斯?"

"是的。"

"你就不能试着再次联系把它卖给你的人吗?"

"我考虑过,"他皱着眉头说,"你觉得我喜欢被骗吗?但这并不容易,这家伙换了地址。"

"咱们可以假装成想买鬣蜥的人。你上次是怎么做的?"

"我在专栏里登了一则广告。"

"咱们还照样这么做,但这次写一个新的名字和另一个电子邮件地址。"

贝尔尼看了我好一会儿,然后点点头:"好。咱们试试。"他登录互联网,从一个页面跳到另一个页面,然后进入某种分类广告的专栏,并留下这样的信息:"萨鲁曼寻找鬣蜥。电子邮箱:saruman@hotmail.com。"然后他搓搓手,说:"现在,我们看看,这个狡猾的家伙上不上钩。"

第二天,我迫不及待地等贝尔尼从学校回来检查邮件。可以说,我哥哥一进屋就心情不好,一点也不想听我讲话。妈妈拉着个长脸,因为鬣蜥仍端放在客厅里,因此可怜的罗比被赶出了客厅。所以连狗也情绪低落,蜷缩在通往厨房阳台的落地窗旁,发出悲伤的叹息。

午餐时的沉默就像是乌云笼罩在桌子上方,准备在第一句话时打雷、下冰雹:"请把水递给我好吗?"

也许这就是为什么,我和贝尔尼一言不发地迅速收拾饭桌,把餐具放进洗碗机里,而妈妈则眉头紧皱着,把自己锁在她的房间里,和她的朋友莫拉打电话发泄。我悄悄地走近门口,听到她说:"如果那个怪物明天还不走,我就收拾行李箱……是的,我向你发誓。我也和罗伯特说了,我一天都不能再忍了。"

我们希望妈妈能再考虑一下,因为如果她收拾行李走了,那爸爸肯定也会收拾行李跟她走,这样我和贝尔尼将再次面临父母突然不在的情况,换来的是客厅里的一只鬣蜥。

快点,哥哥和我把自己锁在他的房间里看邮件。万岁!这是卖家自己发来的信息,"爬行动物"本人,他写道相约在聊天专线见面。贝尔尼,行家里手,给他发了一个聊天地址和一个准确的聊天时间,或者更确切地说,发信息的时间。

所以,几个小时后,当妈妈回去上班的时候,家里一片死寂,因为我没有在电视机上看动画片,贝尔尼也没有弹奏吉他,我们俩都盯着屏幕,迎接邪恶的"爬行动物"。

他和贝尔尼之间的对话听起来像是在做间谍生意,贝尔尼要求保证,而"爬行动物"则提供了一些样品,价格不一。最后,这个犯罪嫌疑人要求通过信用卡支付预付款。贝尔尼不知道该回什么,于是我抢过键盘打字:"没有信用卡,交货时我付现金。如果你不接受,那就没得谈了。"

贝尔尼惊讶地看着我,而聊天框中好一会儿什么也没出现。"我觉得,他不会接受。"他说。

然而,几秒钟后,收到了回复:"在这种情况下,价格会上涨20%。"

我迅速打字回复:"没问题。"然后我把它关了。当天晚上就收到一封电子邮件,是一张和安格斯先生非常相似的鬣蜥的照片,下面写着一个令人头晕目眩的金额:1000美元!我和贝尔尼哪里去找那么多钱?

不过与此同时,妈妈还没有收拾行李离开,甚至,她明天早上就要去报备鬣蜥,并办理临时许可证。

现在没有人敢再进客厅了,我们在厨房看电视,即使我们都要围坐在桌子旁,以至于感觉就像在体育酒吧看世界杯决赛的时候一样。只是在这里没有人说话,也没有人尖叫,甚至没有人喝酒。反倒是罗比时不时从地上发出令人心碎的叹息。

说到电脑,与那个不用电脑的可怕的齐佩尔(我的语文老师)所说的相反,我相信用键盘打字可以提升速度和正确性。因为你看到的是已经打出来的文章,如果你不喜欢,就可以删除它,修改它,毫无顾忌地返回原样,不会像用纸笔的时候那样留下删除、涂改的乱七八糟的痕迹和污渍。

比如,我当时虽然还小,但我的这些回忆录都是在电脑上写的,看了很多遍,也改了很多遍,以至于我都不记得有多少遍了。我纠正了什么?一个字,一个句子,有时是所有的动词,因为我发现我开始写的是远过去时,突然就换成了现在时……之所以会发生这种情况,是因为在电脑上一气呵成地写出来,跟随着自己快速闪过的思绪,用文字固定正在记忆中消失的场景。

寻找盟友

我们站在玻璃缸前,正在沉思我们的经济状况。即使我打碎我的存钱罐,加上贝尔尼剩下的一些小钱,我们最多也就能凑出100欧元,根本别提什么1000美元!

"但你为安格斯先生花了那么多钱吗?"我惊恐地问哥哥,我们的鬣蜥睁着眼睛看着我们,就好像它明白我们在说什么。

"不,我只付了一半的价钱,因为它是一只二手的鬣蜥。"他向我倾诉,叹息道,"我把这两年的积蓄都拿出来了。"

"什么意思?"

"也就是说,安格斯先生属于一个想要处理掉它的人,所以'爬行动物'赚了两次钱,先把它卖给了一个笨蛋,然后卖给我。"

可怜啊,可怜的安格斯先生!被绑架、被廉价出售!但是贝尔尼告诉我,总的来说,我们的鬣蜥是幸运的,因为有的人厌倦了家里有一只这样的动物,往往会把它遗弃在什么地方,甚至毒死它然后把它扔掉。我眼里含着泪,如果中间没有玻璃挡着,我会抱起这只可怜的动物,并不太在意它的鳞片。

于是,我做了一个决定。我告诉哥哥要去我的朋友珍妮家,但我却急匆匆地去了大区的宪兵总部,那是一幢靠近花园的小别墅。一名年轻的宪兵带着质疑的表情给我打开了门,但我要求和上士谈一件非常重要的事情。

"你也可以和我说,"这名宪兵笑着说,"你的洋娃娃被偷了?"

我紧紧抿着嘴唇,双手交叉在胸前:"是一件严肃的事情。我想和上士谈。"

"他不在。"

"那我等他。"

"你不能一个人在这里等他,你的妈妈在哪?你的爸爸呢?你告诉我你叫什么?"

而我,固执地说:"我只和上士说。"

"发生什么事了?是不是有人骚扰你?"这名宪兵坚持说,他现在似乎更担心了。

我闷闷不乐地保持沉默,这名宪兵让我坐在大厅的长凳上。然后我听到他在给谁打电话。三秒钟后,另一名稍微年长的宪兵出现了:"你好,我是中士莫吉,你能和我说发生什么了吗?"

"和走私有关。"我干巴巴地说。

他皱着眉头:"走私?"

"对,"我说,"走私鬣蜥。"

中士一点也不拐弯抹角:"这应该是一种时尚。刚有一位女士申报说,有一只在街上找到的鬣蜥……"

我有一种可怕的预感，那个女士就是妈妈："这位女士是不是叫卡拉·玛尔塔莉娅蒂？"

"正是。"

"好吧，我是她的女儿。"

"那你发现了另外一只鬣蜥？"

"不，这个故事说来话长。"

于是，我把和爬行动物先生的接触、约好再买一只鬣蜥，以及我们要支付巨额资金的整件事原原本本地告诉了他。中士摇摇头说："这些都是很危险的事情。你们应该把它们留给专人去做。"

"那您知道这个'爬行动物'是谁吗？您能抓住他吗？"

我看到他犹豫了，他告诉我："这需要时间，需要证据……"

"那就太迟了！我们已经有了联系。"

中士笑道："那我们该怎么做呢，说来听听？"

于是我向他说了我的想法，他一脸严肃地听我说。

我的计划是让贝尔尼和我，化名雷古拉斯和米娅，出面与"爬行动物"见面，并携带一个装着宪兵队提供的美钞的手提箱。当然，为了行动秘密，我们将会穿上黑色衣服，戴上黑色墨镜，就像真正的间谍一样。

"爬行动物"给贝尔尼指定的那个地方是一个市场摊位，想想看是为什么，因为市场总是挤满了人，我们可能会被看到。不管怎样，在交换的时候，当我们把箱子交给"爬行动物"，他把鬣蜥交给我们的时候，唰！宪兵们会持枪站出来，把手铐扣在走私者的手腕上。

莫吉中士很认真地听完我的话后，挠了挠脸颊，犹疑地说："这场戏不错，如果我们是在拍电影，肯定能行。"

"怎么了？"我皱眉。

中士把一个食指放在另一个食指上，好像在数数："第一，我不能让两个孩子冒险。"

"实际上我哥哥十五岁了。"我打断他的话。

"那我们就说是两个未成年人吧。"他用警察用语回答道，同时右手的食指移到左手的中指上，"第二，我无法在很短的时间内拿到这么多钱。我需要一个授权和许多其他手续……"

"然后呢？"我追问道，因为他还没说完。

他把食指迅速移到左手无名指上："第三，我们不能潜伏在市场的摊位周围，我们会立刻被发现。"

"好吧。"我耸耸肩，"你们当然不能穿着制服来！显然，你们应该乔装打扮一下。"

他微笑着，双手放在桌子上，手指交叉："亲爱的……你叫什么名字？"

"玛丽亚·维罗妮卡。"

"你看,玛丽亚·维罗妮卡,这些都是不可能的。可以在电视上看到它们,但实际上有一些复杂的事情我没有告诉你。"当他说这些的时候,他摊开双手,就像爸爸说在办公室里你需要耐心,需要很大的耐心时的样子。

"那我们什么也做不了。"我看着他,很失望地说。

"但我们一定可以做点什么,在你和你哥哥的帮助下。"他两只手重新握在一起,手指交叉着,而莫吉中士几乎是低声向我解释他的想法。

一个正式的元素,正如严格的齐佩尔所说的那样,我相信通过重读我的故事,我很好地理解了它。对话代表了一个"场景",在这个场景中,叙述的时间与故事的时间相对应,而有时故事是被概括的(就像在本章中也发生的这种情况,当我对哥哥说我要去找珍妮,但却跑去了宪兵队)或被跳过,因为这是无趣的。尤其是因为在讲述的时候,不会像一些很无聊的作家有时居然一丝不苟地描述所有的段落和细节,他们迷失在细节中,不想跳过任何东西,否则好像他们的可信度就会丧失掉!

看在上帝的分上,我有什么资格去批评谁?但我要当一个作家,而且想做有实质内容的那种,而不是用字累赘的那种。至少,我试着去做。

瓮中捉鳖

中心市场有那种典型的市场的嘈杂，不少人在琳琅满目的摊位间来回穿梭。虽然我们在执行特殊任务，但我还是忍不住心不在焉，看着五颜六色的串珠项链、亮片夹子，再看看粉色的T恤、毛边牛仔裤……贝尔尼不停地拽着我走，还小声跟我嘀咕："我们不是到这儿来玩的，快走。"

"是，好的，但是离和'爬行动物'的会面还有一个小时。"

"嘘！你说什么呢！别提名字，他可能在这附近听着呢。"

当然，我的哥哥太夸张了，好像这些小货摊上有窃听器似的！

正如我所想象的，我们俩都戴着黑色眼镜，穿着黑色运动衫，但并没有什么特别的，因为放眼望去，几乎所有人都穿着黑色的衣服，从穿着牛仔裤的女人到穿着夹克衫的男人，从一群穿着T恤的游客，再到穿着工作服的小贩。所以可以说，我们已经完美地融入其中。

我们小心翼翼地走近犯罪货摊，半个小时后，我们将在那里会面！我不得不说，在摊位前待了5分钟，我就受不了了。我按机智的贝尔尼的建议，装出一副不紧不慢的样子，好像在等朋友或妈妈,我觉得似乎已经过了很长时间。

"几点了?"我问哥哥。

"你两分钟前才问过我。"他生硬地回答,"你就不能保持冷静吗?"

但是就在那一刻,传来一声:"哦,看看那边是谁!傻瓜贝尔尼。"

"哦,我的天哪,把这个给忘了。"我的哥哥喃喃自语道,他变成了个疯疯癫癫的样子。一个没精打采的大块头正带着一个矮胖得多的男孩走来。两人都穿着大裤衩和篮球鞋,又长又宽的运动上衣。

"哦,老狼,最近怎么样?"虚伪的贝尔尼假装高兴地说。

他们三个人互相拍了拍肩膀,而我却感觉我变成了隐形人,因为没有人看我一眼。

"你在这儿干什么?"被我哥哥称为老狼的那个又高又胖的人问。

"没什么,我在找一件《死亡之吻》[①]的T恤。"

"我也在找一件T恤。"另一个胖胖的、声音尖锐的男孩说,"不过,是百忧解乐队的。"

[①] 《死亡之吻》是由巴贝特·施罗德执导的犯罪片,该片讲述了一位叫吉米的替警方效力的卧底,成为黑帮大佬利特眼中钉肉中刺的故事。——译者注

他们在这里开始了一系列讨论,什么《死亡之吻》已经不值一提,什么那些半年前的音乐已经老得掉牙了。因为我觉得那三个人喋喋不休地谈论我一无所知的事情烦得要死,于是就插话道:"贝尔尼,咱们还有事要做。"

"这是谁?"那个胖胖的人尖声说。

"是我妹妹玛丽亚·维罗妮卡,我正陪她……看牙医。"贝尔尼编造道。

"你不是要买T恤吗?"胖乎乎的那个人立刻说,贝尔尼话音一转:"是啊,因为我们经过这里……"于是,为了改变话题,他进行了介绍:"玛丽亚·维罗妮卡,这是拉法,他是老狼。"

他们两个点头示意,我问道:"老狼?那是你的真名吗?"

他脸红得像辣椒,嘟囔着说:"我叫沃尔方戈,一个垃圾名字。我更喜欢沃尔夫,也就是狼[①]。"他和我一样!于是我给了他一个大大的微笑,说:"老狼超级酷!我也改了名字,我叫米娅。"

贝尔尼瞪了我一眼,而老狼脸色又恢复了原样,说:"事实上,玛丽亚·维罗妮卡有点垃圾。米娅更酷。"

[①] 沃尔方戈(Wolfango),沃尔夫(Wolf),在英语中是狼的意思。——译者注

"有什么酷的!"贝尔尼插话,"玛丽亚·维罗……米娅……总之,她十岁了,你敢信?"

"那又怎样?我十岁那会儿已经在听埃米纳姆①了。"

"如果是这样的话,我十岁的时候,假装去参加一个童子军集会,结果却听了一场红辣椒乐队的音乐会。"拉法鼓起胸膛说。

"红辣椒?"贝尔尼做了个鬼脸,"太垃圾了!"

但他们谈的都是我不认识的音乐团体,他们不断重复的这些美国单词,不是酷就是垃圾,反正就是这两个词。他们正准备再次讨论的时候,我马上制止了他们:"贝尔尼,我们还约了……牙医!"

"对!"他幡然醒悟,"再见。"

"拜拜。"老狼回答。

"嗯。"拉法更简洁地回答,他们摇晃着巨大的裤子离开了。

快到约定的时间了,我们的目光都集中在货摊上。

"听着,但这不是一个秘密的名字吗,米娅?"贝尔尼有点生气地对我说。

---

① 埃米纳姆(Eminem,1972—),美国说唱男歌手、词曲作者、唱片制作人、演员。——译者注

"我不可能一辈子守着这个秘密,"我耸耸肩,"我可以像老狼一样,让朋友们这样叫我。"

"是的,但老狼不是你的朋友……"贝尔尼开始说。但我让他别出声,因为我看到了可疑的动态。

"嘘!我们走吧。"

一个矮壮的家伙从拐角处钻出来,推着小车,上面放着一个箱子,看起来就像运送给摊位的一件普通货物。贝尔尼却用胳膊肘撞了我一下,告诉我他认出了他,是"爬行动物"。

有个人在我们身后,问:"贝尔尼,是他吗?"

从声音,我立即意识到他是莫吉中士,但是当我转身时,我感到震惊。因为如果我看到他,我绝对不会认出他来。他身着便衣,穿着牛仔裤和夹克,还戴着墨镜,看上去比我在兵营里见到的他年轻得多。

贝尔尼点点头,莫吉拍拍他的肩膀:"好了,孩子们,快走吧。我不想让他看到你们。"

当然,我和贝尔尼远远地看着。莫吉走近到摊位后面,我们清楚地听到他说:"我是萨鲁曼,这是我的货吗?"

"我想先看看钱。"另一个人说,他声音沙哑,让人不寒而栗。但莫吉不以为然,事实上,他用自信的语气说:"当然,在这儿。"

片刻间,他可能掏出了他的宪兵证,而不是钱,因为他命令道:"您因走私受保护动物而被逮捕了。"

这时,"爬行动物"试图逃跑,因为我们看到他突然一个扭身钻进了摊位后面的帘子里。只是,那个小贩看似在做自己的生意,却猛然上前抓住了他的胳膊。也不知道怎么的,一个手铐立刻扣在他的手臂上。现在我明白了:小贩也是个便衣宪兵!

简而言之,那个说我们不是在电影里的中士莫吉,最后表现得就像布鲁斯·威利斯[1]一样。

许多人聚集在摊位周围,部分原因是邪恶的"爬行动物"大喊:"这是滥用权力!你们不能逮捕我,我要见我的律师!"

有人问:"发生什么事了?那人是谁?他偷东西了吗?"

"不,"我说,"他是一个鬣蜥走私者。"

随着一片混乱和话音一个传一个地扩散,消息很快就变成了另一个样子。我们离开的时候,分明听到一位老太太摇着头说:"这太疯狂了。他们抓到一个偷刀鞘的家伙。谁知道他打算用它做什么。"

不,引用年轻人的俚语一点也不容易,所以我的也一样,但说实话,我不知道如何定义我说的俚语,因为我和贝尔尼及其朋

---

[1] 布鲁斯·威利斯在经典动作片《虎胆龙威》中饰演了警探约翰·麦克莱恩,该片上映后取得1.37亿美元的全球票房,并开辟了一条动作片新路。——译者注

友们的表达方式很不一样。

如果一个作家真的想模仿所有的俚语,那就会产生一种难以理解的语言,都是由重复使用的词汇、感叹、杂乱无章的句子组成的……我碰巧试着记录了一次聊天,并将其抄录下来,真是一团乱麻,难以理解!更重要的是,我们经常以一种具有讽刺意味的方式说话,用与这句话相矛盾的表情和手势加以强调。因此,如果有间谍听到这段谈话,甚至把它抄下来,他们可能会误解为谁说了一些严肃的事情!

总之,在写作的时候,要尽量追求人物说话的方式有一种真实性的效果,用的是一种"口语化"的风格(多难听的词啊,但这是在我的文集上找到的),模仿我们这些孩子的俚语,就像贝尔尼和朋友们对酷和垃圾的那种坚持。

为安格斯先生找一个家

玛丽亚奶奶一直在努力寻找适合安格斯先生的安身地。她四处搜寻,到处打探,直到给我们的鬣蜥找到了一个安身之所。

这是一个动物中心,它位于很远的地方,在一个巨大的自然公园里,我们开着莫拉的男朋友罗兰多借给我们的旅行车去了那里。幸运的是他给我们提供了这辆大车,否则我们真不知道怎么把装有安格斯先生和另一只宪兵队托付给我们的鬣蜥的两个玻璃缸搬到动物中心去。

当然，罗兰多是一个非常奇怪的家伙，这辆大车都是他的。他要用它做什么？我想我们家四个人总是不得不挤进我们的高尔夫①里，当我们去山里滑雪的时候，爸爸要花两个小时收拾行李才能把所有东西塞进车里……好吧，这次是不可能的，我们有五个人，因为奶奶玛丽亚和我们一起去，加上后备厢里为尽量避免颠簸而锁在两个盒子里的两只鬣蜥。罗兰多向爸爸展示了汽车的所有奇妙装置：电动车窗、空调、电动头枕、方向灯、方向盘里的内置收音机……总之，就像一艘宇宙飞船一样，到处都是触摸按键。爸爸看着一切，点点头，然后说："我会只用需要用的。"但他一启动汽车，没有打指示灯，而是碰到了收音机开关，最大音量的音乐声响起。

除了爸爸因为要移动一下后视镜而把奶奶的车窗开得很大，妈妈因为扣错了安全带而造成警报器一直不停地响，爸爸因为不知道怎么关收音机而使它播放着背景音乐等一些小差错以外，直到到达美妙的自然公园，旅途都很顺利。在山谷中，一望无际的草地和森林，美得让我们仿佛置身于天堂，以至于过了闸门后，我一直期待能找到圣彼得本尊。

旅途中，奶奶向我们解释说，在公园里我们会遇到一位巴西

---

① 高尔夫是大众的一款车型，是一款紧凑型两厢轿车。——译者注

的博士,他是外来动物的专家,尤其擅长治疗鬣蜥。她通过沃尔泽博士成功找到了他。

"在电话里,他的声音听起来是一个很友好的人。"奶奶说。

"如果他像兽医一样,你就该知道有啥可笑了。"贝尔尼闷闷不乐地说道。

在公园的入口处,我们遇到了一位长相和蔼可亲的先生,奶奶用葡萄牙语和他打招呼:"早上好,我是玛丽亚·玛尔塔莉娅蒂。豪尔赫博士?"

"是的,早上好,欢迎欢迎!"

博士让我们跟着他的吉普车沿着一条土路进入公园,这条路通向一座巨大的建筑。我们一到那里,就有一男一女出来帮豪尔赫博士把箱子从我们的车上卸下来。只要看到他们是如何小心翼翼地把箱子搬到楼里面,然后把它放在漂亮的实验室的大桌子上,就知道他们三个人都是真正的专家。这正是我想象中的科学家米娅的工作状态!

博士以他一贯的谨慎,打开箱子,立刻就被眼前的两只鬣蜥迷住了,就连两位助手也激动不已。安格斯先生给人留下了相当深刻的印象!

"啊,真漂亮,真漂亮!"这次他用完美的意大利语惊呼,"另外,真神奇,它们是一公一母。"

"真的吗？您怎么看出来的？"我问，因为在我看来它们都一样。

"看到了吗？"博士指给我看，他不像沃尔泽博士，他是个很好的人，"得观察后腿的股孔，雄性的股孔更明显，而雌性的身材更长更宽。"

"奇怪，但是，"我观察着说，"一般都是雄性的体型比较大。"

"不一定。"他对我眨眨眼，"在自然界中，往往雌性的体型比较大，就像在这个例子中一样，因为它需要空间来容纳在它体内生长的卵。"

"你要把安格斯先生放在哪儿啊？"贝尔尼问，也许是担心鬣蜥会被留在实验室的笼子里，说实话，那里根本没有笼子，而是桌子和大柜子，以至于它给我的印象是更像一个诊所。

"跟我来。"博士给我们带路。

我们穿过一扇门，然后是一条走廊，上了一段楼梯，进入一个光线昏暗的房间，房间里有一扇巨大的玻璃窗。另一边是真正的热带雨林，树木茂密，叶子湿润，灌木丛生。

"我们为鬣蜥重建了热带栖息地。当然，它们是独居动物，不是群居动物。所以它们需要一个大的空间，看到了吗？在那边的树枝上，有一只。"

我们的头转向左边，那里的树枝上，栖息着一只大鬣蜥，它看起来很像我们的安格斯先生,但却泛黄。

"它好大啊!"我惊呼。博士向我解释:"那是佩德罗,一只八岁的雄性鬣蜥。你们的鬣蜥还只有一岁半,它会长大,将会变得和它差不多。"

"你还想把它关在家里。"妈妈对贝尔尼低语,他正着迷地盯着佩德罗先生。

"那就太酷了。"他小声说着,从妈妈的巴掌下飞快地逃了出来。

"要把这些非常漂亮的动物养在家里,是非常困难的。"豪尔赫博士说,"这需要很大的空间,一个有植物的房间,甚至一个夏天的花园。在这里,你们的鬣蜥会好很多。"

"啊,那是当然!"爸爸、妈妈和奶奶几乎是异口同声地大声说道。

当我们回到实验室时,博士的助手们把安格斯先生从玻璃缸中提了出来,轻轻地抚摸着它的喉咙和脊背,就像我们对罗比所做的那样。而它就像一只狗或猫一样,坐在那里,幸福地被挠痒痒,谁会想到它是个爱撒娇的呢?与此同时,另一只鬣蜥正从玻璃缸的玻璃后面盯着它看,可以看到这两只鬣蜥之间已经生出了一丝柔情。这样,安格斯先生不仅找到了一个真正的家,而且找到了安格斯太太。

当我从公园旅行回来的时候,还有一些事情要做。

我按了宪兵队的门铃，还是往日那个宪兵来开门，这次，他认出了我，让我进去，而我要求和莫吉中士谈谈。

　　中士穿着他平常的宪兵制服过来，问我怎么样，鬣蜥的运送是否顺利。

　　"我来就是为了告诉您两件事。"

　　他好奇地看着我："请说。"

　　"首先，幸好罪犯不看小说，否则'爬行动物'会发现萨鲁曼和雷古拉斯是同一本书中的人物。"

　　"什么书？"他问。

　　"托尔金的《指环王》。"

　　"是的，的确如此。另一件事呢？"他用手指轻敲着大腿。

　　"您穿便装看起来酷多了。"

　　然后发生了一件非常有趣的事情，中士莫吉满脸通红，模糊地向我说了一句谢谢。

　　我怎么跟他说呢？这身制服，以我们的品位来看有点垃圾。

　　我正在成为时间跳跃的专家，就像在这部分，有很多时间跳跃，甚至有一个空白的空间，就像电影里的剪辑，让人们意识到你在改变场景，而不需要准确地描述回家的旅程。正如我最近学到的，这种叙事手法被称为省略法。你们试着猜猜是谁告诉我的？任何人都不可能猜到，因为我也觉得难以置信，但这的确是肖恩亲口告诉我的!

戏剧性变化,对吧?

首先这让我心动,因为他在学校外面拿着一本大书向我走来。起初我并没有意识到他是在对我说话,带着那灿烂的笑容,所以我怔怔地看了他好一会儿,直到我意识到他在把那本著名的科幻小说原版借给我。

"我想你可能会喜欢看,这里不容易找到。我在伦敦买的它。"

"你真好!非常感谢!"我用我最甜的语调,小心翼翼地掩饰我完全读不懂英文书。无论如何,我立即向自己保证,我要努力阅读它,也许能学到一些新的单词。

他仍然露着一口像我奶奶的珍珠项链一样的牙齿,微笑着说:"瞧你说的,我很乐意。你想留多久就留多久。"

这时,我已经从最初的惊讶中恢复过来,鼓起了勇气。这机会可不能浪费,于是我机智地问他:"那怎么还给你?"

他耸了耸肩:"你可以带到学校还给我。"

"不过,再过几天,学校就要关门了。"我看着他。他扬起眉毛,好像直到那时才发现这点:"是啊,你说得对。我把我的手机号码给你,这样你打电话给我,我们再商量。"

我在两秒钟内输入完这个号码,打破了输入任何一个号码的最快纪录,我抬起头来,激动地问:"你想要我的吗?"

但这时,他却边说边离开:"等你打给我的时候,我会记住你的。"然后他一脸如坐针毡的表情走了,也许是因为他的几个同伴已经因为他在和我说话而互相挤眉弄眼了。真无聊!只要你还没有订婚,你和对方说不上两句话,就会立刻被半个学校的人列为搭讪的对象!

我反复地看了又看这个号码,仿佛它有魔力,是中奖彩票上的号码!然后珍妮就开始调侃我:"万一是假号呢?如果这是一个玩笑呢?"

"为什么?他一定想要回他的书,对吧?"

"我猜呀,他之所以为了这书没完没了的,是因为他对此感兴趣,想让你给他打电话。"她煞费苦心地琢磨,表情就像一个算命先生在水晶球里看你的未来。

"你在说什么?是我问他要了他的号码。"

"是的,是的,但这一切都是有准备的,你不明白吗?学校过几天就要放假了,明明你要他的号码,他却不给你,一副不知趣的样子……"

"在我看来,你的想象力太丰富了。"我说,因为珍妮有时会脑洞大开,谁能拦得住她?

"我们来试试吧,好吗?要怎么做?打电话给他时要有个借口,我想想,比如你打错电话了什么的……"

"好借口,真有创意!"

但珍妮并没有放弃:"然后你告诉他,你没有记机主名字,想知道这是谁的号码。"

"这个主意也是新的。"

"哦,听着!"她脱口而出,"你不一定要是有创意的。重要的是要知道这个号码是否真实。"

"我敢肯定是真的。"我恼火地回答,因为珍妮的这种坚持让我开始紧张了。她噘了噘嘴,耸了耸肩。然后我就后悔这样回答了,也许珍妮说得有点道理,所以我用比较温和的语气说:"好吧,你知道我会怎么做吗?我会打电话给他,问他一些关于这本书的事……也许是我不懂。"

"好!"她热情地表示了赞同。

我摸到了神奇的数字按钮,但我发誓我按不下去了。"我做不到!"我抱怨道。

"来吧,我来按,你准备好了吗?深吸一口气。"

"我止不住笑!"

珍妮已经开始拨号了:"别笑了!"

"不……我做不到……"我嘟哝着,在一阵不知道为什么的傻笑声后,我降低了音量。

"你好?"肖恩从电话的另一边说。这一声彻底消除了我不停的笑声,我说:"喂?你是谁?"

"我是肖恩,你呢?"

"嗨,我是米娅,你借给她书的那个女孩。"很好,不哆嗦,不傻笑。但我的心却怦怦直跳。

"嗨!我知道你叫什么名字,我们都报名参加了写作课程。"明白了吗?我想珍妮猜得没错。

"你打算参加笔试吗?因为我知道这很难。"

"这就是我写小说的原因。"

"真的吗?那是什么故事?"

"最高机密。"他压低了声音回答说,这让我不寒而栗,因为这让我觉得他就在我耳边低语。"我猜你也在做类似的事情。"

"是的。事实上,我正在做一些事情,但我想我得去掉一部分。"

他的语气变得很感兴趣:"那些部分不好吗?"

"不,只是有点长。"

"啊,你得用用省略法。"

"抱歉?"我还迷惑不解,但他解释得非常自然:"是的,去掉多余的东西,是不是你打算做的?"

"我想是的。"

"恭喜你,你已经进入矫正阶段了。"他很高兴地说道。

"不,我还是不确定它会不会好。"

这时,他短促地叹了一口气:"唉,这个你永远不会知道。

这取决于很多东西……"

"比如?"

"包括考官的品位,你知道的。也许他们不喜欢我的风格。"

"我相信你会做得很好。"我满口夸赞,以至于他开始笑:"你怎么知道?我还没让你读过我的书。"

"我是基于……"我在这里卡住了,一部分原因是珍妮用手捂住嘴,唤醒了我暂时沉睡的笑声,"基于你的品位……你给我的这本书……对了,你真的是在伦敦买的吗?"

"当然。去年买的。"

"哇!你是在那里度假吗?"

"我是英国人。"

"英国人?我没有想到。"

这时,他变化了一点语气,变得更加严厉,仿佛在质问我:"你以为是什么?"

"我不知道。你的意大利语说得很好。"

"然而我来自英国的一个小镇。"

"酷。"我本想继续和他打一下午电话,但珍妮一直缠着我,想知道我们在说什么,所以我想最好的办法就是结束谈话。"我可以……再给你打电话吗?"

"你想打的时候就打。也许我也会给你打电话。我记住你的号码了。"

"拜拜。"

"拜拜。"

珍妮差点跳到我身上:"怎么样,怎么样?"

"你知道什么叫省略法吗?"我像一个阴谋家一样问她,她睁大了眼睛:"天哪,什么?"

 伊特鲁里亚① 专家米娅

怎么能不利用一个比我更了解写作的帅哥的善意呢？

我用手机给他发了一条信息，问他："我想从故事的结尾开始，你觉得怎么样？"（当然，信息不是用这种方式写的，而是用缩写形式写的，就像蜂窝代码一样。）

他回复我："好主意，是侦探小说吗？"

我写得很快："不是的。没有人会死。"

"遗憾。"

我想他是在开玩笑，所以我又写道："尽管如此，还是有一些人死了，但那是很久以前的事了。"

---

① 伊特鲁里亚是位于现在意大利中部的古代文明。伊特鲁里亚的位置包括现今托斯卡纳、拉齐奥、翁布里亚等地区。——译者注

"好吧，这是一部历史惊悚片。"

"也许。"

"我都快好奇死了。你能让我读一下吗？"

"现在是最高机密。"

"我无比期待！"

我把最后一句话对自己重读了两百遍，仿佛他对我发表了爱的宣言！

然后我就开始工作了，因为如果我想让肖恩读这个故事，就必须写好。那么，我们开始吧，从结尾开始，或者差不多……

古墓的故事

我被关在一个坟墓里。

我不是在开玩笑，这是一个坟墓，即使它不像通常的公墓一样。这是一个又大又黑又潮湿的房间，埋在地下，我像个傻瓜一样坐在地板上，呼吸着苔藓难闻的味道。幸运的是，我有一个手电筒和考古笔记本，我一点也不害怕，因为众所周知，一个真正的考古学家的第一个天赋是拥有狮子的勇气。

虽然，事实上，时间越长，我就越不舒服。不是因为我在一个坟墓里，死者通常不会让任何人感到厌烦，除非在恐怖电影中他们潜伏在废弃的房子里，但大家都知道那些都是假的故事，只是为了吓唬人。

真正让我担心的是想到这里会有蛇,甚至可能是毒蛇,我讨厌蛇。但也许,多亏这个手电筒的强光,毒蛇正躲在它的洞穴里,因为通常所有的动物都对人类有巨大的恐惧。至少我在一本大的动物绘本上看到是这样的。

不管怎样,现实是这样的:我把自己弄得一团糟,在这个黑暗的地牢里。唯一的满足感是知道我是对的,这里就是我所想的,一个坟墓。但不是一个普通的坟墓,而是真正的伊特鲁里亚坟墓。因此,我真正可以说我是一个伟大的考古学家——著名的伊特鲁里亚专家米娅。

很快所有人将会知道我的重大科学发现,甚至,我迫不及待地想让他们来拉我出去,不仅因为科学家的骄傲,而且因为我不想让毒蛇厌倦了躲在这里,决定爬出来。然后就会知道我不是印第安纳·琼斯[①],我是一个讨厌蛇的小女孩。印第安纳也讨厌蛇,但至少他有鞭子、枪,或者别的什么好主意,即使周围有很多蛇,他也能很好地摆脱困境。

我只有手电筒、笔记本、行军水壶和纸巾,幸运的是我口袋里有这些东西,因为我在这么潮湿的环境下已经打了好几次喷嚏

---

① 印第安纳·琼斯是《夺宝奇兵》系列电影的主角,他在芝加哥大学学习考古学,拥有博士头衔,冒险生涯之外,正式身份为风俗学教授和考古学家,最怕的动物是蛇。——译者注

了。想想外面至少有30摄氏度，在这下面好像有空调一样。我敢保证，我们在地下。

好吧，我是米娅，著名的伊特鲁里亚专家。但此时必须有人带我离开这里，因为无论我怎么转动手电筒，都看不到任何窗户和小门。这里只有石头做的圆顶，还有靠在我面前石壁上的一张小石桌。

而且我无法从进来的原路出去，因为我是从岩石高处跳下来的。这边的岩石平坦湿滑，没有办法爬上去，所以我就是掉入陷阱的著名的伊特鲁里亚专家。

让我们一切从头说起，从什么时候我对伊特鲁里亚学有了极大的热情，并且决定一定要成为古代世界的探险者的？

我想，对米娅来说，再没有比这更迷人的职业了。一位杰出的考古学家，不怕危险，也不怕藏在石头后面的毒蛇。而考古学家有很多类型，因为他们专门研究过去的各种民族，我选择成为一名伊特鲁里亚专家，去发现伊特鲁里亚人的所有秘密。

事实上，我对伊特鲁里亚有这种热情的时间并不长。甚至，实话说这是一件最近的事情……更准确地说，我三天前才决定成为一名伊特鲁里亚专家。

而我已经有大麻烦了！

在这一点上,众所周知,必须先说出电影中所谓的"闪回"的过程中发生了什么,但对于作家来说,它被称为反复(一个源自希腊的词,意思是重复),或者说回顾。

这是我们在学校里学过的一个术语,特别是对于诗歌来说,当一个词被作者有意识地重复时。它也用于短篇小说,用来介绍正在进行的动作之前的部分。

当然,当研究这些东西时,它们看起来非常枯燥而且没有什么用处。但在讲故事时应用它们时,就会发现它们是多么有用。

乡间度假

今年,学校放假后,我成功说服了爸爸妈妈,允许我去最好的朋友珍妮的外祖父母那里度假。不得不说,这并不容易。妈妈夸口说很自豪她的孩子们独立了,但之后,我们一去哪儿,她就像一只护崽的老母鸡,钻进我们的背包,跟着我和我哥哥,她肯定会这么做的。所以当我提出和珍妮一起去她外祖父母乡下的家的建议时,她说:"好主意!在这么热的天气里,去乡下旅行很不错……你确定珍妮的外祖父母能接待我们吗?"

"接待我们?你说的是几个人?"我起了疑心。

"我们所有人,对吧?不过,也许我们可以把罗比留在奶奶家。"妈妈承认了,我们可怜的狗可以被排除在外。

"但珍妮只邀请了我。"我马上澄清道。

"瞧瞧,"她哼了一声,"你还太小,不能和朋友单独去。"

"我不是一个人去,她的外祖父母在那儿呢。"我第二次解释。有时候我觉得妈妈对某些事情假装听不见。她皱着眉头,就像她厌烦时总是做的那样,但她不想说出来,假装漫不经心地回答:"啊,那好吧,如果我、爸爸和贝尔尼碍事的话……"

但就在这时,我哥哥走进厨房来找吃的了,因为下午6点30分是他所谓的"下午茶时间"。说实话,我不明白为什么贝尔尼叫它下午茶,他吃得太晚了。但是因为他在4点吃零食,而且他不吃晚饭,所以才想出了6点30分的加餐。如果能把配上奶酪和博洛尼亚香肠的半个三明治叫作加餐的话。

"我哪里会碍事,我?"他立刻掺和进来。

"没什么,"妈妈耸了耸肩,"这是我和玛丽亚·维罗妮卡之间的事情。"

"那你为什么说'贝尔尼'?"

"因为我说的是一家人——我、你和爸爸正商量着周末去旅行。"

"旅行?"他吓坏了,"和你们两个?不如去死!"

了不起的贝尔尼!我喜欢他这样做。妈妈立刻就火冒三丈,开始争论说,他偶尔屈尊跟她和爸爸一起出游也没什么不好,毕竟他才十五岁，还没成年，没到可以为所欲为的年龄。然后我哥哥就不耐烦了，并反驳说妈妈应该停止干预我们的生活，对他和对我都一样。因为我们不再是乳臭未干的孩子，如果她能让我们喘口气，那就太好了。

妈妈很难过，用她最拿手的方式反击道："所以我是什么暴君，是吗？我，最尊重你们的选择。我，一直在尽量让你们独立！"

贝尔尼闭上了眼睛，开始摇头，以示最大限度的忍耐。我想在这两个人发生冲突之前，还是插手一下为好。

"妈妈，如果你们都想来的话，我试着问问珍妮……"

但这时她却变得傲慢起来："谁想去？我吗？够呛。我是为你说的，我想你会高兴的。但我还有很多事情要做，你瞧。"

我想我哥哥会在那里说："什么，还有什么？"我踢了他一脚，对他说："如果你不快点，你就直接从下午茶跳到晚餐了。"

天哪，和这两个人一起的日子真不好过！妈妈和十五岁的男孩之间似乎经常是这样，我和爸爸必须非常有耐心，因为就像他向我承诺的那样，"总有一天会过去的"。

至少，我哥哥的介入解开了僵局，我得到了一半的同意，我知道在爸爸的帮助下，尤其是在对父母做出一些庄严承诺的帮助下，我可以得到完全的同意。

"答应我每天晚上都要打电话,嗯,"妈妈强行要求,"而且不要做一个冒险家。"

"这什么意思?"我问,因为我不懂这个词。

"不要去寻求冒险。"她解释说,"比如爬树,藏在一些偏僻的地方,独自离开,或者去窥探一些山洞……"

我正是这么做的,有时候妈妈们看起来就像算命先生。但是爸爸没有算命的天赋,也介入了。

"好了,卡拉,别夸大其词了。她会安全的,珍妮的外祖父母会很留神的。"这样,让妈妈放心,他滔滔不绝地嘱咐我,"玛丽亚·维罗妮卡,努力做好自己,最重要的是,要听珍妮外祖父母的话。"

但是爸爸妈妈根本不认识她外祖父母,否则他们永远不会让我听他们的。而是会告诉他们两个老人,听我和珍妮的。

故事到此,需要对我们怀疑不太可靠的这两个人做一番描述。

总之,我们需要一个叙事部分来解释珍妮的外祖父母是谁,他们住在哪里,他们是做什么的,这样我们才能了解他们。而在这里,我们用插叙故事来回顾。这种对故事的有用的中断被称为离题(正如奸诈的齐佩尔所说,它来自拉丁语动词离题,意思是离开)。

我正在进步,你们觉得呢?

珍妮的外祖父母

珍妮的外祖父母住在乡下的一栋大房子里,离一个镇子很近,这个镇子看起来就像半挂在山边,半躺在平原上,仿佛有一部分正慢慢滑落下来。只有挂在山上的那部分是比较老的,更矮的部分都是新的,所以在上面的是棕色屋顶的石头房子,而下面的房子屋顶都是白色或者黄色的,包括购物中心、超市和商店。总之,从远处看,它有点像巧克力奶油冰激凌,打翻在了山上,滴落下来。尤其是就在小镇顶上有一座老塔,已经有些破损了,就像一个大蛋卷。

珍妮外祖父母的房子是石头做的,是个农民的老房子。他们年轻的时候与其他朋友们一起买的。珍妮向我解释说,在那个时期很多人决定住在乡下的房子,通常是一群好朋友,他们把这些地方称为"公社",因为他们分享他们的钱和家里的东西。但随着时间的推移,渐渐地,外祖父母的朋友们厌倦了待在这个偏僻的乡间农舍,于是他们当中有的人去了公司上班,有的人去了国外,还有的人在城里买了房子。总之,最后公社里只剩下了珍妮的外祖父母,在这期间,他们结了婚,生了一个小女孩,也就是珍妮的妈妈。她长大上高中然后上大学,她一踏进城市,就再也不想回乡下了。她毕业于计算机专业，在一家大银行工作，不顾珍妮外祖父母对简单生活的一切理想。

珍妮还让我看了她外祖父母年轻时的照片。那是在1970年，他们是一对不可思议的夫妇！珍妮的外公留着长发，留着鬓须，留着海盗式的小胡子，穿着就像个印度人，裤子搭配刺绣长衫。外婆则留着长发。我不是在开玩笑，因为她长发快及腰了。她穿着这些花哨的内衣和袖子蓬松的衬衫，像个吉卜赛人。

珍妮告诉我，当时这样的人被称为"嬉皮士"，他们相信和平与博爱。然后她给我看了一张照片，是英国著名歌手约翰·列侬和他的妻子——日本艺术家小野洋子的照片。他们一定是珍妮外祖父母的偶像，因为如果仔细看的话，珍妮外祖父母年轻的时候，跟约翰和洋子长得太像了，几乎像他们的双胞胎……

外公的名字叫内多，在他来到公社居住之前是一名铁路工人。但因为他一点也不喜欢这个工作，他丢下了一切，工作十年就退休了。他用这些钱买了房子，和一群朋友一起。这些朋友中包括珍妮的外婆，她叫自由，因为她出生在1943年，在法西斯主义和第二次世界大战期间。总之，大家很清楚，如果有人叫这样的名字，就不能在老板手下做任何工作——自由就写在她身上。事实上，她是一名教师，但她很快就厌倦了教学，因为她说"教育是一种压抑"。

现在我觉得这位外婆太棒了，如果世界上所有的老师都同意她的观点，那么就告别学校、书本和学习了。你知道如果整天无所事事，度过一个永恒的假期，那该多好啊！但是，随着嬉皮士时代的结束，老师们在学校里总是很稳定的，甚至，嬉皮士和平与博爱的理念成为另一门需要学习的学科：和平教育。所以现在只希望没有说唱老师，否则早晚也会轮到我们学习说唱，因为这就是老师所做的——他们要求你学习一切，即便是那些最初为反对学校而形成的事情！

总之，珍妮的外祖父母都是很特别的人。首先，他们的房子里住着十五只猫，它们进进出出地走动，在晚上到处都是，蜷缩在藤条沙发上，在家具上，在打开的抽屉里，当然还有在床上。但是外祖父母不太注意，尽管珍妮曾经指出："爸爸说和猫一起睡不是很健康，因为它们会让你过敏。"

外婆自由耸耸她的肩膀："都是捏造的。过敏是由于汽车尾气造成的，而不是因为猫这些干净的动物。"

说话的时候，她正在准备李子酱，肩膀上趴着一只猫，厨房的台子上有一只，还有一只躺在玻璃瓶中间。

这所房子除了是猫的王国，还住着燕子。它们在屋顶的瓦下、屋檐下做窝，白天它们不知疲倦地在天空中飞翔。但多亏了猫和燕子，这里没有老鼠和蜥蜴，甚至没有虫子。也许自由外婆说的不错，过敏来自其他的东西，因为在这里我们睡觉不需要吃药或使用驱蚊喷雾。

我想当个小作家

最后，这所房子里住着世界上最可爱的小宝贝，外祖父母对它非常尊重和温柔。那是露西，一只漂亮的小山羊，当我和珍妮到达时，它像狗一样跑到我们面前和我们打招呼，甚至舔了舔珍妮的脸。

露西的名字来源于传奇人物约翰·列侬的一首歌《天空中的露西》，所以外祖父母年轻的时候一定有点像我的哥哥，对音乐很痴迷。其实，在客厅里，他们有一个很老的立体音响，里面放着黑色的大唱片。要听唱片，必须把唱片放在转盘上，然后在转盘上放上一个小塑料臂！于是就能听到，有点沙沙作响的那时候的摇滚音乐。

外公和外婆都是非常安静的人，事实上，他们过得很舒服。早上十点之前，你不会在厨房里看到他们，然后他们一上午都在自己的活动中度过，也就是做果酱、做腌菜、用露西的奶制作奶酪。一开始，他们只是为自己和朋友做，后来，因为总是做得太多东西，他们开始卖东西。他们从来没有想过他们的产品会这么成功，然后由于口口相传，现在甚至有一些城市里的有钱人来买。还有个主治医生在前一天晚上给他们打电话，说要把几公斤山羊奶酪都买下，因为他有重要的晚宴。

下午，自由外婆画水彩画，而外公则在图书馆看书，直到他得去收拾菜园的时候，他会用一根长长的绿色水管给植物浇水。晚上，他们坐在从度假村外的垃圾箱里收集来的滑稽的躺椅上，看着星星，默默地抽烟。

有了外祖父母的平静生活，我和珍妮就可以做我们想做的事了。因为就像自由外婆说的，"我们要自我管理"。我不是很明白她想说什么，但这个结果真是太好了。

在这部分故事中，人物之间的关系就很明显地表现出来了。外祖父母之间，有极大的默契，出于亲情和共同的生活计划；珍妮和我之间，有友谊和同谋；外祖父母和外孙女之间，有信任和自由。

在我看来，在短篇小说中，人物之间的关系是最基本的，因为它们可以产生很多情况，比如我下面就要讲的这个……

初次探险

我们一到，珍妮就把她的包放在房间的角落里，连打都没有打开。而当我正准备把我的东西整理好的时候，她对我说："甭去管它，看看这个。"

她打开房间里的大衣柜，向我展示了里面的奇迹：有花卉图案的衣服和牛仔裙、各色的围巾、刺绣的衬衫、帽子、绳包、五颜六色的皮带和最柔软的布料。这些都是自由外婆年轻时的东西，但她为珍妮重新把它们做了修改，用她的外衣或裙子为她缝制漂亮的衣服或裤子。

当我看到这个梦幻般的衣柜时，我有点怜悯地看着我那些可怜的白色针织衫。好吧，它们可能会留在行李箱里发霉。珍妮也是这么想的，而她妈妈只给她买名牌衣服。

"在这里，我们可以按照自己的喜好，打扮得少女一点。"她惊呼，选择了一条带金线的紫色连衣裙，又紧又短，她在外面穿了一件黑色的马甲。在这么多好东西中，我不知道该选什么，我试了很多件，最后选了一条带花边的牛仔小短裙，把肚皮露在外面，还有一件黄色的有彩色斑点的T恤，一条贝壳项链，两个做装饰的木质手镯。

然后，我们做了与平时不一样的发型。我把头发披散下来，梳成中分，珍妮扎了两根辫子。我们涂上唇彩和睫毛膏，镜子里的我们不再是平常的乖乖女，而是两个准备就绪的女孩——米娅和珍妮，征服这个小镇！

"看看，多漂亮的小姐们。"内多外公夸奖我们，并且笑着说，"在镇子里，你们可得小心啦！"

我们满心欢喜地笑着，上街去冒险。我发现，这里所有人，真的是所有人，都认识珍妮，并且跟她打招呼："啊，看啊，你回来了！你都这么大了！妈妈怎么样？你要在这里待多久？妈妈什么时候来？"

但珍妮并不总是回答，相反，她耸耸肩，含糊其词地回答："我不知道，我不知道。"

有人问："那个女孩是谁？"

"是吉安娜菲拉，铁路工人的外孙女，希比拉的女儿。"

他们在说谁？因为珍妮的名字其实叫詹妮弗，而不是吉安娜菲拉，而且她的外公已经多年没有当过铁路工人了。但在那一刻，我最想知道的是，这个希比拉是谁。

于是我问我的朋友："希比拉是谁？"

她摆出一副无所谓的样子："我妈妈。"

"她不是叫劳拉吗？"我很惊讶。

"她的真名是希比拉，但她讨厌这个名字，并称自己为劳拉，她认为劳拉更正常。"

看来有很多人后来给自己重新取名，就像我就重取了米娅这个名字！只是米娅是个秘密的名字，而珍妮妈妈的是一个艺名，只在城市里使用。在小镇里，她又变回了希比拉，也许这就是她从不回这里的原因。

与此同时，我们路过一群靠在广场矮墙边的男孩。他们噘着嘴站在那里，看着谁从身边经过，仿佛是某种运动。就这样，他们一看到我们穿着嬉皮士的衣服、戴着五颜六色的项链过来，就兴奋不已，他们大声议论，有的甚至吹起了口哨。有两个人就像狗一样跟着我们。

"不要回头，什么都不要说。"珍妮低声对我说，继续昂着头走路，认真严肃。

"那两个人想干吗?"我说,我正要转过头,但珍妮嘶了一声:"别回头!来!"

她快速地钻进了酒吧,然后,在门帘后面,她偷看了留在外面的两个人:"看见了吗?现在他们会跟在我们后面一段时间,他们喜欢我们。"

"为什么我们要假装没看见他们?"

"就是因为这样,那两个人都太大了,都上中学了。"

天哪!我们打动了几个大男孩,也许他们把我们当成了两个同龄人。在酒吧帘子的保护下,我们看了看他们,说实话,他们并不是什么大帅哥。一个人脸色惊恐,可能是因为他的头发直立在头上,被发胶凝住了,另一个人是个小个子,脸上长了很多痘痘,还穿着一件长到膝盖的T恤。

"我们该怎么办?"我问,因为珍妮是当地的专家。

"什么都不做。我们去买两个冰激凌,然后出去。"

我们出来的时候,还是无视他们,手里拿着两个蛋筒。其中一个男孩冒了出来:"你们是谁,外国人吗?"

我们都突然大笑起来,然后另一个人用蹩脚的英语试探着说:"你们说英语吗?"我俩笑得更大声了,然后跑开,跑到大街上,留下他们两个人目瞪口呆。

这次模特儿出游后,第二天我们决定做两个探险家,向小镇的高处出发。在茂密的板栗林中,有一些岩石伸出地面,形成宽敞的林间空地。

为了这次探险,自由外婆给我们在包里准备了一顿丰盛的午餐,有煮鸡蛋、面包、西红柿、腌菜和永不缺席的山羊奶酪。她把所有的东西都放在了一个旧的军用背包里,还给了我们一个皮质的水壶,就像探险家们以前用的那样。为了这次出游,我们穿上了平时的牛仔裤和运动鞋,但前一天晚上,自由外婆用军布给我们赶制了两顶漂亮的帽子,这样我们看起来完全就是两个探险家了。

"你外祖父母怎么会有这些军用物品呢?如果他们一向都是支持和平的?"我边把水壶放在肩上边问道。

"所有支持和平的人都穿上了半截破烂的军用夹克,以蔑视真正的军人。"珍妮向我解释说,她知道她外祖父母嬉皮士时代的一切,因为从小她就听到了他们神话般的20世纪70年代的所有故事。

于是我想:"如果我能戴着这顶军帽见瓦莱里奥外公就好了!"因为我的外公是一位真正的将军,他把这些军用物品当纪念品。奖章和奖杯放在客厅锁着的陈列柜里,满是勋章的军装放在衣柜里,浸在樟脑的气味里,以避免螨虫靠近的危险。

于是,带着这些装备,我们开始进入树林,想爬上在镇子的塔上方的峭壁。珍妮已经很熟悉这个地方了,因为她曾和内多外公一起去过那里,她知道如何到达顶部。需要把脚伸进峭壁的某

我想当个小作家 183

些裂缝中，抓住树枝或突出的石壁，要非常小心放手和落脚的地方。总而言之，是一次盛大的自由攀登。

所以，当我跟着珍妮挂在峭壁上的时候，我想起了一个著名的运动员，他赤手空拳地在峭壁上行走，甚至爬上向外伸出的墙壁，就像蜘蛛女侠一样。因此我想：我是著名的登山运动员米娅，甚至是著名的自由登山运动员，我准备要打破自由登山的纪录……就在那一刻，我踩在岩壁凸起上的脚滑了！天哪，好可怕！我用手和另一只脚紧紧地抓住岩石，然后寻找一个更安全的立足点。我记得珍妮在我们开始攀岩之前告诉我的，永远不要往下看。

我承认，到达岩顶的时候，我心跳过速，满头大汗。

"我的妈呀，太令人印象深刻了！"我声音里带着一丝惊恐地说。

"嗯，是的。"珍妮表示同意，然后兴奋地说，"这是相当艰难的。需要很大的勇气来到这上面。我们真棒！"

"我们真的很棒！"我重复着，从岩顶的空地上往下看。"这块石头有多高？"

"很高！内多外公告诉我，有两米多高。我们真的很棒！"

我觉得真的很自豪，但晚上我很小心，没有告诉妈妈我徒手爬上了两米高的石头。在山顶上，我和珍妮一起野餐，只有她和我。

我向肖恩求证，故事的发展来自人物之间的关系，对此颇有研究的他，用手机给我发了一条我半懂不懂的信息，因为他写道：当然！Pers & Pred。你今天下午做什么？

现在，今天下午我不能见他，该死的，因为我和牙医约好了，但我不想告诉他，因为我不想让他去想我一口不完美的牙。

Pers & Pred，如果不是嘻哈团体的名字，也许是指人物和……猎物？传教士？我给他发短信，写着Pred和十个问号。他回复说："谓语。我们明天见？"

谓语，对！人物和谓语，也就是指代关系或行为的动词，即同谋者，就像我和珍妮一样；显得更棒，就像我们在小镇里做的一样；自由自在；寻求冒险……最后深陷其中！

发现我的考古热情

讲述这些，一时让我从被关在坟墓里的事转移了注意力。但是救援，什么时候才能到呢？在美国电影中，不一会儿，消防员、警察或医生就跑上来大喊："一切都结束了，冷静点，都结束了！"

但在这里，这个故事要更长，因为镇上没有消防员，也没有警察，医生也不是我们想要的那种运动型，因为他年纪大了还有点跛。此外他不住在镇子里，但他每隔一天早上来出一次诊。因此，我想看看谁会来把我弄出去。

当然，真正的考古学家的第一美德是耐心。如果心急又灰心气馁，一个像亚历山德罗·弗朗索瓦①这样的人，就不会发现一个至今仍以他的名字命名的著名花瓶，而是去开一家冰激凌店，仅此而已。

我之所以知道这些事情，是因为在我们假期的第三天，内多外公带我们去看了一个离镇子有点远的堡垒，它现在是一个博物馆，里面陈列着在那附近挖掘时发现的伊特鲁里亚物品。看到这些文物，我非常好奇考古学家们是如何知道具体在哪里挖掘的？而他们又是如何知道一小块带有小图画的陶瓦是来自古代遗迹而不是现代的碎片呢？

然后，内多外公带我们到镇里的图书馆，给我们看了照片和图纸，他告诉我们是如何在19世纪开始寻找伊特鲁里亚的文物的。

一个晴朗的日子，在吕西安·波拿巴亲王（拿破仑的弟弟）的庄园里，一把犁插进了地里，直直插进了一座坟墓。由于看到有花瓶和其他物品，亲王临时充当考古学家，下令把整个地面挖

---

① 亚历山德罗·弗朗索瓦于1844年发现了一个被认为是希腊陶器研究里程碑的花瓶，该瓶以他的名字命名为弗朗索瓦瓶。——译者注

开。但由于他只对画上的东西感兴趣,波拿巴,在搞破坏方面和他的哥哥很像,于是下令把所有的普通花瓶都打碎。总之,他们一直这样干了二十年。挖出来然后打碎黑色的花瓶,而把彩绘的花瓶碎片粘在一起,狡猾的亲王们把这些花瓶卖出了高价。

"但这些人不是真正的考古学家!"我反驳道,已经感觉到了一点细枝末节。

"你是对的,他们只是一群牟取暴利者。"外公笑了,"就在同一年,有一位叫亚历山德罗·弗朗索瓦的真正的考古学家,就是他发现了许多伊特鲁里亚的墓地和城市,这里就是一个例子。"他带我们去看了一座墓,那座墓现在还用那个考古学家的名字来命名,墓中有漂亮的壁画,里面有生活场景和特洛伊战争的神话场景。"你们看到了吗?这是伊特鲁里亚艺术的代表作之一。"

总之,波拿巴兄弟进行挖掘是为了赚钱,而考古学家弗朗索瓦是为了对科学的热爱,而他最大的满足就是把他的名字和他的发现联系起来。

于是,当内多外公在讲述的时候,我已经可以看到自己扮演一个伊特鲁里亚专家的角色。我在这里用鹰眼探索地形,找到挖掘的准确的位置,在石头间发现一座伊特鲁里亚的房子!当然,我的这个发现也将是送给全人类的礼物,就像真正的科学家们做的那样,而不是那些嗅到商机的人,口头说自己做的一切都是为了科学和进步，其实主要看中的是自己的荷包。

内多外公向我们解释说，长期以来，学者们认为伊特鲁里亚人是一个非常悲哀的民族，只想到死亡。

"事实上，发现的大多是有很多陪葬的墓穴，有点像古埃及人。"

"那房子呢？寺庙呢？"我和珍妮问道。

"只有寺庙的地基还在，因为罗马城市是建立在伊特鲁里亚城市之上的。而房屋则几乎消失了，因为随着时间的推移，城镇被重建。当时很多房子，都是用木头做的。"

做一名伊特鲁里亚专家，这不是一项容易的工作，因此我问："那是怎么知道伊特鲁里亚人是怎么生活的？"

"从罗马和希腊历史学家的记载中，然后从墓里的壁画、雕像、花瓶，从对文物的研究……"

"外公，你认为，伊特鲁里亚人只想到死亡吗？"珍妮问道。

外公开始笑："啊，不！在我看来，他们是一个非常欢乐的民族，你们看看这些画就知道了。这是一场盛宴，摆好了桌子，有乐师和舞者，到处都是鲜花。他们看起来像悲伤的人吗？"

说实话，在我看来，伊特鲁里亚人认为来世至少和这个人世间一样，是个快乐的地方。无论如何，活着的时候人们都很开心，有丰盛的饭菜和音乐，就像我们在仪式中所做的那样。

但后来，内多外公眨眨眼说："你们只要想想这个，在罗马和希腊的世界里，女士们从来没有和丈夫一起庆祝过。而你们看看这儿。"他给我们看了石棺和石瓮的照片，在照片上面可以看到，丈夫和妻子坐在一起，互相拥抱，微笑，喝葡萄酒。

"在伊特鲁里亚时期，妻子会和丈夫一起坐在桌前，吃饭喝酒，就像我们今天做的一样。"我说，"这有什么奇怪的？"

"对我们来说，没什么，但对罗马人来说，伊特鲁里亚女人的自由是一个真正的耻辱。罗马人都知道，他们是战士，通常战士不喜欢自由也不喜欢女人打扰他们的军事演习。"

"事实上，罗马人对伊特鲁里亚人发动了战争，并占领了所有的城市。"我证实，因为我记得这个故事。

"嗯，是的。就是这样。"内多外公叹了口气，"但是这花了三百年的时间。"

"而伊特鲁里亚人教会了罗马人许多东西。"我说。

"有的至今还在，"外公说，"比如说，和平与博爱。你们永远记住：你只需要爱。"

而这里外公指的是他的偶像约翰·列侬的一首歌，他唱的是"你只需要爱，你只需要爱"。不知道伊特鲁里亚人是否真的这么想，比列侬先生早两千五百年。

是的，你只需要爱！但我现在不想去想它，因为我必须完成我的故事分析工作。我在这里点评我的作品，这太疯狂了，但我现在已经开始行动了，如果我想知道小说艺术的秘密，我就得全力以赴……

在阅读的时候，我意识到这一章是如何运用时间的例子。在故事中，时间并不像真实的时间那样是线性的，而是有更多的维度，现在和过去交替出现，没有自然而然的接续事件。每一次故事的讲述，时间都会变形，延长或缩短，像电影一样以人为的形式进行修改。

但必须小心，因为有把读者弄糊涂的风险，从现在跳跃到过去，而在这里，另一个时间帮助你，那就是引语，即语言的动词时态，使我们理解过去和现在。

总之，就像我奶奶说的，得"给点时间"。只是对她来说，这意味着"让事情顺其自然"，而对写作的人来说，这意味着一种特殊的节奏，因此真的是强求！

露西闯祸了

说实话，真正对伊特鲁里亚事物嗅觉灵敏的不是我，而是小山羊露西。它是第一个找到墓穴入口的，虽然它不是故意的，只是为了寻找一个避难所。

这一切都发生在假期的第四天。我和珍妮决定带露西一起好好地去郊游。这次我们将去探索小镇低处的部分，它延伸到了平原上。除了新建的建筑和刚修的小别墅之外，是田野和一条小溪。我们就是朝那儿，抱着给我们的山羊好好洗个澡的想法去的。

然而，就像夏天可能发生的那样，天空突然布满了乌云并且开始打雷了。现在，要问露西这个世界上最害怕的一样东西是什么，那就是打雷了。听到天空中的第一声隆隆声，它背上的毛就竖了起来，开始咩咩地叫着，气喘吁吁的。珍妮试图通过抚摸它最喜欢的喉咙下方使它平静下来，并对它喃喃地说着甜言蜜语："别担心，小宝贝，没什么，你知道……"

露西睁大双眼，可怜地咩咩直叫。我还没来得及说："也许我们最好还是回去吧，因为要开始下雨了……"一道金光的闪电就在我们面前的天空中闪过，然后立刻，强有力的一个雷声立刻撕裂了空气。这时，我们三个都吓坏了，当我和珍妮在撕心裂肺地尖叫的时候，露西跑开了！

我们刚从惊吓中恢复过来，就开始喊它，可是它没有出现，它真的消失了。最糟糕的是，雨开始下得很大。我们站在那里浑身湿透了还大喊着"露西，露西"，像两个绝望的女孩。但它，没有出现。

珍妮几乎快要哭了："自由外婆会伤心死的，对她来说露西就像女儿一样!"

"听着,我们继续找,它太害怕雷声了,不会跑太远。可能会藏在什么地方。"

"希望如此吧,因为没有露西我是不会回家的。我不敢!"

我们在一片松树林里找了个地方躲了起来,但我们继续被雨淋,所以现在衬衫已经贴在身上了。田野里没有一个活物经过,雨的噪声很大,为了彼此听得见,我和珍妮要大喊才行。

"我们等雨小一点吧。"我对珍妮喊道,"这倾盆大雨,就算露西叫我们,我们也肯定听不到。"

夏季的雨的美妙之处在于持续的时间很短,雨后立刻天气变得很热,所有东西很快就干了。当倾盆大雨和雷声过去后,去远处打扰别人时,我们又开始寻找,大声呼唤着小山羊。直到我们听到了几乎来自地下的咩咩声。

"是它!"珍妮眼前一亮,开始朝着声音传来的方向跑去,"露西,露西,你在哪里?"

就在松树林后面的地面上有一块下陷,被桃金娘灌木丛半掩着,有一个通往山洞的大入口。咩咩叫声就是从那里传来的!

我们小心翼翼地冒险进入了这个看起来像一个奇怪的方形的洞穴,四周有大块的石头,地面是平的。就在这个大厅的正中央,端正地停着一辆黑色的大汽车。从后窗往下看,露出角来,然后是露西的长胡须小脑袋!它见到我们多么高兴啊!当珍妮打开车门时，小山羊跳了出来，高兴地舔我们的脸。

但就在我们庆祝找到我们的露西的时候，一位城里打扮的先生出现了，他拿着一把绿色的大伞，而现在，这把伞已经没有用了。

"你们在我的车库里干什么？"甚至招呼都没打，他就训斥我们道。

"对不起，"珍妮说，"我们不知道这是您的车库，我们的山羊藏在了这里。"

"你们的山羊？"那人顿时大惊失色，恶狠狠地看着露西。他一发现门开着，就开始责骂："你们在做什么？你们想偷我车里的东西吗，嗯？"他冲向车门，想看一眼里面。

他从来没有见过这样的事，刚把头伸进车里，就喊了一句非常难听的话。因为事实上，部分是由于山羊的习惯，部分是由于害怕打雷，露西在汽车的座位和垫子上留下了一些"小纪念品"。

"可恶的小畜生。"露西得罪了这个男人，他已经气得满脸通红了。

但是露西，它不喜欢这个称呼，低下它的小脑袋用一种威胁的目光，把它的蹄子压在地上，冲着他，仿佛要向对方发起进攻。那个男人注意到了，就朝着珍妮喊道："你！快管好这只动物！"

我想当个小作家

"只要您不再大喊大叫,露西也不会对您做什么。"珍妮针锋相对地回答他。

然后那个男人,盯着山羊,把声音放低到几乎是耳语说:"是你们搞的吗?"

"真的不是。"我介入了,"当我们进入您的车库时,小山羊就在车里。我们不知道是它做的,但您知道,小可怜,它害怕……很害怕雷声!当害怕的时候……您知道会发生什么!"

珍妮开始捧腹大笑,我也开始笑,笑得根本停不下来。而那个人很气愤,但他无法发泄,因为露西一直盯着他,脸上带着一副凶狠的表情。

"安静!我要和你们的父母谈谈!"那个人用伞尖猛敲地面,命令道。

"我们的父母不在这里,"珍妮笑得几乎喘不过气来,回答道,"如果您愿意,可以和我的外祖父母谈谈。"

"啊,那好吧。你的外祖父母在哪儿?"

珍妮一说出她外祖父母的名字和他们住在哪里,那个令人讨厌的家伙就撇了撇嘴,轻声地说:"想象得出来……"

但因为他不肯放过我们俩,我们只好带他去找外祖父母。只是,在我们离开之前,我指出:"奇怪的车库。这就像一个隧道,还有那些大石头,谁建造的它?"

他,越来越可恶,耸耸肩,脱口而出:"我怎么知道是谁造的?现在,看看,就连一个地下洞穴都需要一个建筑师。还有你,你在搞什么?这是我的土地,这就够了。"

"不,不够。"我反驳他说,"因为如果这是一个有很多古老文物的洞穴,那么它们将属于国家而不是您。"

"真是愚蠢的谈话。"他哼了一声,"私人财产属于拥有它的人,仅此而已。我可以在那个洞穴里做任何我想做的事,即使它和诺亚①一样古老!"

不值得和那个笨蛋争论,所以我们默默地继续前进,直到我们到达外祖父母家。

不得不说,外祖父母丝毫不担心我们在倾盆大雨中的命运。他们都在忙着清扫庭院里的积水。

"啊,你们回来了。"外婆高兴地迎接我们。

"你不担心吗?"珍妮问道。

"为了两滴水担心?我还以为露西会照顾你们呢。"

"但它怕打雷啊!"

"这就对了,它一定是把你们带到了藏身处。"

那个令人讨厌的人立刻插话道:"嗯,正是这样,我就是来抗议的……"

自由外婆直勾勾地盯着他的眼睛不说话,那人也换了一种

---

① 诺亚方舟的建造者,《圣经》中的人物。——译者注

语气，尴尬地咳嗽了一声："是的，我还没有自我介绍。我是格里·皮尔桑蒂。"

外婆没有大惊小怪，她带着明确的假设，重复说："格里·皮尔桑蒂……《都上电视》的主持人。①"

自由外婆弯下嘴角，抬起下巴，好像在说："那又怎么样？"

"你不知道这个节目吗？奇怪，它的收视率很高。"特别令人讨厌的格里·皮尔桑蒂皱起了眉头。

"对不起，但我没有电视机。"外婆平静地回答道。

"怎么会呢？"那人很惊讶，然后很虚伪地笑了起来，"哈哈哈哈！但这是不可能的！所有人至少拥有一台电视机。"

"不是所有人，我们就没有。"

"无论如何，这件事无关紧要。问题是，亲爱的女士，请听好，您的山羊……我们说……'赞赏了'我放在车库里的车。"

外婆眉眼弯弯地说："那露西是怎么上您的车的？是您让它上去的吗？"

"我？可别了！它自己进去的。"

然后我和珍妮介入了，因为自由外婆可能真的相信露西是自

---

① 格里·皮尔桑蒂是著名的意大利主持人，主持的节目名是《今晚上电视》，也就是外婆说的《都上电视》。——译者注

己打开了车门上了车。外祖父母认为它和他们一样聪明,甚至比大多数人更聪明。

珍妮转向外婆,紧紧抓住她的手臂,几乎尖叫道:"是的,它自己进去的,那是因为车窗是开着的!"

"没错,车窗是大开着的!"我重申道,"露西一定是钻进去了!它是如此害怕暴风雨,小可怜!"

外婆站直身子,盯着那个男人,从容地说:"如果是您让车窗开着,我的山羊有什么错呢?"

"这有什么关系?"皮尔桑蒂爆发了,他现在很生气,"这已经造成了严重的损失,您必须完全修复它。否则我就起诉您!"

"您要告我?为了什么?为了座位上的一点羊屎?"

珍妮和我像两个疯子一样大笑起来,但皮尔桑蒂开始在外婆面前指手画脚,大喊她不文明,是个吉卜赛人,他要打电话给宪兵和他的律师,甚至是他的律师团,因为可以看出他有一支"军队"。

但此时露西已经看不下去了,它又威胁地低下头,准备好用犄角战斗,并且开始猛攻。格里举着双手向后退去,用歇斯底里的语气尖叫着:"谁来拦住它,否则会对你们更不利!拦住它!"

正拄着高粱扫帚欣赏着这一幕的内多外公吹了一声长哨,露西一愣,转过头,蹦蹦跳跳地朝他跑去了。

这时,这位勇敢的电视主持人趁机逃跑了,正是他,在他的节目《都上电视》中怂恿人们跳入虚空或跳过火圈,笑得像只鬣狗一样并且喊道:"微笑!你们上电视了!"

看,这次他没有笑。

我之前说过,人物之间的关系使行为得到发展。好吧,这就是一个对立的例子,因为在格里和我们之间,没有建立起友好和理解的关系,而是立刻产生了反感。

格里被我的毒笔描述为专横跋扈、狂妄自大的人,随时准备炫耀自己在电视上的成功来给别人留下深刻印象。总之,就是典型的"她不知道我是谁"。

这个反面人物一定有什么不可告人的事情……让侦探米娅无法抗拒!

不可能的任务

然而,对我来说,这个车库的故事并没有意义。如果不是皮尔桑蒂建的,我对自己说,谁会挖它,挖这样的隧道?如果是古代建造者呢?也许正是伊特鲁里亚人?唯一的办法就是亲自去考察,才能更好地了解。当然,如果格里·皮尔桑蒂发现我又在他的地盘上窥探，可能会把我像香肠一样绑起来，然后扔去喂鳄鱼，就像他在一次节目中对一个男孩做的那样。那个男孩自吹是一个非常厉害的魔术师，可以在几秒钟内解开绳子，从水里出来。但最后还是让潜水员介入了，因为有什么东西出了问题，我可以发誓是格里故意让它出错的，就这样，人们被鳄鱼吞了自诩魔术师的人的这个想法吓得魂飞魄散，直到潜水员带着那个被淹得半死的男孩出水后，这个主持人才胜利地大喊："如你们所见，都是现场直播！这孩子真的差点死了，女士们，先生们！热烈的掌声！"

总之，我和珍妮决定去仔细看看那个车库，于是我们一大早就出发去探索，因为我们都认为那个时候主持人还在睡觉。

为了我们的任务，我们打扮得像突击部队一样：迷彩帽、军绿色的裤子和衬衫、运动鞋、从内多外公那里借来的摩托车护目镜、一个装有水壶的背包、一张领土地图、一只手电筒，还有一个笔记本。我和珍妮都有一副观鸟的望远镜和一个像在老电影里看到的那种对讲机。这些特殊的设备大多来自阁楼上的一个壁橱，外祖父母把他们不再使用但总能派上用场的东西都放在那里。

我们决定把这次任务称为"不可能的车库"，于是我们兴奋地出发了。我们甚至在路上唱了几首歌，有点像士兵做的那样。但当我们靠近格里的地盘时，我们沉默了，开始非常谨慎地行动。隐蔽在地面下陷处,我们拿出双筒望远镜去侦察地面。

"西边和南边什么都没有。"珍妮低声说。

"东边和北边没有人。"我回答道。

于是我们匍匐前进走近车库。我们决定,珍妮留在外面放哨,而我将进去研究建筑,我通过对讲机与珍妮保持联系。进门前,我向珍妮握拳竖起大拇指示意,她也一样做。一进去,我就按下了对讲机的按钮:"米娅呼叫珍妮,你能听到我吗?完毕。"

"珍妮呼叫米娅,我听得很清楚,完毕。"

"我正往隧道里走,一切正常,完毕且结束。"

"放松点,这里一切正常,完毕且结束。"

那辆大车停在那里,这次所有车窗紧闭,车内闪着小灯,可能是防盗装置,避免再出现像露西那样的意外。我打开我的手电筒,开始在石壁和天花板上搜寻,然后我直接向底部走去,那里没有墙壁,但却堆积了许多石头,几乎就像坍塌了一样。

我按下了对讲机按钮:"米娅呼叫珍妮,我发现了一些有意思的事情,完毕。""珍妮呼叫米娅,是什么?完毕。"

"隧道继续延伸到地下,它已经被一些石头堵住了,完毕。"

"有缺口吗?完毕。"

"我试着检查一下,完毕且结束。"

我拿着手电筒好好地看了看四周,在上面的部分,在那堆石头上方,我看到有一些很宽的缝隙。对讲机叽哇乱叫,我听到珍妮的声音在耳边响起:"珍妮呼叫米娅,当心!当心!敌人正在靠近。重复,敌人正在靠近。"

"米娅呼叫珍妮,信息收到,完毕且结束。"我回复后立刻关闭了对讲机。我以为我可以从主洞口偷偷溜走,但敌人已经在附近,肯定会看到我。于是,我躺在车后,听到有声音靠近。其中一个是皮尔桑蒂,他在说:"这里,这就是隧道,它非常适合停汽车。如果我们再挖一点,就能装下我老婆的车和我女儿的车。这里可能是个游泳池,你不觉得吗?"

另一个声音回答说:"我们应该做一个土壤测试,如果还有其他的像这样的隧道,我们就有塌陷的危险。"

"没有其他的,放心吧。"格里回答道,"无论如何一旦开始挖,我们就好商量。"

"你知道这个隧道是什么吗?一个旧矿井?"另一个声音问道。格里不耐烦地回答道:"这附近没有矿井。他们都是农民。"

"那是一个岩石住宅?安置羊群的地方?"

"我不在乎。"格里叽哇乱叫,"甚至,我告诉你一件事。当我发现这条隧道时,它被树枝和石头遮住了一半。而里面,就在房间的正中央,有一个什么陶瓦的小雕像。没有什么特别的,看起来像是小孩子做的，但是我老婆说很可爱，就把它放在壁炉上。"

"你给她看了吗？"

"天哪，你知道这些事情是怎么发生的，你遭到考古学家的突然袭击，打电话给监管部门，停止工作，把土地围起来……也许是为了一块一文不值的小雕像碎片。"

"你说得对，这让人难以忍受。如果照考古学家的话办，我们就得挖掉半个国家，非常感谢。他们不尊重财产所有权。"

"是的，我已经快被许可证搞疯了，因为市政府什么事都要插手，游泳池应该要小一点，然后他们不想让我建四百平方米的拱廊，他们说太大了，破坏了景观……但这土地是我的还是市政府的？"

"没有对富人的尊重。"另一个家伙说道。

"也不尊重我这样的名人。"格里叹气道，"我做了那么多好事，把穷人带到电视上，给他们成功。"

"但你继续吧，格里。我可以帮你在市政厅办理许可证，我认识一个省里的议员……"

"你不知道我会有多感激你。"格里欣喜不已。

"如果朋友之间不互相帮助……"对方总结道。

多么疯狂的对话啊！这儿的两个人甚至比拿破仑的兄弟还要坏，至少他挖出了坟墓，挖出了东西，尽管他把那些简单的东西弄成了碎片。而这些人会悄无声息地在法老的坟墓里跳迪斯科，全然不顾古代历史。

也许是因为我太生气了，我一下撞到车上，震耳欲聋的警笛声响了。我吓了一跳，我别无选择，只能爬上岩石，爬上我看到的裂缝。因为我现在作为一个攀岩者还是很有经验的，我想都没想就爬到了那个缺口处，钻了进去，然后从另一边滑下去。

于是我就在这个大房间里等着珍妮把我拉出去。

这就解释了我为什么会陷入这个困境。此时回顾部分已经结束，叙述应该会随着意想不到的情况推进，而主人公（也就是我）还一无所知。

在我的故事中，叙述者显然被认为是主人公，所以我们无法事先知道米娅身上会发生什么，尽管这仍然是一个出场故事，因为事情是在我经历过后写的：这仍然是一种叙事策略。为此读者会产生一种好奇心：现在会发生什么？米娅会没事吗？

发现古墓

正如我所说，我掉进这个房间，完全没有想到自己会在哪里。与此同时，在隧道里，警笛继续鸣叫着，传来了那两个人激动的声音，他们喊道："谁在那里？谁在那里？有人在吗？如果有人在那里，马上出来！"

但很快就安静了下来，可能是格里关掉了警报器，以为是天花板上掉下来的鹅卵石引起的。因为听不到任何声音了，我就打开手电筒，然后打开对讲机，呼叫珍妮。

"米娅呼叫珍妮，听得到吗？完毕。"

我听到了很大干扰下珍妮的声音："珍妮呼叫……你听……在……你在？……毕。"

"我不知道，我最后在车库外的一个山洞里，完毕。"

"……重复，完毕。"

"我在山洞里，去叫人来帮忙，完毕。"

"……叫……外祖父母……坚持……毕。"

"快点！完毕且结束。"

之后，对讲机就没声音了，我站在那里看着它有些害怕。

如果他们找不到我怎么办？如果我再也出不去怎么办？我试着赶走这些问题，因为，就像爸爸总是说的，想法必须积极一点。于是，我哼着歌，举着手电筒，观察我最后在哪儿。

地面是夯实的，天花板上掉下几块石头，泥土散落在上面。在墙根有一把石头座椅，仿佛这里是一个宝座大厅。但是，当我把光束对准墙壁的时候，我惊讶得几乎要把手中的手电筒丢掉！就在我头顶的高度上，出现了人像，真人大小的人像！我告诉自己这不可能，我在做梦。也可能是一些当地艺术家的画，我知道，就像那些在地铁地下通道里涂鸦的人。但这些人物形象太奇特了，不像是现代人，它们和我在图书馆里的书上看到的很相似。这些不是现代绘画，它们是伊特鲁里亚壁画！

由于时间和湿度的原因，颜色有些褪色，并且有些地方已经脱落，但这些被描绘的人的轮廓无疑是古代的伊特鲁里亚人，棕色的身体，白色的外衣，旁边是细茎绿叶的树苗。而就在两位伊特鲁里亚男士的中间，有一只棕白相间的小山羊，它长得酷似露西，一定是露西的祖先！

我惊奇地张大嘴巴，我的手颤抖得如此之厉害，以至于光在墙上跳舞。我的心跳得如此之快，以至于发现的兴奋是一种巨大的恐惧，我甚至感到头皮发麻，就像我的头发在恐惧中竖了起来。

"古老的伊特鲁里亚人！"我想，"但即使我是对的，这也是一个真正的坟墓！"

天啊，我已经迫不及待地想让珍妮和外祖父母来打开墓穴，看看我的发现！于是，一方面是为了克服这种强烈的情绪，一方面是为了打发时间，我开始在笔记本上写：

今天，6月29日，一个值得纪念的科学发现：我发现了一座有壁画的伊特鲁里亚古墓。

为了更好地证明我的工作，我绘制了古墓的平面图，入口隧道（车库），我所在的有圆顶天花板、墙根有宝座的房间。

> 除了等待救援，我什么都做不了。而在恐惧之后，我的内心却升起了巨大的喜悦：如果这儿不是坟墓，我就会开始跳舞了。但这个地方肯定不合适，对死者要有敬意。

不能说这是一个很大的惊喜，因为我从一开始就告诉读者，我被困在一个墓穴之中，通过对伊特鲁里亚人的广泛介绍做了层层铺垫，才逐渐迎来了事件的"高潮"。

当一个故事以第一人称展开时，插入一些线索来构建真实的场景是有点困难的，就像以第三人称讲述的故事一样，叙述者与主人公的身份并不完全一致，他可以描述一个细节，而这个细节后来会显得非常重要，甚至导致局势的逆转。

肖恩给我发短信："你的谓语怎么样了？"

"做梦是吗？"

"是的，为什么？你梦到谁了？"

梦到谁？我在这里，在下一章里。

救援抵达

"凯尔，拉蒂亚，你们快点，否则门会锁上。"

穿着长长的外衣的女人正在田野里前行，她的样子如此像自由外婆，以至于我几乎以为自己回到了过去，回到了她把长长的卷发散落在背后的嬉皮士时代。还有那条白色的长裙，是不是很像她现在还在穿的尼龙裙之一？

一个男孩跑到我身边，朝我喊道："那么，拉蒂亚，你要出来吗？你想在这里过夜吗？"

他穿着奇怪的短裤，光着上身，皮肤黝黑。他摇了摇我，我盯着他的脸，他是多么英俊啊！他有一头短卷发，一双浅褐色的明亮的眼睛，甜得像蜜糖一样，形状修长，像个东方人。

"你看我干什么？"

我蒙了，厚着脸皮说："你的眼睛真漂亮。"

然后他的脸色一亮："来，拉蒂亚，别开玩笑了。来吧！"他向我伸出了手。

我站起来，发现我穿着一件半长袍和一双高底木质凉鞋。叫我们的女人头上顶着一大捆草。这个男孩捡起他为了跑来喊我放在地上的草。我也有我的草，当我们沿着一条小路走到另一条小路上时，我会像那个女人一样将它顶在头上，那里有许多其他人拖着手推车或提着草束、木头捆、水果篮。有些人唱歌，其他人很快就会很高兴地加入他们的行列，而有些男孩则拿出一种有趣的乐器，一种带有许多孔的芦竹，开始演奏。

我们向小镇走去，但没有破败的塔，也没有石屋，而是有一堵围墙，有一扇大开的大门。我们一进门，就在一座五彩缤纷的小庙前一一鞠躬。然后我们沿着通向小镇高处的路走，各自前往自己有着彩色外墙的小木屋。

我听到一只山羊在咩咩叫,是露西正朝我们走来。女人对男孩说:"凯尔,你得给它挤奶。"

山羊坚持咩咩叫……我感觉它如此之近!但是……还有其他噪声和人类的声音。凯尔和那个穿白色长袍的女人消失了,而我回到了古墓里,我在这里睡着了。

我还震惊于这个梦,我看到洞底有一道外光,然后……出现了露西的小脑袋,它欢快地向我跑来,在我的脸颊上舔了一下。

"米娅!"珍妮尖叫着抱住我。和她在一起的是她的外祖父母和两个挖石头、搬石头的壮汉。

他们四个看到偌大的方形房间和墙上漂亮的画作,都惊呆了。

"一个伊特鲁里亚的坟墓!"内多外公低声惊呼。

"伊特鲁里亚人!"另两个人一人说了一句,不知道还能说些别的什么,他们被壁画的景象迷住了。

但格里·皮尔桑蒂那著名的鼻音,却让大家从惊奇中清醒过来:"那么,那个多管闲事的小女孩在那里吗?你们找到她了吗?"他从他的车库里问,不敢踏进房间,也许是不想被弄脏。

"是的,她在这里。"其中一个男人回答。

"她还好吗?"格里关心道,"不,因为我不希望在我的地盘上发生意外事件。"

"你自己来看看这个女孩是否没事。"那人对我们眨了眨眼睛。

"我宁愿不来，没用。"他生气地回答。

"博士，你最好过来看看。"另一个人插话了，"这里有大事。"

"大事？什么意思？"格里担心了，他正在挖石头，最后出现在房间里，掸掸裤子上的灰，"所以发生什么事了？"

"你自己看看。"格里微微冒汗的脸转过来，看着墙壁上被我的手电筒照亮的美丽轮廓。

"这意味着什么？这是什么？"

"博士，你还不明白吗？"两个工人中的一个说，"这些是伊特鲁里亚的壁画。"

"是吗？你怎么能这么自信地说呢？你是专家吗？你们都站在我的山洞里干什么？滚出去！"

"听着，这位先生是对的。"我对他说，"这是个伊特鲁里亚古墓，你得把你的车停在别的地方，笨蛋。"

"啊，这太过分了！我尽最大努力把这个鲁莽的孩子从洞里救出来，我叫来我的工人们，叫来推土机，这个孩子非但没有感谢我，反而冒犯了我！啊，但这还没完，我会向我的律师们咨询的。"

"是的,你最好给你的律师打电话。"外婆以她一贯的冷静介入了,"因为这是一笔历史遗产,必须尽一切可能加以保护。"

"历史遗产?为了墙上的两处涂鸦?"

但在这时,肯定是伊特鲁里亚人生气了,因为大家听见有一种不祥的吱吱声,大量的泥土落在格里的头上。他吓坏了,尖叫道:"这里要塌了!"他几步就跑了出去。

我们两个女孩、外祖父母,还有两个工人,静静地多看了一会儿画。然后其中一个工人说:"他们是我们的祖先。"

另一个人补充说:"是的,我们伊特鲁里亚人的祖先。"

当我们走到阳光下的时候,我发现他们的眼睛湿润了,充满了深情。

我常常在想,那些叙述过去的事件的历史小说家们,是怎么做的,是如何重构随着时间的推移而发生巨大变化的环境、习俗,甚至是说话方式的。我想他们应该学习了很多。因为在我小时候,为了写这个故事,我必须了解一些关于伊特鲁里亚人的事情。我记得我和内多外公一起参观了博物馆,我看了很多照片。总之,我尝试着收集资料。

尤其是衣服必须与当时的衣服完全符合,并且必须进行长期的历史研究,这也因为时尚在不断变化,在过去也是一样!此外，我相信，得非常擅长让读者感受到过去的"气氛"，并在这和我们现代看待事物的方式之间寻求平衡。例如，在对话中，使用一些较古老的词，但要保持现代的简洁……总之，这需要很高的技巧，以避免陷入无知的牵强附会或做假装博学的历史学家。

真正的伊特鲁里亚专家

德拉·皮纳教授来吃晚饭，身上还沾满了灰尘和污垢，像个矿工。几天来，格里·皮尔桑蒂的土地变成了一个真正的工地。围墙、来来往往的穿着工作服的人们、在进行挖掘的工人们，最重要的是教授，他迈着紧张的步子在古墓周围走来走去，时不时地向助手们做手势。

我相信，发现一座至今仍完好无损、不为人知的古墓，是每个考古学家的最高愿望，当它就像这次这样发生时，就像中了彩票似的。其实，教授一接到外公的电话，就立刻出发，全速行驶，不到两个小时就到了。

"如果我能坐直升机，我就会马上俯冲过来！"这是他对内多外公说的第一句话。

"你真的是马里奥托的儿子吗？"外公边从头到脚打量教授边问，缓慢得让教授越发烦躁。他点头示意，说："是啊，是的。那地方在哪里？"

但内多外公并不听伊特鲁里亚专家的话,他张开双臂:"嘿,来吧!墓不会跑掉的。它在那里已经有几千年了,我们可以花10分钟,不是吗?来吧,自由已经煮好了咖啡。"他把胳膊搭在教授的肩膀上,教授顺从了,大叹了一口气进了屋。与此同时,外公内多解释说:"你知道,我一看到这个墓就想我必须马上给马里奥托的儿子卡罗打电话,因为我知道你在大学里学的考古……"

"是的,确实如此。爸爸给我打了电话,我就立刻跳上了车。我的助手们很快就会来,如果您不介意的话,我把你们的地址给了大家。"

"介意?"内多外公高兴地笑了,"可以说,这是一种快乐,有一群人在这儿,就像过去的美好日子一样。你们都可以在这里安顿下来,这里有很多房间……"然后,在欢闹中,外公重重地拍了拍他的背,差点没让他摔倒。"但是,看啊,马里奥托的儿子!你知道我们一起干了多少事,我和你爸爸!"

"嗯,我能想象到。"教授说,他调整了一下眼镜,"父亲一直都是个喜欢热闹的人。"

"你知道他在公社住了整整一年吗?"

"真的吗?我不知道。"教授很感兴趣,"他从来没有说过任何年轻时的事情。"

"没有吗?他在印度待了六个月后来这里找了我们。你真该看看他,他看起来像个修道士,对吧,自由?"内多外公问正来送咖啡的外婆。

"在印度?父亲?"坐在沙发上的教授,是越发惊讶。"可他是一个特别墨守成规的人,他总是去维亚雷焦①海边的同一座浴室,超过二十年……"

然后,自由外婆中断了话题,她向外公意味深长地点点头,然后对教授说:"你知道吗,卡罗,古墓离这里不远。如果你想,我们可以走过去。"

"啊,好的。立刻!"教授突然站了起来,一口喝下了还没有放糖的咖啡,"我准备好了,我们走吧。"他比所有人都先出去。

"你看到了吗,自由?马里奥托的儿子!"内多外公喃喃自语道。

"是的,但不要告诉他任何关于他父亲的事,内多。你知道和孩子们在一起……他们不了解我们年轻时的样子。"

"嗯,而且他是个教授……"外公评价道。

拉着助手们的大巴车一到,他们就开始在皮尔桑蒂的地盘上挖掘,自从我恢复自由的那天起,皮尔桑蒂就消失了,可能是因为他不知道该把车停在哪里。

---

① 维亚雷焦是位于意大利托斯卡纳大区北部的一个城市。——译者注

外祖父母家挤满了人，大多是兴奋的青年男女们。白天，他们围绕着伊特鲁里亚古墓工作，不顾山上烈日的炙烤，到了晚上，他们就会来这里吃饭、睡觉。外祖父母在打谷场上放了两张桌子，这样大家就可以围坐在一起了，夜晚就是盛宴，就像在画作中的伊特鲁里亚宴会上一样。大家在辛苦工作了一天之后吃吃喝喝，有人唱歌，也有人弹吉他和敲邦戈鼓，从神奇的亭子间里冒出头来。

当然，最开心的还是外祖父母。他们一直说，这就像过去的美好时光，也是因为这些考古的孩子，在地里像甲壳虫一样挖东西，比起在电视上看到的孩子们，他们可能更像嬉皮士。男孩们穿着宽松的裤子和格子衬衫，女孩们的耳朵和鼻子上都戴着几十个耳环、鼻环，穿着长裙，背着编织包，脚踏印度凉鞋。我不是说这些伊特鲁里亚学者发现外祖父母的旧摇滚唱片的时候，那种让人惊奇的兴奋的狂叫，甚至超过他们发现其他的宝贵文物。

而教授则是教授型的，穿着短外套、厚底鞋和牛仔裤，戴着护目镜。

但就在今晚，经过这几天的相处，他也为这份工作感到高兴。他放松了自己：坐在打谷场上的餐桌前，盘子旁边躺着一只猫，膝盖上坐着一只猫，他脱掉外套，只穿着衬衫。

我走过去，胳膊肘靠在桌子上。

"你过来，"他高兴地说，把猫从膝盖上弄下来，"让我抱抱你！你真是个好孩子！"

他搂着我，让我坐在他的膝盖上。

"一切都是你的功劳，我将把它写进我的书里。"

"为什么，你要写一本关于古墓的书？"

"当然。这是一个轰动一时的发现，需要被证明。想象一下，它将希腊-维兰诺万史前文明①推进了至少800米……"他要开始满怀激情地做技术性解释了，但我打断了。

"听着，不是我发现了古墓，你知道吗？"

"怎么不是？"

我使劲摇头："功劳归露西。如果不是它在那里，我们永远也找不到那个山洞。"

"好吧，露西也不是第一个发现山洞的，"教授给我解释道，"在它之前，不知道什么时候，就有盗墓贼去过。那个房间完全是空的，他们把所有的东西都拿走了。"

"那么有人知道这是个坟墓！"

"嗯，是的。"

"那他们为什么不告诉你？"

教授叹了口气："嗯……因为盗墓贼们偷了双耳陶罐和雕

---

① 维兰诺万史前文明，起源于博洛尼亚附近的小镇维兰诺万（Villanova），是意大利本土铁器时代的文明，视为原始伊特鲁里亚文明时期。——译者注

像，然后偷偷地把它们卖掉，而对在哪里找到这些东西并不感兴趣。你知道，他们冒着坐牢的风险。"

"嗨，快来人啊！"家里有人在召唤了，"你们不会相信格里·皮尔桑蒂上电视了，他在谈论古墓。"

我们都赶紧跑去看教授几天前买的迷你电视机，因为他每天晚上都要看新闻。事实上，一位记者正在就他乡下房子附近的地下发现了伊特鲁里亚古墓采访格里。在报道中，可以看到的是格里的别墅和周围的风景，而这位记者在说：

"格里喜欢农村简单而有些粗糙的生活。他的土地上没有网球场和游泳池，有的却是树林和山洞的野生大自然。就在其中的一个洞里，有一个特别的发现……"

然后，出现了主持人那张肥硕的笑脸，用柔和且清脆的声音解释了这个发现对他来说如何代表着一件独特的事，使他"谦卑地"让监管部门四处挖掘以深入研究……

我和教授都受不了了。我牵着他的手，走出农舍。

天空是明亮的，因为太阳刚刚落山，橙黄色的满月挂在地平线上。在田野里，蟋蟀的歌声很响亮，每天晚上都是这样。

"天空和大地仍然和伊特鲁里亚时代一样，只是我们不再关注它们，而伊特鲁里亚人却崇拜所有形式的生命。"教授说，他真的是一个浪漫的人。

"听着，教授，"我透露给他，"当我在古墓里的时候，我梦见了一个伊特鲁里亚女孩。"

"真的吗？"教授俯身看着我的脸。

"是的，她叫拉蒂亚。"

教授摘下眼镜为了更好地看着我："你看过墓里的碑文吗？"

"什么碑文？"

"有一边上有碑文写着这是伊特鲁里亚贵族拉蒂亚的墓。"

我们静静地站了一会儿，看着对方的脸。不戴眼镜的教授有一双美丽的蜜色眼睛，形状狭长，像个东方人，像……

"凯尔！"我喃喃自语道。

他直起身子，和我握手。我们依旧静静地看着已经变成白色的月亮渐渐升到了房子的上方。

我决定让肖恩读这篇故事。

下午英语工作坊结束后，我在校外等他。当我看到他走来的时候，我的心就开始强烈地跳动起来，因为我每次见到他，他都显得越来越可爱，那双眼睛炯炯有神，笑起来很迷人。今天他穿的是一件很简单的衬衫和褪色的牛仔裤，特别适合他！

他坐在我蹲着的那级台阶上，以惊人的速度读着我的故事。同时，我偷偷地观察着他，我问自己世界上最可爱的男孩怎么可能就在我的身边，读我的一个故事。我很想掐掐自己，来确定这一切都是真的,即使他刚洗过的衬衫上传来清新气味。

我不是在做梦,但我呆呆地盯着他看,因为,在最后,当他抬起眼睛问我这是不是一个真实的故事时,我结结巴巴地说:"不是,我是说是……"

他疑惑地看着我,皱着眉头,就像前几次我在学校的走廊上错过他一样。然后我说:"当然,我那时还小。有些事情有点夸张。"

"是的,但是这个教授……"他脸色严肃地批评说,"有点滑头,我觉得。"

此时,我如坠五里云雾,我不知道他是不是在嫉妒小老头德拉·皮纳!"你在说什么?他只是对一个小女孩好……"

"但你用这样的方式描述出来,几乎就像你们在一起一样。"

我越发吃惊了:"你说什么呢!一起看月亮就够了吗?"

肖恩耸耸肩:"为什么不呢?这要看情况。"

"抱歉,取决于什么?"我坚持,但只是起了玩心,因为从他盯着我的眼神,我很清楚他想的是什么。

我们坐得很近,我几乎能听到他的心跳声。在我看来,他的心跳和我的心跳一样快!他的脸越来越近,我的呼吸也越来越急促,因为他要吻我了。

我闭上眼睛,福至心灵……只是没有被亲吻,反而我的胳膊被捏了一下，而一个熟悉的声音在叫我："米娅，你在吗？"

我猛然转身，眼睛瞪得大大的。贝尔尼从车门钻出来，打量着肖恩。肖恩在捏我胳膊提醒后，已经谨慎地避开了。我感觉脸上挂不住，急忙起身。

我完全忘了我哥哥会来接我。这像什么样子！出于羞愧，我跳进车里，甚至都没跟肖恩打招呼，我希望汽车座椅能永远把我吞下去。

"那家伙是谁？"我哥哥目光狡黠地问。

我含糊其词地回答："我的一个朋友。"

"他像章鱼一样黏在你身上。"

"那是我的事！"我炸了。而贝尔尼经常谈论自由。他总是重复着一句座右铭。他的座右铭差不多是这样的："如果每个人都管好自己的事，这个世界就会更美好。"他对我说："不是的，你是我妹妹。"

"那又怎样？"

"不，我的意思是，这家伙要小心了。"

我看着我的哥哥，好像那不是他，而是一个占据了他身体的外星人："你在说什么？"

"听着，我知道这些饥渴的男孩。"

"我不相信。"我坚持，越来越茫然。我的哥哥正在因为封建思想的嫉妒和我大吵大闹！于是我讽刺他说："我以为你是一个思想稍微现代一点的人。"

"这和'现代的'思想有什么关系?"他把这个词说得好像是一种侮辱,"我告诉你我怎么想的。"

"是的,你的想法和诺亚一样。谁要是看上了我的妹妹,那可就惨了……但我们在哪里?"

我一定是按对了按钮,因为他闭嘴了。但在下车前,他问我:"我应该对预审保密吗?"

自从他决定去上法学院后,他就一直自我炫耀地使用这些法律术语。

"当然了!"我惊呼。他不会跑去告诉爸爸妈妈抓到我和肖恩在一起吧?因为我父母的想法太过时了……如果有人觉得我是在夸张,就看看我小时候写的一件让我们疯狂了好几个月的事情:家庭婚礼。这是理解孩子和大人之间有不可逾越的代沟的最佳机会……

 婚礼上的米娅

两件大事

我马上就要满十岁了,这绝对是轰动一时的大事。首先是因为我的年龄从个位过渡到了十位,十岁!一个以零结尾的整数!我作为一个小女孩的生活要结束了,而我作为一个少女的生活要开始了。所以,趁此机会我想明确放弃我父母给我起的那个名字,玛丽亚·维罗妮卡,让所有人,包括我的爸爸和妈妈,都叫我的秘密名字,米娅。

因为十岁是一个伟大的成就。如果没有我表姐罗塞拉几个月前就确定的婚礼插杠子的话,我本想好好重视、庆祝一下。碰巧的是,她的婚礼和我的生日将在同一天。现在,我应该收拾行李,离家出走。因为最终问题不在于可怜的罗塞拉,她完全有权

利随时恋爱结婚，问题是我的爸爸妈妈，他们自己要全身心投入到这件事中去，又不是他们俩要结婚。因为他们结婚的时候只举行了一个简单的仪式，有四个证婚人和他们的父母，然后只和朋友们一起办了个聚会。这导致我妈妈的所有亲戚都很生气，即使过了二十年，还在提醒她，他们当年没有被邀请。

其实，两天前，我就已经准备好背上我的背包，离开这个几个月来一直在为表姐的喜糖和请柬晕头转向的疯狂家庭。当爸爸在走廊上抓住我的时候，我正哽咽着向罗比告别。

"玛丽亚·维罗妮卡，你干什么？"

"出门。"（但是我的声音在颤抖。）

"背着背包？"

"我要去珍妮那……"我语无伦次地说，"我要给她带些东西……总之……"

"总之什么？"爸爸好奇地审视着我。

"总之，我要离开这个家，因为没有人在乎我。"

爸爸没有生气，反而亮出了灿烂的笑容："我的宝贝，你在说什么？你是这里最重要的人！"

"啊，是吗？但你们所有人都忘了我的生日！"

"不是的，亲爱的……"他想拥抱我，但我把双手交叠起来，紧紧地贴在胸前，于是他把双手放在我的肩膀上，"看你说的，我和妈妈怎么会忘记这么重要的一天，就是今年，那么，你已经十岁了！"

"但你们并不在意，因为你们别的什么也不做，只会到处谈论婚礼。至于我的生日，却只字不提。"

"但是亲爱的，我们说好了派对改期，你不记得了吗？"

"是的，是的，但不要再说了。"我喃喃自语，低下了头。

"只是因为我们的时间不多了，还有一个星期就要举行婚礼了，然后上帝保佑，一切都会结束的！你知道你不能错过，你是伴娘。"

我耸了耸肩，但我已经屈服了。事实上，爸爸说得没错。生日派对已经被一致同意改期，我也承诺要做伴娘。但是我要趁着这个时机来获得我渴望已久的东西。

"现在我已经十岁了，你和妈妈不要再叫我玛丽亚·维罗妮卡了。"我举起食指命令道。

爸爸皱了皱眉头："但那是你的名字啊！"

"你们没有注意到，很长时间以来，我一直用我更喜欢的别的方式称呼自己？"

"叫什么？"

"米娅。"

"我的什么？"

"就是米娅。"

爸爸点了点头，很严肃。我原以为他会抗议，说"不行"，但他却说："同意。但你要把背包收起来，不要离开。同意吗？"

我高兴地跳了起来，大喊："好！！！"然后我抱住他，高兴得不得了，因为真的不得不说，我很崇拜我的爸爸。当我们手拉手走到我的房间时，我问他："你不介意我改名吧？"

"不，"他给了我一个同谋者的眼神，"你不知道？妈妈也把她的名字缩短了。"

我坠入谷底般吃惊："什么？那她的全名是什么？"

爸爸压低了声音："你要发誓不告诉任何人，尤其是贝尔尼，否则一切都会完蛋的。"

我将食指交叉放在嘴前发誓，以示郑重承诺。爸爸靠在我的耳边，轻声对我说道："卡拉·阿尔伯塔·玛丽亚·利奥波德。"

我试图用手捂住嘴，但还是忍不住笑了。

"玛丽亚·利奥波德①！这也太难听了吧！"

爸爸叹了口气，翻了个白眼说道："你外公有妄想症。"

玛丽亚·利奥波德！外公认为妈妈会成为波兰男爵夫人吗？

---

① 利奥波德一世（Leopold Ⅰ，1640—1705），哈布斯堡王朝的神圣罗马帝国皇帝及匈牙利和波希米亚国王。其母亲为西班牙公主玛丽亚·安娜。——译者注

不知道当妈妈嫁给作为意大利测量员的爸爸时，他有多失望。

总之，这件事已经解决了，现在在家，所有人都叫我米娅，眼睛都不眨一下。好吧，有时爸爸和妈妈会弄错，喊回以前的玛丽亚·维罗妮卡，但我不回答，这样他们就会马上纠正。

不管怎样，我们现在正在为罗塞拉的婚礼做最后的准备。你不禁要问，为什么我的父母要忙着操办接待、鲜花、礼服、喜糖，还有婚礼上的所有事情。好吧，这一切的罪魁祸首就是阿尔玛姨妈，罗塞拉的妈妈，她真的吓坏了。但我最好从头开始解释一切，当阿尔玛姨妈在9月底的一个下午来到我们家后，她瘫倒在客厅的扶手椅上，痛苦地喊叫起来——

"结束了！"

阿尔玛姨妈

阿尔玛姨妈是妈妈的表姐，所以她也是我的表姨，但我一直叫她姨妈，因为她有点像妈妈的姐姐。

她比我妈妈大几岁，小时候她们经常一起在她的小镇里过夏天。我的外婆和阿尔玛姨妈的妈妈是姐妹，但外婆嫁给了当军官的外公瓦莱里奥，换了一个城市生活，而阿尔玛姨妈的妈妈则嫁给了小镇上的一个店主，并留在了那里。

阿尔玛姨妈一毕业就搬到我们的城市来找工作，然后嫁给了福里奥姨父，生下了罗塞拉，在公司附近的一个小区买了房子。她也去镇上，但只是在节假日去探亲。因为我妈妈也在同一座城市生活和学习，所以她们经常走动，结婚后她们两家住得很近。

但这一切都发生在很多年前，就是二十多年前，因为现在罗塞拉已经二十四岁了，即将结婚。而这个年龄似乎是阿尔玛姨妈最担心的事，正如我所说的，9月份，她惊慌地冲到我们面前，用一种悲惨的方式宣布：

"结束了！"

至于戏剧，妈妈非常喜欢，因为她对戏剧的热情是出了名的。事实上，阿尔玛姨妈一倒在客厅的扶手椅上，妈妈就像老鹰一样冲了进来，慷慨陈词："亲爱的阿尔玛，现在让我告诉你，不要灰心。这不是结束，而是你新生活的开始，是你救赎的开始！"姨妈抬起疑问的目光看着妈妈热情高涨的脸，妈妈坐在姨妈对面的沙发上说："阿尔玛，现在你将是一个不需要对任何人提出任何要求的女人了！"

阿尔玛姨妈睁大了红框眼镜后面的双眼："卡拉，你在说什么？你明白了什么？"

而妈妈则带着胜利的微笑说："我就知道福里奥不是适合你的男人，而现在……"

这时，阿尔玛姨妈干脆打断了她，皱着眉头说："对不起，这和福里奥有什么关系？"

"但是……你说结束了，我以为你们分手了。那次吵架之后，你总是说你受不了他……"这时妈妈想起了我的存在，转身对我说："玛丽亚·维罗妮卡（她还是这么叫我），你去给我们拿两杯冰茶，好吗？拜托，帮我这个忙嘛。"

我还是自己在沙发上坐着更舒服："不，我想听。"

于是，她瞪了我一眼，但姨妈却用非常激动的语气插话说："孩子可以留在这里。我要说的不是件坏事，甚至，事实是……罗塞拉要结婚了！"

听着这个好消息，我高兴地跳了起来，拍着手喊道："哦，好耶！结婚！"

反倒是妈妈，在经历了刚才的尴尬之后，知道不该瞎猜，她宁愿谨慎地打听："她要结婚了吗？和谁？什么时候？"

阿尔玛姨妈愁眉苦脸地说："你不会相信的，和一个直升机飞行员。今年夏天罗塞拉在加拿大认识了他。"

在我看来，这是一个惊人的消息，我的表姐罗塞拉要嫁给一个飞行员，也许是在一架直升机上！于是，我越喊越兴奋："一个真正的飞行员？在电视上看到的那种？救火的人？"

"不，他不救火。"姨妈不耐烦地打断了我。我真不明白她为什么不感到骄傲，妈妈为什么不祝贺她。甚至，她们两个人似乎在谈论一场丧礼，因为妈妈一直用谨慎的语气问："飞行员？

那他是哪里人？"

姨妈叹了口气："唉，是个帅小伙，但是，天呐，他是加拿大人，只会说英语、法语和西班牙语。他一句意大利语都不会，所以我也听不懂！"

"福里奥怎么说？"

"你觉得他能说什么？他认为是孩子们的一时兴起。罗塞拉才24岁，马尔科姆才28岁。你能相信吗？"

"什么叫只有24岁？只有28岁？"

我觉得他们已经很老了！他们应该什么时候结婚？80岁的时候吗？事实上，妈妈说："好吧，他们不是小孩子了。我也是25岁的时候结婚的，你甚至21岁就结婚了。"

别和她说这个！阿尔玛姨妈立刻生气了："这不是一回事！我从小在小镇里长大，迫不及待地想离开家乡。但是罗塞拉！她一直住在城市里，她有语言学学位，她还环游世界……"

"她会恋爱的。"妈妈说。而姨妈，她像被毒蛇咬了一口："这有什么关系？"

什么意思？如果一个人恋爱了，很明显是想结婚，但有时妈妈们为了显示自己是对的，就会扭转一切。于是，阿尔玛姨妈就说出了这么一段怪诞的话："现在的年轻人要做的是积累经验，而不是马上把自己束缚在婚姻里。罗塞拉还没有找到一份稳定的工作，那他们要住在哪里呢？在加拿大？与狼共舞？"

"为什么不呢?"我心想,我也想告诉阿尔玛姨妈,在加拿大的《白牙》①时期有很多狼,但现在都是像纽约那样的城市,也许那是一个进行一次美好旅行的好时机,但我小心谨慎地没有说出来。因为我早就知道,反驳大人总是有风险的,因为他们坚信自己知道的东西比我们这些孩子多得多。

突然,房门砰的一声关上了,过了一会儿,贝尔尼出现了。

我们三个都尖叫起来。妈妈用手捂着脸喊道:"贝尔尼!你把你头发怎么啦?"

我的哥哥看起来头上有一个巨大的黄蛇窝。他耸了耸肩:"我做了脏辫。"

妈妈脸色苍白,正要开口,却被我抢先一步:"那是什么东西?"

"脏辫是牙买加人编的辫子。"

"我要提醒你,你不是牙买加人。"妈妈语气好斗地说,她正从这个震惊中恢复过来。

"你毁了你的头发。看你搞得多脏,你哪儿来的这些想法?"

贝尔尼很快就转移了话题,对姨妈这样打招呼道:"哦,阿

---

① 《白牙》的背景是加拿大西北边陲的冰封地带,叙述了一只幼狼如何从荒野中进入人类的文明世界。出版于1906年。——译者注

尔玛，怎么了？"

姨妈看了看他无比宽松的裤子，底部全是毛边，然后说道："你的裤子破了，一定是在什么地方被夹住了。"

他摇了摇头："不，我是用刮胡刀片割的。"

姨妈抬起眼，目光落到了那件有和平标志的T恤上："你把袖子也剪了吗？"

"用剪刀剪的。我讨厌新东西。"

看得出来，妈妈是出于对阿尔玛姨妈的尊重而忍气吞声，但她还是威胁贝尔尼说："我们今晚就和爸爸再谈谈你头发这个新鲜事。"

贝尔尼完全没有被吓到，他耸了耸肩，退回到自己的房间。过了一会儿，他的房间里开始了一种他已经听了一段时间的纯鼓音乐。实际上，自从他今年夏天从英国回来后，就决定放弃摇滚，只听非洲和牙买加的音乐。旧的海报不见了，房间变得越来越像一种集市。因为贝尔尼去的是伦敦而不是在乌干达，谁能知道为什么是这个非洲的氛围。当我问他时，他用一种神秘的方式回答："必须回到世界的根源，正如梅西所说。"

这个梅西是他在伦敦的一个牙买加裔朋友，从英国回来后，贝尔尼一直在谈论他。

总之，在贝尔尼出去之后，妈妈似乎非常沮丧，大喊道："请问，阿尔玛，孩子们年纪轻轻的结婚有什么不好？让他们尽

> 快下定决心，离开父母独立是好事。去加拿大，去澳大利亚，让他们去，去嘛！"并用双手做了一个手势，仿佛在说"快走，快走"。

在这一章中，已经有了孩子与成人之间对立的"味道"，尤其是孩子与父母之间。因为，可以看到，父母只会批评，什么都不同意，甚至是一场婚姻，这是世界上最正常的事情！

现在，我的哥哥已经不敢再做大胆的发型了。相反，他留着短发，穿着也比较普通，所以父母所有的注意力都转向了……你们猜猜转向了谁？当然，都在我身上，问题紧逼：为什么我把指甲涂成黑色？大冬天的露着肚皮是不是太不合时宜？或者我这个年纪是否真的以为星期六晚上出去，我竟敢要求在迪厅至少待到深夜1点……

更别提什么透露我想在一所写作学校待上两个星期了，更何况，我喜欢的男孩可能就在那所学校里呢！

总之，我无可奈何，父母不仅有自己的（陈旧）想法，并且强加于人，而且总是拿他们那个时候在我们这个年龄的情况来做比较，无视时代不同了（确实过去了），大胆地冒险进入可笑的领域。因此，为了突出可笑，我，同样是个孩子，想了一个好办法来对他们的行为方式和他们的胡言乱语施加压力。不仅与常识形成对比，而且与积极的情感，与内心的法则形成对比……大家知道，恰恰是这种对比，突出了人的某些方面，使他们显得滑稽或奇怪。

罗塞拉的婚姻观

几天后的晚上，阿尔玛姨妈、福里奥姨夫和罗塞拉来我们家吃晚饭。当然，主要的话题是婚姻。贝尔尼一意识到这种情况，就躲了起来。借口是去朋友家学习一个他还没了解清楚的报告。在合适的时候，贝尔尼才记起他是一个学生，他对一切都充满热情，只有学校除外。此外，头发的问题还悬而未决，因为妈妈和爸爸在应该采取的路线上意见不一致。妈妈认为，"蛇窝"应该被根除，而爸爸却更温和："我在他这个年纪的时候，也是留着长发，扎着小辫子。"

"你是长发，但没有烫染！"妈妈抗议道。

"这是一样的，他们也让我剪掉，但我不想。我们得宽容。"

"看他，弄成这样，他没法自己洗头。"妈妈警告说，"而且他每周要去练两次篮球。"

"瞧你说的，他会用某种方式洗的。"

"咱们等着瞧。"妈妈结束了对话。

这时，我哥哥已经习惯于自称"拉斯塔贝尔尼"。据我了解,拉斯塔是一种诞生于牙买加的哲学,但它源于非洲,它的追随者曾经这样做头发。但后来,这种时尚广泛传播,却与哲学无关。比如,如果你问"拉斯塔贝尔尼",拉斯塔们到底在宣扬什么,他会停留在一些模糊的"博爱、和平、与人和平相处"之类的东西。当然,就像梅西告诉他的那样。

总之,"拉斯塔贝尔尼"适时地消失在和姨妈一家的晚餐上,也许他是对的,因为从开胃酒开始,罗塞拉就开始谈论起婚礼,至少到我被送去睡觉的时候,都没有停下来。

"这将是一件非常简单的事情,"我的表姐开始说,她甜美的微笑使她那么讨人喜欢,"我讨厌法老的婚礼,有那么多客人和吃不完的大餐。"

"啊,好啊!"爸爸说,"一件简单的事情,就像我们的婚礼那样。几个人,在你们的家里好好摆一桌茶点……"

罗塞拉的笑容立刻消失了,甚至,她黑了脸:"我说的是简单,不是悲伤。"

然后福里奥姨父眉毛一挑,脸色担心地说:"对,没错,简单。你也告诉我们了。近亲、朋友、一场美好的聚会……"

表姐又笑了,大家都松了一口气,但她说:"当然!我和马尔科姆心目中最亲密的人共150个。"

福里奥姨父正小口呷着他的开胃酒,吓了一跳。他被酒呛到了,开始咳嗽。阿尔玛姨妈站了起来,伸手拍了拍他的肩膀。妈妈和爸爸也站起来，惊慌失措，但福里奥姨父摇摇头，咕哝着："我没事。"

直到他带着有点哽咽的声音，重新开始这个对话："150！你觉得这是少数亲近的人吗？"

罗塞拉露出了一种非常惊讶的表情："很少，爸爸！安妮塔的婚礼上有680人，丽贝卡的婚礼上有1120人。她们的婚礼都租了宫殿。"

"宫殿！"阿尔玛姨妈声音微弱地重复道，"你不打算做这样的傻事吧？"

"当然没有！"罗塞拉笑着说，而姨妈姨父则恢复呼吸，松了口气。"150个客人在一个更简单的地方就很好。马尔科姆和我在想一些传统的东西。"

爸爸猜测道："佩佩餐厅？"

但立刻我表姐就摇了摇一头卷发："不是，罗伯特姨父，你说什么呢？那是个适合家庭的地方，绝对是垃圾。"

"绝对是什么？"爸爸问。我决定向他解释一下，因为罗塞拉已经在说别的了。

"垃圾，爸爸，她是说讨厌。"我低声对他说，爸爸挤出一个微笑，但我看得出他很难过。

"那是在圣卢西亚的图利奥酒馆，"福里奥姨父说，"在山上，一个经过改造的农场，有一个花园……"

但罗塞拉又摇头了,弄得耳环叮当作响:"马尔科姆和我正在考虑一些更典型的欧式的东西。你们知道,他是加拿大人,他喜欢找一个我们传统的地方。"

"那是?"姨父、姨妈齐声问道。

"博尔塞纳城堡。"

姨妈跌回椅子上,好像触电了似的。姨父又开始咳嗽了,妈妈一只手拍了拍他的肩膀。而我却接受了这个绝妙的主意。

"城堡!就像在童话故事里一样!真棒!"我高兴地喊道。这时罗塞拉感谢我的热情,转身向我提议:"玛丽亚·维罗妮卡,你愿意做我的伴娘吗?"

而我,想都不想,回答道:"愿意!!!"

但是,只有我们两个人快乐而满足,因为其他人似乎都很不安。为了弥补这一点,妈妈建议我们围坐在桌边,希望也许姨父姨妈能通过海鲜烩饭分散一下注意力。

不得不说,有一阵子,沉默降临了,而我的父母则竭尽全力地活跃气氛。

"我做了烩饭,我知道你喜欢吃!"妈妈对阿尔玛姨妈说,阿尔玛姨妈出于礼貌,吃了几口。但可以看出她脑袋里在想别的。

"福里奥,你尝尝这个蒙塔尔奇诺的红酒。"爸爸说。

但姨父的脸色非常黑,作为行家他没有品尝这个酒,而是脱口而出："抱歉，罗塞拉，你认为给150个人租一座城堡容易吗？"

罗塞拉盯着他，笑着说："当然了，爸爸。毕竟，除了是个大房子，城堡还是什么？你只要打电话给一个婚宴承办公司就可以了，其他都不用管了。想想看，马尔科姆的亲戚能在真正的意大利城堡里，那该有多好啊！"

"如果是这样的话，我可以带他们去参观城堡。"福里奥姨父吼道，"婚礼就不用租它了！"

这时，罗塞拉的善意消失了，脸上露出失望的表情："我以为我可以为我的婚礼做决定。"

妈妈和爸爸默契地"灭火"，他们插话道："不过，福里奥，罗塞拉说得对，这是她的婚礼，我们要尽量满足她。"妈妈说。而爸爸想办法调和，补充说："也许租金没那么贵。有时这些城堡的价格比车库还低。"

"我想你指的是芝加哥地下一百层楼的车库吧。"福里奥姨父用忧郁的语气说。而阿尔玛姨妈则用焦急的语气补充道："150个人……邀请函、喜糖、午餐……要花上一年的时间来准备一切！"

这时，罗塞拉恢复了热情："我们有5个月的时间，从现在到明年2月份。"

"2月？"我的姨父、姨妈和我的父母，所有人一起说道。

"马尔科姆和我决定在2月10日。"

"在我生日的时候!"我惊呼道。

"所以我们将有一个合二为一的超棒的派对。"罗塞拉带着她特别的微笑转向我说。

这时,烩饭已经凉了,似乎没有人再愿意吃了。妈妈跑进厨房去拿烤肉,爸爸则放下餐具,跟着她。餐桌上突然陷入了沉默,姨父、姨妈看着桌布,似乎愣住了。爸爸和妈妈应该是在厨房里达成了一致,因为当他们带着烤肉回来时,妈妈提出:"阿尔玛,别担心,我会帮你的。我们会解决的。"

但姨妈没有回答,她似乎失了神。罗塞拉说:"哦,卡拉,亲爱的。我想问问你,你能不能在未来几天里见一下洛里斯。"

"洛里斯?当然。"但是妈妈没能忍住,于是她问,"为什么?"

"我需要上华尔兹课,为了婚礼的舞会。"

"舞会?"姨妈问,福里奥姨父认命地摇头。

"是的,新娘舞会。"我的表姐解释说,所有这些问题有点激怒她,"还有你,爸爸,你也得上课。你好像不会跳华尔兹。"

他不停地摇头,妈妈试图安慰他:"来吧,福里奥,别担心,华尔兹很简单,我可以教你,我会跳。"

然而这时,福里奥姨父再也忍不住了:"我什么都不想学!

我不想再听下去了，因为这里有人头脑发热……我们又不是亿万富翁！"

"但是姨父，婚礼上跳舞是很正常的。"我觉得我应该插手，因为总之，姨父真的很夸张。

"是的，亲爱的。"他平静地对我说，但他的脸却因为愤怒而扭曲了，"但跳的是摇摆舞。"

"那是什么？"我问道，因为我从来没有听说过这样的词。然后，罗塞拉翻了个白眼，开始插嘴了。

"你们小的时候才跳摇摆舞，爸爸。对不起，但你知道，马尔科姆和我觉得在城堡里跳华尔兹很好看！"

"那为什么不跳中世纪的舞呢？"姨父发火了，"甚至，我们可以从锡耶纳的赛马节雇用旗手。或者更好的是，整个历史古装队伍！"

罗塞拉并没有慌张，她一边从盘子里给自己盛一些烤肉，一边说："不行，太奢侈了。马尔科姆和我想要简单一点。"

可以看得出，我夸张了一点，就像在玩笑中做的那样？只是为了表明当有很不同的观点，而每个人都保持坚定自己的立场时会发生什么。

我用了那个在诗歌中被称为"夸张法"的修辞手法，这总让我想起了棒球，因为它的意思是"抛得更远"——一种击球。总之，就是一个飞出场外的球，无坚不摧！

1120个客人，姨妈像触电一样跌倒，姨父的发火都是夸张的手法……但也有罗塞拉的镇静，与她父母的绝望形成鲜明对比，她重复的"简单"一点也不简单……

选发型

接下来的几个月成了疯狂的准备过程，因为妈妈为了兑现对阿尔玛姨妈的承诺，决定让朋友和熟人都来帮忙。

同时，她几乎没有注意到，我们的楼里来了一个新的租客，就在我们楼上。但我，却没有错过。因为这个新住户是一个非常非常形迹可疑的家伙。首先，因为他是悄悄地来的，没有大家平时那种搬家的喜悦。这家伙，什么都没有。据我所知，他来时什么都没有带，也许只是一个背包和一个包。我不知道为什么，这个家伙一下子让我起了疑心，我想，这里需要"米娅侦探"对他进行细致的调查。在电影中，只租房子不搬家的人，一般要么是超级警察，拿房子当监视别人的观察站；要么就是恐怖分子或黑帮分子，拿这里当作他的黑窝点。两者中，我真希望是前者，因为只要想到犯罪窝点，我就毛骨悚然。

好吧，妈妈没有担心我们的安全，而是在她的美发师史蒂芬身后迷失了。史蒂芬自称是"形象顾问"，而不仅仅是一个美发师。我们一到他的沙龙,他就开始说:"先说明一下,我喜欢简单的东西,我没有某些美发师对排场的狂热,他们觉得自己是明星。在我们的职业中,我们需要谦虚,毕竟我们只是手艺人。"

"史蒂芬,你说什么?"妈妈红着脸插话道,"你是个艺术家,你甚至给莱那托梳过头!"

"胡说!"他甩了甩手,"这是我的工作,莱那托、罗比·威廉姆斯,或者曼诺尼夫人,他们对我来说都是重要的人。"

"罗比·威廉姆斯?"罗塞拉问道。

而史蒂芬,谦虚地耸耸肩:"他最近在意大利旅游时我给他做了头发。但是,算了吧,到最后和这些明星在一起,与其说挣到了钱,还不如说是耽误了更多的时间。罗比是麦当娜十年前在这里的时候送给我的……"

"麦当娜!"我的妈妈、姨妈和罗塞拉齐声惊呼,仿佛真的亲眼见到了圣母马利亚。

"是啊,但现在我说漏了嘴,请不要告诉任何人,我讨厌用流言蜚语做广告宣传。总之,我主要依靠的是我的工作质量,我再说一遍,依靠的是简单。"

"这就是我需要的。"罗塞拉整个人都亮了,她已经被征服了。

"但是，是的，玛拉那天在电话里告诉我：要谦虚，不能再继续这些对外表的狂热。"

"玛拉……电视台女主持人？"阿尔玛姨妈问。

"是的，但是不要告诉任何人，这是私人关系。我告诉你们是因为卡拉是我的朋友。"

妈妈狂喜，向罗塞拉眨眼示意，好像在说"我告诉过你，他就是对的人"。我的表姐似乎被史蒂芬迷住了，他此时用一种专业的语气夸耀说："那么，卡拉向我解释说，婚礼将在一座城堡里举行，有来自世界各地的人参加，这是一个国际性的盛事……"

"是的，但是一切都会从简。我不想要18世纪贵夫人的衣服和发型！"

"天啊……其实现在18世纪风格很流行……总之，我明白了，要简单而特别。我们看看能不能想出点子来……"史蒂芬从柜子里拿出几本相册，在罗塞拉的注视下开始翻页。

"但这个，这不是莫妮卡吗，那个女演员？"罗塞拉睁大了眼睛。

"是的，我给她做过发型，在电影节上。你看，很经典，很自然。"

在我看来，这是一件非常复杂的事情，发髻落在她的脸颊上，头顶上整个是头发和珍珠的混合物。但罗塞拉却容光焕发：

我想当个小作家　241

"是的，我想像莫妮卡一样！但她的是直发，我的是卷发……"

"这不是问题。前一天，我们会烫头发；第二天早上，在婚礼之前，我们做发型。"专家史蒂芬解释说。

"什么？约一次美发师还不够？"阿尔玛姨妈插手了。

"夫人，您别担心。我知道我的工作。"他看着她，用一双锐利的眼睛看着她的头，"那我们该为新娘的母亲做什么呢？我们选个女王般的发型怎么样？比如比利时的保拉①？"

"是的，像女王一样！"罗塞拉欢呼雀跃，但姨妈似乎并不愉快："其实比利时的保拉是金发，我是红发。"

对此，史蒂芬毫不留情地评论道："嗯，这不是自然红，在我看来还有点褪色。"

可怜的阿尔玛姨妈，脸红着说："我自己染的，在家里……"

"所以这是一个很好的机会，让自己焕然一新。好好利用它，亲爱的女士，不然什么时候顾得上啊？在你女儿的婚礼上，你想看起来像灰姑娘吗？"

"妈妈，求你了。"罗塞拉恳求道，"你会和比利时的保拉一样，甚至，更美。"

---

① 保拉曾是比利时最美王后，和赫本齐名，被称为"亚平宁的天鹅"。——译者注

"我们试试吧。"姨妈屈服了,在史蒂芬的祝贺声中,罗塞拉和妈妈对她说:"好,就这么办。"

"史蒂芬你看,"妈妈建议,她的食指指着相册中的一张照片,"我可以做洛佩兹①这样的发型,你觉得呢?"

但他把嘴角往下弯了弯:"不,亲爱的。我不会把头发放下来,你看查理兹②这里多精致,多完美……"

"你确定吗?"

"你就信我的吧。"

只剩我了。他们四个继续浏览有著名婚礼照片的相册和杂志,我几乎要睡着了,这时史蒂芬终于得到了启示:"我知道玛丽亚·维罗妮卡需要什么了!"

他从一个上锁的抽屉里拿出一本用玻璃纸盖着的杂志,这样它就不会磨损,他虔诚地打开它,仿佛它是一件遗物。

"这是什么?"妈妈低声问道,以适应那种揭秘的气氛。

---

① 指詹妮弗·洛佩兹(Jennifer Lopez,1969—),美国歌手、演员、制片人、时尚设计师、商人。代表作《赛琳娜》《舞女大盗》。——译者注

② 查理兹·塞隆(Charlize Theron,1975—),美国和南非双重国籍影视女演员、模特、制片人。代表作《女魔头》《速度与激情8》。——译者注

"这是戴安娜王妃神秘婚礼的独家照片。"史蒂芬激动地回答。这三个女人发出叹息，低着头默哀了几秒钟。然后她们将目光投向了照片，对这一历史性事件做出无休止的评论。直到发型师用食指指着一页说："在这儿！"女人们专注于形象，然后他们转向我。但我想我离那个完美无瑕的伴娘形象还差很多光年，我四肢摊开地坐在扶手椅子上，头发遮住眼睛，嘴巴张得大大的打着哈欠。

在这一章的开头，我提到了一件新鲜事：有一个神秘的新邻居搬了进来……目前这只是抛出的一个消息，但它注定会成为主线故事中的一个小故事，紧随其后、齐头并进。其实，在短篇小说中，人们不能像平常的谈话那样随意谈论一个人物，或者只是聊天而已。如果，在这种情况下，谈论一个让你好奇的人，很明显，在接下来的几页中，我们会关注他的发展……

而另一方面，说到夸张，肖恩在夸张方面也毫不逊色。他先是给我发了一个谨慎的信息："你哥哥的事怎么样了？"然后，当我打电话给他，告诉他没有问题，贝尔尼只是担心我时，他生气了："啊，担心。对不起，为什么？"

"因为，因为……因为他是我的哥哥……因为他抓到我和一个男孩……"

"所以呢？这有什么不好？他没有女朋友？"他语气相当坚

决,让我有点恼火,所以我大胆地反驳说:"这跟他有没有女朋友有什么关系?"

"有关系,因为如果他有,他就明白,如果他没有,他就是'塔利班化'①。"

"听着,对这,我一点都不懂。"

像长达一个小时的片刻沉默后,肖恩说:"我不喜欢你说'他抓到我和一个男孩在一起',就像我是随便哪个人似的。"

"正因为你不是,贝尔尼很惊讶。"我觉得肖恩在兜圈子,谁知道呢,因为他说的那些古怪的话。

"他没想到我会是这样?"

"哪样……什么?"

"得了,你懂的,我不是一个典型的意大利人。"

"你不了解我哥哥,他没有这些问题,他甚至有几个外国女朋友。"我注意到我用了一种愚蠢的语气,一种傲慢地提出不可接受的依据的语气。我突然想到,肖恩害怕的是什么,也许这就是为什么他总是以自己的方式保护自己,免受某些东西的伤害。正是那些把时间花在评论个人差异的人的愚蠢、邪恶造成了伤害。但在我看来,没有什么比觉得有义务炫耀自己甚至家人的诚信更糟糕的了。我的意思是,我马上就会怀疑那些说"我不反对

---

① 塔利班化的特征之一是严格限制妇女活动。——译者注

意大利人"的人。你知道,他们紧接着就会说"但是",就是那些偏见。总之,我觉得那次谈话我做了一个错误而危险的转折。

"好吧,我说了蠢话。"我承认了。我把我哥哥说得像只意大利小公鸡。

幸运的是,肖恩开始笑了。

福里奥姨父要离家出走

当大家都围着婚车忙活的时候,勇敢的米娅正在调查新来的神秘房客。门铃上没有写名字,这证实了这个人难以捉摸的本性。除此之外,幸运的是,我撞见了佩西奥尼夫人和博洛蒂夫人,这个大楼里最多嘴的两个人之间的谈话。我正要下楼去倒垃圾,就听到她们在大厅里评论新来的房客。我立刻停在台阶上听她们说:"真是个奇怪的人!他白天待在家里,晚上到处乱跑。"佩西奥尼抱怨道。

而博洛蒂,小声说:"啊,是吗?也许他像我当护士的女婿,总得倒班。"

"倒什么班!这家伙每天下午5点出去,凌晨1点30分之前不会回来。你看见过他吗?一身黑衣,像个掘墓人,手里拿着公文包……"

该死的!佩西奥尼就快证实黑手党这个猜想了,或许是职业杀手！如果不是博洛蒂问："你确定他凌晨1点30分后才回来吗？"

于是，佩西奥尼开始讲述她个人痛苦的故事："当然了，亲爱的。那个时候经常是我醒着的时候，因为我一躺下，我的溃疡就开始折磨我……"

这时，谈话直接进入了疼痛、用药、就诊等更可怕的细节，于是我走下最后几个台阶，向她们招呼说："对不起，佩西奥尼夫人，妈妈想知道刚到这里不久的那位先生的名字，您知道吗？"

"谁？我？瞧你说的，亲爱的，这里从来没有人告诉我任何事情。告诉你妈妈打电话给管理员，他肯定知道。"

"多好的制度啊，把房子租给陌生人，而其他房客却什么都不知道。"博洛蒂评论道。与此同时，她正把目光投向神秘人的邮箱，但没有用，因为那里也没有名字。

总之，我不能再拖下去了，我必须查出那个有威胁性的男人是谁。但是，一回到家，我就发现自己面临着一个真正的紧急情况。福里奥姨父开始发飙了。

不过，他现在似乎已经被征服了，他已经承担下来城堡的租金、婚礼午餐承办酒席的预算，甚至一个价格昂贵的时尚摄影师和他的两个助手的费用。也许福里奥姨父如此顺从，也是因为马尔科姆的父母承诺支付一半的费用，所以，正如罗塞拉告诉他的那样,他不能"做吝啬鬼,斤斤计较"。

但是当我表姐提起衣服这件事的时候,好吧,他看不下去了。也许罗塞拉有些夸张,但不得不说,她对这条裙子拿不定主意。它必须是经典却又特别的,既不长也不短,袒胸露肩但不俗,不是白色也不鲜艳。她和史蒂芬商量了很久,史蒂芬和她一起浏览了《十大新娘》《时尚新娘》《女人与新娘》杂志,访问了著名设计师的网站,对每一个细节都进行了评论。

最后,史蒂芬灵光一闪,他想到了一家专属裁缝店的名字,似乎秀场女郎米歇尔的婚纱就是在这里缝制的。因此,在参观了工作室之后,我的表姐决定量身定做。只有一个缺点,裁缝店离这里有100公里远。每次罗塞拉要试衣服,阿尔玛姨妈都得向办公室请一天假陪她到那个地方,小心翼翼地保密,因为这样的话就不会传出去了。否则,也许所有的新娘都会去著名的米歇尔和我表姐罗塞拉定制的地方做礼服!

这好像还不够,从这件事情开始成本越发昂贵了。因为在裁缝店那儿,罗塞拉订购了两件礼服,一件用于仪式,一件在午餐时穿,因为,正如她向妈妈解释的那样,她不能一整天都穿着丝绸制成的白色连衣裙,而且是在2月份,天气很冷。

此外,因为阿尔玛姨妈陪着她,我的表姐说服她做了一套特别的"新娘母亲"的衣服,一条裙子和一件珍珠灰色的厚重丝绸外套,这和比利时的保拉的发型以及她们同时从裁缝店旁边的一个讨喜的珠宝商那里订购的珍珠非常配。也许是因为马尔科姆的父母不会为这些衣服支付一半的费用，于是，到了如此夸张的程度，福里奥姨父终于发飙了。

我回到家，发现妈妈正在激动地讲电话："你说什么？这是不可能的！留住他，我让罗伯特去！"

然后她用手机给爸爸打了个电话，爸爸带着罗比晚间散步去了。几分钟后，爸爸就到家了，而狗因为还想待在外面而正在抗议。锅里开始有烧焦的味道，妈妈告诉爸爸，福里奥姨父发飙了，正在收拾行李要去廷巴克图[①]。

好像爸爸正在成为帮助离家出走者的专业人士。事实上，上个星期就有贝尔尼事件和他的拉斯塔发型。刚开始的时候，爸爸很和蔼，甚至看他那些麻絮似的头发还有点开心。但两周后，他完全改变了主意，尤其是在我们的清洁女工贝塔女士问贝尔尼是否在卧室里养过野生动物之后。

"野生动物？"妈妈问道，"为什么？"

"因为在贝尔尼的房间里总是有一股奇怪的麝香味。"贝塔女士老练地说。

[①] 廷巴克图位于沙漠中心一个叫作"尼日尔河之岸"的地方，距尼日尔河7公里，坐落在尼日尔河河道和萨赫勒地区陆地通道的交汇处。廷巴克图一词在英文中，常常用来指代遥远、未知、难以到达的地方。——译者注

麝香的味道其实是贝尔尼头发的臭味,他的头发没有用洗发液洗,而是用清水和柠檬冲洗,即使是在篮球训练后。总之,当这件事变得无法忍受时,爸爸改变态度了。我和我哥哥开始了漫长的讨论,我哥哥威胁说要离开这个家,因为在这个家里面没有人理解他,甚至他的表达自我都遭到禁止。可见,他是用头发来表达自我。

最后,贝尔尼打电话给他所有的朋友,甚至是他在英国的朋友梅西,看是否有人愿意招待他十年却一无所获之后,终于认输了。有一天上午他回来时剃了光头,看上去像个藏族僧人。

现在,在贝尔尼之后,就连年纪一把且没有头发问题的姨父也扬言要离家出走了!

爸爸匆匆走出家门,去阿尔玛姨妈家,我不能让他一个人去。我迅速穿上外套,像影子一样跟在他身后,因为这该是律师米娅的时间了。如果爸爸没有成功,我可以负责让姨父、姨妈和解。

混乱中,爸爸根本没有注意到我,但一进电梯,他就瞪大眼睛看着我:"你要去哪儿?"

"我和你一起去。"

"想都别想!"他脱口而出,但片刻后,我们一起上了车。

于是我们一起来到了悲剧现场,阿尔玛姨妈哭着给我们开了门，手里拿着一块皱巴巴的手帕。爸爸看起来像个警察局长，双手插在大衣口袋里，脸色阴沉，问："他在哪儿？"姨妈把头转向卧室示意。

即使我是律师米娅，他们眼里也没有我的存在。因为当大人们都忙于自己的事情时，根本不会注意到我们的存在。因此，多亏了我的这种隐形，我才能坐在小扶手椅上，观看福里奥姨父试图逃跑的现场。他正在把他的东西放在一个巨大的行李箱和两个塑料袋里面。

爸爸还没来得及开口，姨父就大喊："你回家吧。这些事情我受够了！"

爸爸一句话也没说，他站在那里，双手插在口袋里，听着姨父说："那娘俩想看我死啊！你不知道她们在搞什么鬼把戏，没完没了啦！"

我发现我和爸爸都在宽容理解地点头，而停止往行李箱里塞东西的姨父则在指手画脚："午饭不能正常吃，得有炖麋鹿肉，还有加拿大经典的枫糖浆煎饼，为了让加拿大人高兴……加拿大人！也许他们会喜欢他们从来没吃过的家制意大利面。但她们偏不，非要准备他们每天都喝的枫糖浆。你觉得呢？"爸爸发出了一声充满理解的叹息，而福里奥姨父是真的生气了，继续说道，"然后是所有高潮中的高潮！一件衣服不够，需要两件，甚至四件，因为我和阿尔玛也要穿得像两个小丑。好吧，我已经受够了。就这样,我要去廷巴克图了。"

"为什么是去廷巴克图?"作为律师的我插话问。

突然姨父注意到了我,但他没有回答我,而是转向爸爸:"你等着瞧吧,再过几年你就会和我一样,等她也决定结婚的时候。"但此时他倒在床上,心神不宁。爸爸在他身边坐下,一只手搭在他的肩膀上:"别这样,再过几个月,一切就都结束了。"

"毫无疑问,我会破产的。"

"来吧,不要夸大其词。一场婚礼不是世界末日。"

"差不多了,"然后他大叹了一口气,悲伤地看着我,"当她还是你这样的小女孩时,谁会这么说呢?想想她当初还说她永远不会结婚!结果……"

"这是意料之中的事。"爸爸说。

"哦,是啊。你必须预见到一切。直到昨天罗塞拉还在向我请教,现在她总是说马尔科姆这个,马尔科姆那个。我很紧张!"

"我相信。"爸爸说。他们站起来的时候,一起叹了口气。

"我们去酒吧喝杯东西吧。"爸爸提议,然后他给了我一个很坚决的眼神,"但这次你要留在这里陪阿尔玛姨妈。"我真的没有打算跟着他们去烟熏火燎的酒吧,也是因为我作为律师的任务已经结束了,因为事情已经解决了。

> 当福里奥姨父跟着爸爸走出房间时，还大呼道："我决不穿燕尾服。就算他们把我绑起来也不行！"

在这部分我采用了平行叙述的手法。一边是对陌生人的调查，另一边是福里奥姨父的逃跑威胁。为了不做过多冗长枯燥的解释，从一个故事跳到另一个故事，我留了一条线的空间，就像电影里的"转场"一样。有了它，场景才会发生变化。

我也在这里使用它来切换到其他内容。我必须在两天内把小说提交给写作学校做入学的笔试答卷，但我无法下定决心。我不确定这些故事好不好，也许太个人化了，考委会可能会更欣赏虚构的故事……

新郎飞行员马尔科姆

几个月过去了，我对这个神秘的房客还知之甚少。没有人上门，甚至连邮件都没有，他从不在家吃饭，他的公寓总是非常安静，仿佛完全是空的。然后，周末的时候，这个人从来都不在。所以要想监视他，或者了解他干了什么是非常困难的。

有一天，他收到一个大箱子，谁也不知道里面装着什么东西，可能是衣服，或者书。箱子在楼梯平台上放了一下午，然后就消失了。

我试着偶遇他,想知道他是什么样的人。一天下午,经过多次窥视,我很幸运,看他从楼上上了电梯,我飞奔下楼好看他出电梯。我上气不接下气,脊背发冷,因为这是我第一次与凶手面对面。门开了,一个穿着黑色外套、戴着墨镜和黑色手套、拿着黑色皮包的男人出现了。我差点叫出声来。

"晚上好。"他用悲伤的语调小声说。

我勉强低声说:"晚上好。"

"外面很热吗?"

"嗯?"我回答,吓坏了,意识到他确实在对我讲话。

"我说,很热吗?你没穿外套。"

"不,这不是吗,我只是出去一下,送……这个,垃圾!"我已经结巴了,急忙上了电梯按下了我家楼层的按钮,好离开他的视野。当我松了一口气的时候,想到了这家伙的观察力。再就是那副墨镜,谁晚上还戴?无论如何,作为侦探米娅,我犯了一个可怕的错误,我支支吾吾地找了个借口,黑手党分子或杀手马上就会注意到这些!

我应该更加小心的。我答应过自己,圣诞节期间要忙起来,假期……

但在那些日子里,著名的马尔科姆来了,我家所有人都很兴奋。罗塞拉为了给我们一个惊喜,连她男朋友的护照照片都没有给我们看过。

"我想让你们亲眼见他，照片总是让人产生错误的想法。"她说。

于是，在周日上午，我们怀着忐忑不安的心情等待着两位未来新人的到来。妈妈准备了一桌子的开胃品，就像大饭店一样：高脚杯、醒酒器、咸饼干盘、开胃小食、橄榄、炸薯条、五颜六色的小菜，总之，一大堆好东西。虽然妈妈禁止我偷看，但我还是看得口水直流。爸爸妈妈打扮得很优雅，就好像他们是新郎新娘，妈妈穿着蓝色连衣裙和高跟鞋，爸爸穿着西装，打着领带；贝尔尼被迫穿上了他唯一一条完好的牛仔裤（即没有划蹭、破洞、污渍、磨损）和一件没有挑衅性文字的衬衫（所以是全黑的）；我穿的是派对礼服，那条白领的红色天鹅绒礼服。

12点整，门铃声响起，妈妈跑去开门，爸爸在后面说："不过，看，他们很准时，看啊，他是个飞行员……"话到嘴边就断了，因为在门口的，不是罗塞拉和马尔科姆，而是总插手大家私事的博洛蒂夫人。

"你好，我是来谈卫星天线的问题的。"她开始说，但小眼镜后面的表情却开始闪烁着好奇的光芒，"哦，但是我打扰到你们了！你们要出门吗？"

"不。"妈妈粗暴地回答，向电梯投去焦急的目光，"我们正在等客人。"

爸爸出面帮忙："对不起，天线的事我们改天再谈。"

"对不起,测量员玛尔塔莉娅蒂。"博洛蒂回答道,她叫每个人时都带上他们的头衔:律师、工程师、会计师、医生等。"如果我们不谈这个问题,那么我们就不能像往常一样在下一次公寓业主会议上做出决定。而且我想安装这个天线,因为它非常有用,对您这样有孩子的人也有好处,他们可以看美国频道……"

爸爸举起手来打断了她的滔滔不绝:"我同意,我同意,但现在不是时候,真的。"

"但你有什么客人?重要的人?"博洛蒂立刻询问,注视着我的父母。

这时,电梯又启动了,妈妈开始着急了:"是,总之,是亲戚……耐心点,他们来了,不好意思,唉。"

但博洛蒂并未有教养地礼貌离开,而是站在楼梯平台上等待电梯到达楼层,甚至还站在电梯门前以便看清楚是谁。所以,当马尔科姆出来的时候,他第一个看到的就是鸠占鹊巢的博洛蒂。马尔科姆以为那是我妈妈,就大喊"姨妈"并抱住了她。

博洛蒂惊呆了,而罗塞拉则大笑起来,我的父母也走上前去。"不,我才是卡拉,"妈妈说,"这是罗伯特!"

"啊,她们是表姐妹!"马尔科姆兴奋起来,赶紧大力和她握手。

"不,我是表妹!"我喊道,而博洛蒂仍然像个秤砣一样挂在马尔科姆的一只胳膊上。

这时，罗塞拉决定插手，她快速用英语解释了这个乌龙。于是他大笑了一声，再次和大家握手，然后他的目光停在了博洛蒂身上："那你是？奶奶？"

"不，我只是邻居。"博洛蒂喃喃自语，带着小女孩似的声音和狂热的表情。因为，在我们看来，这个马尔科姆真是个绝世美男！所以，当我们进屋后，博洛蒂像狗一样跟在我们身后，眼睛也不离开他，还坐在了他对面的沙发上。

罗塞拉高兴地宣布："马尔科姆已经学习了一个月的意大利语，现在他的意大利语说得很好。所以我们可以用意大利语聊天。"

"啊，好。"爸爸说，他为了这个时刻，已经听了三天贝尔尼的英语课光盘。

马尔科姆听了，点了点头，露出了一个迷人的笑容。几个月来，我们一直在想他长什么样，现在他来了，马尔科姆有黑亮的头发，肉桂色的肤色，又大又亮的黑眼睛，演员般的笑容。

"姨妈！姨父！"他惊呼道，"我很高兴来到这儿！罗塞拉总说到你们，说姨父姨妈好，帮助我们操办婚礼！"

爸爸傻眼了，也许他听不懂，而妈妈则通过拼写单词并选择最简单的单词来回答："谢谢，对我们来说……这是一个……荣幸。你……欢迎。"

"还有小玛丽,你好吗?"他问我。

"很好,谢谢。"

"玛丽是婚礼的伴娘,是吗?"

我高兴地点了点头,然后爸爸清了清嗓子,用英语发动了进攻:"马尔科姆,你愿意……"但马尔科姆摇摇头说:"不要讲英语。讲意大利语我懂。我喜欢讲意大利语。"

"姑且让他说吧。"贝尔尼闷闷不乐地说。

"你,玛丽的哥哥?"马尔科姆立刻问,"你跳舞?"

"不,那是洛里斯,我的舅舅。"

"谁是我舅舅?"

然后罗塞拉用英语解释了所有的家庭关系。这时,马尔科姆仰头大笑:"啊,是的,洛里斯舅舅,另一个舅舅。"然后他又对着贝尔尼笑,"你喜欢婚礼吗?"

贝尔尼耸了耸肩:"不应该我喜欢,而应该你喜欢。"

"说得对!"马尔科姆用西班牙语说,他偶尔会蹦出几个西班牙语单词,以为和意大利语一样。妈妈却瞪了贝尔尼一眼,爸爸则插话道:"我们为你们的婚礼干杯吧?"

"什么是干杯?"马尔科姆立刻开始担心,于是罗塞拉翻译成了英语。

我的父母为了讨好他,继续用笨拙的意大利语说话,爸爸为了听懂他的话,汗流浃背,幸好洛里斯舅舅来了,气氛才放松下来。因为洛里斯舅舅像往常一样，当有一个人说另一种语言的时候，他就开始一会儿用英语，一会儿用意大利语，甚至一会儿用法语聊天，好像同时使用这么多不同的语言很正常。所以，在不知不觉中，他把我们说的话翻译给大家听。事实上，有一次我意识到我们都在说着乱七八糟的语言。就连博洛蒂也是如此，她一手拿着酒杯，一手拿着餐巾纸，终于向马尔科姆发出了一点欢呼："奥马尔·沙里夫！奥马尔·沙里夫年轻时的样子。"

"谁是沙里夫？你们的朋，朋友？"

"不，他是一个演员……一个三十年前的演员。"洛里斯舅舅解释道。

"还有……这是一种赞美，谢谢。"

"不客气。"博洛蒂脸红了。在我看来，她是喝醉了。

"对于编舞，"洛里斯舅舅说，"我想了一些简单的东西，就像你喜欢的那样，罗塞拉。两个舞者，一个光秃秃的场景，古典音乐。"

"有编舞吗？"爸爸询问道。

"嗯，是的。一个小小的芭蕾舞，在我们看来，它很简单，是为了邀请我们。"

爸爸摆出一副略带担忧的表情："福里奥知道吗？"

"不，他不知道。惊喜！这将是一个小小的惊喜。"罗塞拉满脸喜色地说,"像马车一样。"

"马车?"妈妈插话道,"我理解对了吗?一辆马车?"

"是的,姨妈,马车,一辆出租马车!"热情的马尔科姆解释道,"罗塞拉的好主意。我们坐出租马车去城堡!"

"我可以坐出租马车吗?我是伴娘!"我喊道。

"当然了!"马尔科姆说,"伴娘和我们一起走。"

我觉得这对新婚夫妇真是太酷了!马车、城堡、舞蹈、音乐,一切都像在电影里一样!

谁知道邪恶的齐佩尔会怎么评价这段充满自创词句的对话,一半是意大利语,一半是其他语言?

相反,混合语言是如此的有趣!既要模仿对话(像我做的那样),又要做谜语、游戏,还要建立一个非常个人化的词典。就像我和珍妮在十年的友谊中所做的那样,我们用"hola"(西班牙语中的"你好")来问候对方,我们说发生了"misunderstanding"(英语中的"误会"),我们把帅哥叫作"chicos"(西班牙语),把讨厌的女孩叫作"poser"(英语),我们用俄语"spassiba"来说"不客气",用日语"arigatou"来说"谢谢",还有一千个外国词可以唠叨。

尝试拍电影

我还没来得及想它会像一部美轮美奂的电影。事实上，在圣诞假期里，一个真正的电影剧组也突然出现了，导演、灯光师、摄像师、音响师和布景师一应俱全。

事情的经过是这样的。周二晚上，罗塞拉给我打电话，用一种同谋的口吻对我说："马尔科姆和我想为我们的婚礼拍个小电影，但不要对姨父、姨母说，你知道，他们看起来已经很紧张了。你明天早上想不想和我们一起去博尔塞纳现场勘察？"

"勘察什么？"我问道，我对电影一无所知。

"好吧，导演需要看看地方，试镜头和灯光，我们的动作……"

而我立刻感觉像明星一样，因为我从来没有看过电影片场！所以，第二天早上，罗塞拉和马尔科姆接我去博尔塞纳。在路上，我们玩得高兴得不行，因为当罗塞拉开车时，马尔科姆会转向我，我们玩翻译自己母语的成语给对方。我们大声喊着，好超过播放器音乐的音量，马尔科姆解释："要说下了很多很多的雨，我们说'下猫和狗'，就是倾盆大雨。"

多么滑稽，天上的狗和猫！然后我又喊道："我们说'下盆子'。"而他大声地笑了起来，即使他不明白什么是盆子，直到罗塞拉用英语向他解释了什么是盆子。

我们已经跟城堡里的工作人员约好了。当我们赶到时,卡车已经停在了门口的空地上,车门大开。在草坪上,人们忙着搬运灯具和机械。有把相机装在小车上的,有架起白色油布的,还有测试设备的。熙熙攘攘的人群中,一个戴着帽子和围巾的家伙格外显眼,他坐在沙滩椅上,不受干扰地翻阅着报纸。

罗塞拉大叫:"他们已经准备好了!我就知道,让-皮埃尔[①]是个真正的专业人士。"然后她叫道:"让-皮埃尔!"

让-皮埃尔就是那个戴着帽子正在看报纸的人。事实上,他抬起眼睛,站起来迎接我们。他是一个高高瘦瘦的家伙,外套飘飘然,围巾飘飘然,还戴着一顶帽子,大步流星地走起路来的时候,头上的帽子有点飘飘然。他看起来就像某种即将起飞的大鹭。

"啊,好,好。我们可以马上开始。所以罗塞拉,我会先拍湖面的全景,然后是城堡的城墙和塔楼,然后我们下楼到入口处,再拍你和马尔科姆的特写……"在让-皮埃尔解释的同时,他双手平行地举在脸前,从上到下移动,就像拿着一台相机一样。然后,那个男人目光停留在我身上。

[①] 让-皮埃尔(Jean-Pierve,1953—),法国电影导演、编剧、制片人。1978年,执导剧情短片 *L'évasion*,从而正式开启了他的导演生涯。——译者注

"这是伴娘吗？哦，她太可爱了，太完美了。"他用那双又长又冷的手抚摸着我的脸。我向后退了退，因为如果有一件事我不能忍受，那就是有人未经允许就碰我。但他却把爪子伸过来，将拇指放在我的下巴下，让我抬起脸来："亲爱的，为什么要噘嘴？你不给我一个微笑吗？"

我避开了，眉头皱得更厉害了，双臂交叉了起来。他继续打糖衣炮弹："不过，为了尝试特写，你得笑一笑，用这双漂亮的眼睛。"

然后我脱口而出："但您要把手放在口袋里。"

在我的背后，马尔科姆和罗塞拉开始笑。"好样的！小玛丽，好个性。"马尔科姆鼓励我，轻轻拍了拍我的肩膀。

"我不是小玛丽。"我对他说，"我是米娅，我已经足够大了，可以保护自己了。"

"哦，米娅。"马尔科姆笑着说，"这是个好名字！"

终于有一个能欣赏我的选择的人！相反，让-皮埃尔笑着，却明显能看出来他并不高兴。为了装腔作势，他转向电影摄影组，拍了拍手，就像我的老师想要得到注意的时候那样："来吧，伙计们，我们开始……"

从这一刻起，让-皮埃尔呈现出名导的专业气质，至少罗塞拉把他定义为"广告界的魔术师"。似乎一些手机广告、某品牌汽车广告、有橘子味的卫生纸广告都是他拍的。这些都是谁告诉我表姐的？又是史蒂芬，麻烦玛拉联系让-皮埃尔，而他接受了帮朋友玛拉的忙。

"那么他是免费拍电影吗？"我真诚地问道。但马尔科姆和罗塞拉交换了一个眼神，就像爸爸和妈妈要一起撒谎的时候一样。

"嗯，差不多吧……"罗塞拉含糊其词地说。

但我知道，这个"差不多"是一个惊人的数字。因为在拍摄和排练结束后，让-皮埃尔过来用甜蜜的声音笑着对罗塞拉说："这是预算，亲爱的。然后小发票……我给你寄回家吗？"他挥舞着一张长长的预算单，单据的最下面有一个带很多零的数字。说起来，爸爸经常说越是有很多钱的人越总是用"小发票""小收据""小报酬"，好像在施舍一般。也许现在还不能说是大发票，但我怀疑，福里奥姨父即将收到一大笔账单，这将是大麻烦。

至于其他的，没什么好说的，可以看出让-皮埃尔是个行家里手。他给大家下指示，把摄像机架起来，然后说我们用手持摄像机吧，和录音师一起用耳机听……总之，一堆事儿。

此外，它给了我一个好主意来进行我自己的公寓调查。我决定用贝尔尼的摄像机拍下凶手的动作。我敢肯定会有一些对警察有用的材料！

第一步是去拿我哥哥锁在他衣柜里的摄像机。由于他假期去了山里，我可以不慌不忙地翻箱倒柜，直到找到衣柜的钥匙（好吧，这并不难，钥匙就在他桌上的笔架上），于是我拿到了设备。第二步涉及战略潜伏，拍下我要拍的人。我注意到圣诞节那几天他不在家，但他后来又回来了，一如既往地做他的夜间神秘活动。

这就是秘密导演米娅。在下午5点的时候，她隐蔽在大楼外，拍摄那个"黑手党"的举动。从一辆车后，我拍到他一身黑衣提着他那只从不离身的黑色公文包从大门出来，上了一辆小车。一个不小的细节是，他戴的不再是墨镜，而是普通的近视眼镜。他是不是在城市里犯什么罪？

第三天，当一切按计划重复时，我决定放弃这种拍摄。我已经看了好几遍拍摄的录像，可以看到一个普通人上了车，然后开车离开。他唯一的违法行为是没有系安全带！

我正盘算着凌晨1点30分起床，去看他作恶后归来，这时，我遇到了一件新的事情，而且是非常非常令人惊讶的事情！

有时候，不需要把很多重点放在描述一个滑头的角色上，比如这个让-皮埃尔。用一整页的篇幅絮絮叨叨地说他有多讨厌，多显得好逸恶劳，反而还会让他变得讨喜，成为一种负面英雄。相反，想要给他定性只需要几个显著的特征就够了。比如手冰冷的触感、虚假的语气，最重要的是用词老练（这也是强硬的齐佩尔一直推荐的），比如"糖衣炮弹"，意思是虚情假意的，有虚伪的和做作的含义。

神秘邻居的一切

幸好这一切都发生在下午早些时候，因为那时假期已经结束，我回到了学校。我正带罗比出去的时候，电梯被楼上按了，于是我决定走下去。像往常一样，罗比飞快地跑向楼梯，拖着我下到大厅，电梯门一开，出现了……杀手！

实际上，他穿的不是平常的黑色外套，而是一件非常普通的风衣夹克，他没有拿平常的皮革公文包，而是拿着一个盖着布的容器。罗比拿鼻子去闻那个容器，他开始抱怨。

"拖住狗！"杀手用尖锐的声音喊道，"别吓到我的朱丽叶！"

我睁大了眼睛："您的朱丽叶？"

"是的，我的兔子！"

我简直不敢相信自己的耳朵。一个养兔子的杀手？我得确认一下："那么，那是个笼子！"我说。然后继续用略带哀求的声音说道："我可以看看兔子吗？求您了，我太喜欢小兔子了！"

"好吧，"杀手哼了一声，"但让那只野兽离远点。"

我用一只胳膊把罗比的嘴圈了起来，这样它就碰不到笼子，杀手打开了罩布。布下面，是笼子的栏杆，在栏杆里面是我见过最胖的兔子！

"很抱歉，但我很着急。我得在上班前带朱丽叶去看兽医。"

这时，我决定全力以赴，因为情况紧急，杀手会露出马脚。于是，我突然开口问："您是做什么的？"

他迅速把布盖回去，很快走到了门口，临出门之前，他转身对我说："我是……"就在这个时候，经过了一辆特别吵的摩托，我完美错过了最关键的话。

于是我决定等杀手回来。他必然会在下午5点前回来。于是我和罗比浪费了一些时间，我带它逛了一大圈，然后我们在大楼外随便转着，直到我看到神秘人的车回来。

他一开车门，我就走近，留心让罗比远离笼子。

"你还在这里？"杀手说。

"我想知道朱丽叶的情况。"

"啊，好吧，谢谢。它只是有点消化不良，它太贪吃了。对不起，我得去换衣服了。"

"是去工作？"我重复道。

"是的。"

"您告诉我您的工作是？"

"你难道聋了吗?我刚和你说过,演奏。我该耐心点,但是我怕我迟到。"

"抱歉,但是演奏什么?"

男人翻了个白眼:"单簧管,我之前告诉过你,不是吗?"

我远远地跟在他身后,以免罗比闻到笼子里的味道:"那您为什么从来不在家里演奏呢?您不练习吗?我知道音乐家要经常练习。"

此时我们已经到了大厅,他正在按电梯,明显紧张地说:"其实,我们应该练习,但管理员已经明确表示,不能发出烦人的噪声。"

"但音乐不是烦人的噪声!"我反驳道。

"是的,但是不是所有人都像你这么想,而且……这些练习不是真正的音乐。所以我在剧院里练习。"

"我会喜欢您演奏单簧管的。"我对他说,而他迅速钻进了电梯厢。

"你真好。"

"我叫米娅。"我说,希望他能记住,在这种情况下,自我介绍是应该的。而这家伙却按下了他的楼层的按钮,然后消失了。

但因为我也是倔强的米娅,我决定不能就此结束。于是我等到5点,出门后上楼,正好他以杀手的姿态,要离开家。

"还是你！真是折磨人！"他脱口而出。

"听着，"我打量着他说，"我刚才自我介绍了，您没有，您连招呼都没和我打。"

"对不起，我在赶时间。"

"您总是匆匆忙忙的。我不相信您是个单簧管演奏者，我觉得音乐家都比较敏感和善良。"

"你错了。也有脾气暴躁的。"他对我说，"无论如何，满足你。"啪的一声，他打开小箱子，向我展示了单簧管的所有组装部件，就像杀手的步枪一样！

"好漂亮！"我惊呼道。

他没说别的，按了电梯，就开始等。也许是因为我们安静地站在那里，而且我盯着他，在某一刻他转身对我说："我叫皮耶罗。"

因为我们互相介绍过了，于是我决定称呼他为"你"："你为什么不把你的名字贴在门外？"

"因为我没想过。"

"你经常在晚上演奏？"

"你不知道音乐会都在晚上举办吗？"

电梯到了，他快速进去，我跟在后面。

"你干什么？跟着我？"

"不，我也要下去。"

他做出感到厌烦的表情，但是我不能放弃，我得再知道点什么："你为什么晚上戴墨镜？"

"其实我戴的是很普通的眼镜。"

"不，我看到过你戴着墨镜。"

"一定是我的眼镜摔坏了的时候，戴着有度数的太阳镜。"

电梯一到一楼，皮耶罗就跑了出去，因为他再也受不了那些问题了。我完成了挑战，当折磨你的人是无懈可击的米娅时，你很难抗拒！

这是一个如何推迟解释的小例子。某人讲话，而有噪声让人听不清……或对方理解不当时，就会引发一种误解喜剧。

幸运的是，我和肖恩已经互相解释了。因为我讨厌误解，误解甚至会让我们在还没有更好地了解对方之前产生间隙！说到延迟，我一直在想错过的吻……该死的贝尔尼，他就不能晚一点来吗？因为现在，谁知道我什么时候再有机会，也许肖恩会认为我是那种脾气暴躁的女孩，真艰难……我，机灵的米娅，得想想办法。

婚礼庆典

终于，到了这个大事件发生的日子。本来也是我的生日，但是我们知道，由于不可抗力的原因，生日派对已经推迟了。但今天清晨，爸爸却端着一块蛋糕和一支点燃的蜡烛来叫我起床。他对我说："生日快乐，米娅！"

我吹灭了蜡烛，拥抱了他。然后我迅速下床跑去吃早餐，因为准备工作马上就要开始了。妈妈已经准备好了，但她穿的是一件不知道从哪里找来的老式衣服，头发也挽了起来，几乎认不出来了。

"你看起来像奥林比亚外婆年轻时的样子！"我对她说，但她没有把这当成一种赞美。也因为我哥哥一大早心情就很糟，他笑得像只鬣狗，重复着："奥林比亚外婆！奥林比亚外婆！"

她恶狠狠地瞪了我们一眼，说："你们赶紧吃早饭，我得让米娅准备好，我们半小时后就得出发。"

这时，爸爸穿得像《爱丽丝梦游仙境》里的疯帽子一样从浴室进来了。我和贝尔尼又笑起来。

"有什么这么好笑的？你们没见过燕尾服吗？"爸爸问。贝尔尼此时已经笑弯了腰，而我的父母正在打量对方。

"我有那么可笑吗？"爸爸问道。

"那我真的像我妈妈吗？"妈妈神情忧郁地说道。

"不，你看起来很好，"爸爸回答她，"你看起来像莎朗·斯通①。"

于是妈妈扬扬得意了起来,说:"燕尾服也非常适合你。戏剧裁缝店的夫人说得很对。"

"你们是从戏剧裁缝店租来的吗?"贝尔尼抹着笑出来的泪问道,"太酷了。"

"当然。"妈妈说,"瞧你说的,如果我们买了这样的东西,什么时候才会再穿?"

"也许等米娅结婚的时候吧。"我哥哥讽刺地眨了眨眼。

"或者当你结婚的时候,你更年长。"我回答道。

"我不会结婚的。"他皱着眉说。

"罗塞拉曾经也这么说,可是看看吧,我们现在是什么情况。"妈妈说,她陪着我在房间里穿伴娘服。

贝尔尼是块最硬的骨头。他不想穿灰色外套和黑色长裤,那是爸爸的办公套装。所以最后他穿了一身黑:衬衫、裤子和外套,很短的头发上戴着墨镜(剃光头后头发重新长了一点)。他看起来就像一个保镖,客人中有人问他是否有武器。

但是在我们到达城堡之前,得先去接姨父姨妈,他们有点焦急,因为我们和往常一样,迟到10分钟。阿尔玛姨妈在大门外等我们,这里有一个奇怪的误会,因为当爸爸下车按门铃时,爸爸

---

① 莎朗·斯通(Sharon Stone,1958—),美国演员,代表作有《赌城风云》《本能》。——译者注

没有认出她来。

"早上好。"爸爸说。

"罗伯特,是我。"阿尔玛姨妈对他说。

"天啊,对不起……我分心了。"爸爸被弄糊涂了。但我们怎么能不同意他说的呢?阿尔玛姨妈变了很多,金发碧眼,梳着聚拢的发髻,戴着长长的珍珠耳环,穿着灰色的裙子,肩上还披着天蓝色的披肩,看上去像换了一个人。此外,史蒂芬还禁止她戴眼镜,给她画了粉色的口红和珍珠灰的眼影。

"其他人呢?"她眯着眼睛看着四周问道。

我们在车上招手示意,但她看不到我们,所以爸爸挽着她。离车还有几步远,阿尔玛姨妈就感叹道:"卡拉,你穿上这身白裙子多漂亮啊!"但她正在看我。

与此同时,福里奥姨父带着悲伤的表情走了出来,在阿尔玛姨妈身边一直憋着的贝尔尼开始像疯子一样大笑,直到妈妈威胁说要取消他未来两年的零用钱。福里奥姨父穿着一件燕尾服,但由于他比较胖,头发也不多,所以看起来就像一只表情悲伤、即将被关进动物园的企鹅。

在一片死寂中,我们向城堡驶去,因为任何话都可能使我和贝尔尼爆发出令人无奈的笑声。

"哦,看,一台风车,我有多久没看到风车了!"阿尔玛姨妈突然惊呼道。

"这不是风车。"妈妈告诉她,"这是一个分道装置。"

于是福里奥姨父求她:"阿尔玛,求你把眼镜戴上。"

事实上,我得说,效果很惊艳。当罗塞拉挽着福里奥姨父的胳膊出现在大厅里时,她看起来就像个王后。每个人都发出"哦"的惊叹声,就像在马戏团一样,然后大声鼓掌。新娘穿着一件绝美的奶油色礼服,上面镶满了小珍珠;她的头发向上梳着,在额前戴着一顶珍珠王冠,手里拿着一束橙花。我走在她的前面,手里拿着一篮子花瓣,我把它们撒在脚下。我的衣服像一朵云,它是白色的,裙子很蓬松,腰上还系着粉红色的腰带。我的头上戴着一顶小花冠,史蒂芬用了二十根发夹把它别上,所以我觉得我头上就好像戴着一顶荆棘王冠,迫不及待地想把它摘下来。

罗塞拉缓慢庄重地走上前,挽着昂首挺胸的福里奥姨父的胳膊,在走廊的另一边,让-皮埃尔示意她走得更慢一点,然后用移动摄影车上的摄像机继续拍摄。

"好,好,就这样,脸向上,很好,完美!"导演说。然后命令客人们:"你们不要看摄像机,看新娘。"

婚礼是在城堡的一个大厅里举行的,那里已经为客人们摆好了椅子。前几排坐着马尔科姆的父母、他的两个兄弟和祖父,他们两天前从加拿大赶来。马尔科姆的父母和兄弟的穿着和我们一样，但他的祖父在他们当中却显得格外突出。因为他穿着一套传统的印度服装，深绿色的，饰有金色，头上戴着深绿色的帽子，脚上穿着金色的拖鞋。

贝尔尼一看到马尔科姆的祖父进入城堡，就惊讶极了："什么？马尔科姆的祖父是印度人？"

"是的。"妈妈对他说，"马尔科姆的爸爸在加拿大出生，但他祖上是印度人，祖父很看重传统。"

"为什么没有人告诉我？"

"因为你经常不在。"妈妈酸溜溜地说。

"印度爷爷！真酷！"贝尔尼的目光再也无法从那个表情严肃、有王子气质的男人身上移开。

当罗塞拉入场时，马尔科姆正站在大厅桌前等她，还有主持婚礼的市长，还有证婚人。他看起来如此兴奋，于是让-皮埃尔马上命令给新郎拍一个特写，低声对他说："马尔科姆，微笑。"

但他做得更多，不只微笑，而且很激动。导演马上向他表示祝贺："完美！眼睛亮晶晶的！好极了！"

某一刻，马尔科姆太激动了，把戒指掉到地上了。然后就听到了怒吼："停！"

亲戚和客人们整齐划一地转向导演，导演正扑向新郎新娘，指手画脚地说："停，停，我们要重拍这场戏。"

"什么意思，重拍？"市长惊呆了问道。

"是的，不能看到新郎弄掉了戒指，这样会破坏现场的情绪，让人笑出来。"

"那又怎样？"市长皱了皱眉头。

"需要重申。在我打板后，马尔科姆，你从句尾开始接，转向她，停顿，然后拿起戒指，等等。"

这时，市长提出抗议："你看，我们是认真的，我们不是在拍戏！"

但让-皮埃尔并没有慌张："那您觉得呢？我在玩吗？请让我工作。"

"这真是不可思议！我们得到哪儿才算完？"市长正在大发雷霆，也许他正准备抛下一切，回家睡觉，但让-皮埃尔走到他身边，低声对他说："听着，市长先生，半个世界都将会看到这部短片。"

"什么意思？"

"这里有150个人，其中有电视台记者……"他小声说了一个名字。

"啊？"市长说，他伸长了脖子去看记者坐在哪里，"好吧，既然这样……"

就这样，当让-皮埃尔回到他的位置上时，市长对着镜头露出了灿烂的笑容。

像所有的婚礼午餐一样，永远吃不完的午餐后（也因为150个人就像蝗虫大军一样），我们所有人都去了城堡里一个专门的娱乐大厅。光线变暗后，突然打开了两盏灯，古典音乐全音量响起。从左边出现了洛里斯舅舅，他穿着飞行服，旋转着。然后从右边踮着脚尖进来一个穿着纱衣的芭蕾舞女演员，直到他们俩在舞台中央相遇，看着对方的眼睛，灯光突然熄灭了。当灯光重新被打开时，他们开始跳弗拉门科①，这是洛里斯舅舅的一点专长。于是两位舞者在鞋跟、响板的敲击和旋转中释放自己。

"但新郎不是加拿大人吗？"一位坐在我后面的女士问。

"我认为是的。"另一位女士回答。

"那么，和弗拉门科有什么关系？"

但是这些人是多么无聊啊！弗拉门科不仅仅是西班牙的舞蹈，更是一场好的表演。其实只要看看在弗拉门科表演的最后，当洛里斯舅舅和女舞者跪倒在地，相互拥抱时，大家是如何热烈鼓掌的就知道了。

唯有拉比纳特爷爷不受干扰，认真地观察着，在椅子上坐得笔直。当阿尔玛姨妈走近他问道："爷爷……开心，开心吗？"

---

① 弗拉门科是西班牙的一种综合性艺术，它融舞蹈、歌唱、器乐于一体，源于传统吉卜赛人居住的地方。——译者注

他摇摇头,仿佛在说"不",又微笑着双手合十——这是印度人说"是"的方式。

这时,舞蹈开始了,一架电子琴和麦克风被搬上了小舞台,然后一对情侣上来,一个穿着燕尾服的家伙和一个穿着亮片裙的女生,他们开始演绎过去的某些歌曲。洛里斯舅舅,受所有女人的邀请,什么都表演了一点,兰巴达、探戈、摇滚,甚至是踢踏独舞。

我的哥哥不见了。一个来小时后,我在找厕所的时候发现了他。他和马尔科姆的弟弟(和他差不多大)以及拉比纳特爷爷一起躲进了一个小房间,这个房间应该是城堡里的衣帽间。他们三个人都坐在地板上,贝尔尼和那个弟弟正在敲不知从哪里找到的小鼓,而爷爷则在抑扬顿挫地唱着,或许是在做一种祈祷。在城堡的那个角落里,感觉就像在另一个世界。

这整一章都很有戏剧性,甚至像剧院里的某种戏剧,因为它被拍摄成了电影。

如果说我对典礼有什么理解的话,那就是它们是一种表演,每个人都在其中扮演一个特定的、非常戏剧化的角色。规则是由社会习俗建立的,而不是让-皮埃尔这样的导演。

其实,在这里,每个人都会精心装扮(我父亲聪明地在一家戏剧裁缝店里打扮了自己)成一种角色,就像童话故事里的那些角色一样,他们没有复杂的身份,而是表演很明确的部分。所以在婚礼上,有新娘、新郎、新娘的父亲母亲……总之,每个人在这个舞台上表演的都是生活。不要以为我是一个伟大的哲学家,因为这句富含智慧的话是莎士比亚说的。

祝我生日快乐

现在,轮到我了。

今天是我推迟了的派对聚会的日子。我在等我的女性朋友和男性朋友们。但我跟爸爸、妈妈说得很清楚,不要像前几年那样用五颜六色的气球和像寻宝这样的团队游戏。这次我想要的是音乐,要像大人的聚会那样跳舞。

说到大人的聚会,婚礼后一周,姨父和姨妈给我们带来了相册和那部著名电影的录像带。至于相册,它是一本巨大的皮装书,上面是常见的婚纱照。新郎新娘在橡树下,站在井边,手拉手坐在矮墙上,头挨着头躺在草地上,然后是所有与亲戚、朋友、证婚人的照片。

而这部电影则持续了半个小时,从在直升机引擎上轰隆一声开始,是马尔科姆的近景镜头,背景音乐非常响亮,就像军队的广告,只少了"加入我们!"的口号,然后是马尔科姆和罗塞拉在超市相遇的场景,就像著名的除臭剂广告。然后在餐厅吃晚饭,这里就像"让你坠入爱河的奶酪"的电视广告。更别说婚礼了,很像席琳·迪翁的MV片段。

好吧,在影片的最后,我们都互相看着对方,一句话都不敢说。只有贝尔尼有勇气表达自己的想法。

"真是骗人!"然后回到了他的房间。

但姨父姨妈显然决定不想自我折磨,他们尽量好好接受它——

"我不懂这些东西,"阿尔玛姨妈说,"看得出这是一部现代电影。"

福里奥姨父只一惊:"花了这么多钱,我期待至少是个《乱世佳人》,"但他马上补充道,"重要的是新郎新娘高兴。"

好吧,在这一点上,我敢保证。因为他们去了一个热带岛屿度蜜月,那里似乎是非常著名的足球运动员和他的妻子伊拉里去的地方。

至于我,我一直在为我的派对做准备,我选择了我最喜欢的音乐,以及从现在开始我想穿的衣服——牛仔裤、紧身T恤和坡跟鞋。

当门铃响时,我正在那里完成最后的准备工作。我跑去开门,在我面前出现了皮耶罗。那个假杀手的手里正拿着笼子。

"你好。"

"你好。"我回答。

"我想请问你能不能帮我个忙。"

"什么忙?"

"我想问你能不能帮我照顾朱丽叶两天。"

我看看笼子,然后看看他:"为什么?"

他忍住不翻白眼,说:"我得去外地出差两天,我不想把它一个留在家里。它最近感觉不舒服。"

"我同意。"我说,而皮耶罗第一次笑了,"但是我想要点东西作为交换。"他的微笑立刻消失了。

"什么?"

"你什么时候出发?"

他怀疑地看着我:"今晚,大概7点。"

"完美。你可以为我的生日演奏点什么。"

皮耶罗脸更黑了:"你在开玩笑,对吧?我不是小丑!"

"我只是请你为我的派对小小地演奏一下。5点30分,我和朱丽叶会等着你来。"我伸手拿了笼子就关上了门,令他不知所措。

当皮耶罗出现的时候,我所有的朋友都已经在那里了。天哪,他给人留下了深刻的印象。他身着黑衣,脖子上打着领结,手里拿着一支单簧管。有人在傻笑,但只要皮耶罗一坐下来开始演奏,就没有人再笑了,甚至,声音强劲而优美的音乐把我们都锁在地板上或沙发上,让我们愣在原地。而音乐一结束,我们都鼓掌，甚至要求再来一个。但皮耶罗还是一如既往地着急。

"谢谢，皮耶罗。"我说着，陪他走到门口。

"不客气。"

"你不用担心朱丽叶，它会很好的。"

他点点头："我不怀疑，你是个一丝不苟的孩子。"

临走前，他和我握手。我想，这一次，这个杀手还记得自己的礼仪。

总之，那些生活在剧场里表演或者演奏的人，完全可以在那个环境中自如地生活，并且知道如何为人们提供音乐的美感或表演的力量。

我承认我根本不介意当演员！

但也许我也可以为戏剧或电影创作——文本是一切的基础。所以，最好是集中精力去做我决定的事情，不要离题最后使我什么都做不成。

与此同时，我有个主意，我会试着问问肖恩，他是否愿意和我一起为入学考试写一个故事。

首先是因为这样一来，这将不完全是一个传记故事（假设一些考官在意识到有大量情节参照我的真实生活时，他们会翻脸不认人），然后是因为……但是，是的，我将有极好的机会和他一起度过很多时光。也许可以从我们被打断的地方重新开始……

海盗米娅

如果你的星座运势不好,那么明显的反应就是认为星座是很愚蠢的,然后冷静地决定忽略它。

但我是魔法师的侄孙女,我应该更注意星体的警告信号,尤其是当它们明确表达自己的意思时。"不要小看金星的对冲,它可能会阻碍你的一个计划,尤其是那些与爱情有关的计划……"另一方面,神谕又说,在这一时期"想象力和精心制订新解决方案的能力"备受青睐,所以我想,关于爱情的部分或许是指已经有伴侣的人,而不是指正在尝试的我。

于是我兴高采烈地出现在肖恩练习曲棍球的健身房外,在我们给对方发了一连串似乎是好兆头的信息之后(而这与星占相矛盾)。他很可爱,给我写道:"我等不及要再见你了。"为了这个场合,我试了五种不同的造型,都没有很满意,因为我想穿的衬衣在待洗的脏衣筐里，而我以为会很完美的白色短裙却被妈妈禁止了。因为她说："我们又不是在海边，至少你下身要穿裤袜。"我也会在不穿裙子时穿裤袜，穿紧身上衣……总之，到最后我意识到我会迟到，我不能冒着肖恩在外面没有看到我而失望的风险，我认命了，牛仔裙和条纹弹力T恤，虽然我没有穿这种袒胸露肩的上衣所需的放肆。耐心点，我对自己说。在嘴唇上刷上唇彩，在颧骨上涂上鲜艳的腮红，让自己看起来清新亮丽，我希望洗发水和葵花籽油滴剂也能增强这种效果，能更快梳顺我那通常乱七八糟、发色相当暗淡的头发。

总之，考虑到这些预言性的信息和我的审美努力，也考虑到从我上公交车开始就自暴自弃的心跳过速，我希望看到我这么可爱又焦急的样子，肖恩会高兴地跳起来。但相反……

在这里，他黑着脸走出体育馆，距离我只有几步之遥，把他的训练包扔在了地上。我开始走了几步，喊着"嗨，我在这里……"，他在与一个比他壮两倍的家伙拼命地搏击时，那家伙在两秒钟内就把他摔倒在地。我开始尖叫，双手捂着脸，就像蒙克的画《尖叫》一样。而我四周，他的队友们并没有来干预分开这两个斗士，而是发出了鼓励加油的大叫和尤其无法写出来的下流话！

与此同时，就像摔跤场面一样，肖恩站起来，向他的对手冲去，他姿势很好，两腿岔开，拳头握紧，避开了一拳，抓住了对手的胸口，试图把他摔倒在地。我开始大喊："够了，你们这些白痴！"但在这种混乱中我的声音根本就听不到。

幸运的是，这时从健身房里飞奔出来一个人，后面跟着两个身材相当健壮的家伙，三秒钟就把两个打斗者拉住了，并愤怒地对着那些起哄的同伴们狂吼。而那伙人则垂头丧气地拎起包，耷拉着耳朵散去。我留下来，听着那个人的谩骂，显然是教练，威胁他们两个人，要把他们踢出队伍。肖恩抬起头，恶狠狠地，我注意到他的脸颊上有一道擦伤的痕迹，他说："他叫我黑人杂种。"

然后，我的身体里升起一股怒火，这时我会跳到那个因为他的肤色而冒犯他的死胖子脖子上！但那个白痴却在叫嚣："这不是真的！我只是说他是一个废物点心。"

"安静！"那个男人命令道，眼神炽烈，"我不想在我的队伍里听到这样的话。如果你真的以种族主义冒犯他人，你就出局了。即使你是我最好的守门员。清楚了吗？"

我炸了，勉强被教练神圣的话语所安慰，他正在肖恩耳边低声说着什么，而在我眼里世界上最可恶的那个人甚至带着自信的表情离开了。这时，我错误地走近："嗨，肖恩……"

但他恶狠狠地盯着我，说："你怎么还在这里？"

"我们约好……"我含糊不清地说。

"是的，抱歉，我现在不行，下次。"肖恩拿起包，跟在教练后面进了健身房。

这就是当金星对冲的时候会发生的事！

我在家里舔着假想的伤口，想着在电话里对肖恩说些什么（因为至少他会接电话），这时他给我发了这条短信。

"你好，大美女。今天，我表现得像个野兽，如果你不想在接下来的一百年里再见到我，我完全同意你的看法。但是我真的希望你不要那么做，因为你是我见过的最奇特不凡的女孩！"

我的心开始怦怦直跳，我开始在房间里跳来跳去，就像被黄蜂蛰了一样！但我现在不能立刻放松，因为即使我完全理解肖恩，我的意思是，我和那个自大的种族主义者有什么关系？我一遍又一遍地想，我试着写，然后删掉，最后我给他发了这个信息：

"谢谢你！今天的事我很抱歉，部分原因是我想和你谈一些很重要的事情。"

他三秒钟就回复了："什么？"

"为报考写作学校，你能帮我写一个故事吗？你肯定比我强。"

"如果我这样做，我是否可以认为自己的无礼被原谅了？"

"当然。"

"好吧，我知道了。我一会儿给你发邮件。"

什么电子邮件？我希望我们能在某个地方见面，我已经准备好和父母讨论可能在晚餐后出行……

相反，我的英国实用主义者却给我发了一封带有附件的邮件："我给你发一个故事的主要情节。你觉得写海盗的故事怎么样？你可以根据我去年的帆船航海经历来写。"

总之，我立刻开始读这个航海故事："一群男孩在帆船上，不法分子登上了船，想绑架这些男孩……人物……背景……"

漂亮！只不过，从这个故事线索来看，我现在必须转移到情节上。这将需要，就像我的占星所暗示的，我所有的想象力和新的解决方案……因为我将不得不独自尝试，而不是像我梦想的那样成双成对。但现在（我相信）我从我的旧故事中学会了怎么做。

遇见真正的海盗

我以为海盗已经不存在了，他们早就退役了，带着眼罩、木腿、手上的钩子和印有骷髅头的黑旗等所有用具。好吧，我错了。

我不是在谈论互联网强盗，顺便说一句，他们更喜欢自称为黑客；也不是谈论在公路或空中打劫的强盗；我是在谈论真正的海上的海盗，那些为了偷黄金而大喊"登船"攻击船只的海盗。总之，海盗们都停留在电影中。但这不是电影！

本来这是一个很简单的在帆船上的假期，目的是学习航海，欣赏大海的美景。很简单，但其实……我认为这已经是一个很艰难的工作，熟悉航行规则、驾驶，和我一直困惑的所有航海技术术语。此外，我们这些船员并不是由海军军官组成的。甚至我们是六个孩子和两个船长，我们的船不是一艘满载宝物的大帆船，而是一艘十二米长的单桅帆船。

总之，谁能想到我们会在公海被真正的21世纪海盗登上船？而这些海盗看起来像古代的海盗，眼睛上缠着绷带，戴着帽子，穿着长外套？当我们看到我们面前这艘降下一面骷髅头黑旗的游艇时，觉得很有趣。我们所有人都看了对方一眼，确定这绝对是一个玩笑，一个爱热闹的人的愚弄，想给我们留下深刻印象。

当看着游艇离我们很近时，我们的船长乔安娜说："我认为这是一个化装舞会，船不定是哪个度假村的。"它从地平线上出现也就几秒钟，因为是那种威力巨大的机动游艇，那种无论从哪方面看都像熨斗的游艇。尤其是它们在海面上直直地滑行，就像纺锤一样，即使有波浪，也要把海面上所有的褶皱都熨平。

离得这么近，我们可以看到他们根本不是穿着条纹衬衫、戴着眼罩的可爱的游客。相反，他们是坏人。

我们的另一个船长卡里姆急速转动着方向，因为看起来他们真的想撞我们。

"他们疯了！"乔安娜一边喊着，一边扑向那些帆脚索，那些调节船帆的绳索。她和卡里姆突然变得我们从未见过的疯狂，他们即使面对汹涌的大海也没这样过。我们这些孩子吓得不轻，为了不妨碍驾驶，迅速在座舱里安顿下来。但恐怖的"熨斗"已经从侧面包围了我们，在轰鸣的发动机上，一个雷鸣般的声音命令我们："停下！"

然后卡里姆和乔安娜都愣住了，我想更多的是好奇而不是害怕。

那个声音命令道："登船！"

鱼叉从"熨斗"开始，与甲板的四周都连接了起来（这应该是船的顶部）。我们这些孩子惊恐万状，几乎不敢喘气，而两艘船紧挨在了一起。最终，带着巨大的扑通声，三名男子跳上了船，他们的着装方式真的很滑稽。我不知道是因为神经紧张，因为惊讶，还是因为我们仍然相信这是一个玩笑，我们都开始笑了。就是那个瞬间，当另一个大个子出现时，笑声就卡在我们的喉咙里了。他穿着一件老式的黑色长外套，头上戴着三角帽。他脸上的表情非常恐怖，以至于我浑身都起了鸡皮疙瘩。此外，他们穿的衣服是狂欢节的衣服，但是他们挥舞的武器却非常先进！

"你们是我的俘虏！"巨人怒吼道。

"您是在开玩笑吗？"只有乔安娜敢说话，"这是什么故事？你们是谁？"

"没有人开玩笑，小姐，"大块头张开嘴唇，露出更可怕的笑容，"我是黑杰克船长。你最好听从我的命令，因为……"他在这里几乎是欢快地喊道："我是一个海盗！"

我用作家米娅一贯的策略开始了这个故事。也就是在一次冒险中，然后继续讲述，回顾一下，我们是如何走到这一步的。

我用了一些肖恩建议的名字和船员的数量，六个人，不过我会改好几处，因为这里的主角是我。我对这场冒险充满了热情，所以我要立刻继续推进这个故事，哪怕已经是晚上10点了。过一会儿妈妈会来叫我别玩电脑了，去睡觉……

从头说起

此时，我最好还是把一切从头说起吧，也就是当玛丽亚奶奶送给我一个星期的帆船航海假期时。很显然，我的父母一开始是嗤之以鼻的，因为对于他们来说，我总是"太小"。

其实，妈妈又开始那套老生常谈："和完全陌生的人一起坐船旅行，我认为有点太早了。"

"但网站上有船员与九岁小孩的照片！"我喊着，试图说服那两个添麻烦的人。

"他们可能是外国人。"妈妈马上说，像往常一样，她发现了一些模糊和可疑之处。

"我告诉你，他们是地道的意大利人。"在这里，我用了一种抱怨的声音，"妈妈，只是一个星期，不是一辈子！"

这时，爸爸插嘴了："对，事实上，米娅说得对。这只是几天,而且在一个相对较近的地方。"

"一比零!"我想。快要打开突破口了,如果我坚持用受害者的尖细嗓音,这堵墙很快就会倒塌。

"相对较近!"妈妈脱口而出,"你妈妈还是一如既往地独树一帜。这和送给孩子一场地中海巡航有什么关系?明年她会送给孩子什么?去澳大利亚的飞机票,也许还是单程的?"

但在这里,就像在遇到不顺心的事情时她经常做的一样,妈妈犯了一个大错误——她夸大其词。其实,爸爸肯定已经站在了我这边,他张开双臂,说:"来吧,卡拉,别夸大其词了。这不是巡航,而是在托斯卡纳群岛上的帆船假期!米娅已经足够成熟,可以应对这样的事情了。我真的不认为会有什么危险。"

"妈妈,妈妈我求你了……"我双手合十,开始说,"我向你保证我会很小心,而且我会经常给你打电话,我不会去冒险……"

我用最恳切的眼神看着她。我知道,我的狗狗眼是妈妈无法抗拒的。事实上,她低下了头,妥协了:"好吧!"

就像美国电影里看到的那样,我飞快地扑进她的怀里,大喊:"谢谢你,妈妈!"

当她觉得自己是个好妈妈的时候,她是幸福的,所以就愉快地说道:"不过是的,他们会习惯于和孩子打交道,那些组织者。他们会小心的。"

爸爸补充说："嗯，当然，他们肯定有经验。你会看到的，不会有任何问题。这些满是游客的岛屿上会有什么危险呢？"

可怜的爸爸！他怎么会想到海盗就潜伏在这里呢？

同时，妈妈摸着我的头在想："再说，既然是花费相当高的假期，就会有富裕人家的孩子，有教养的人的孩子……"

但正是在这个问题上，她当时应该改变主意，可惜现在为时已晚了。

其实，我们是在蓬塔阿拉的码头上，"盖亚"号帆船在那里等着我们。一个效率很高的家伙不停地在文件夹里翻阅文件，显然他是组织者之一。然后是乔安娜和卡里姆，我们的船长。现在，一看到乔安娜，爸爸就露出了灿烂的笑容，当妈妈转过身来时对她说："拜托，小姐，我的女儿从来没有坐过帆船……"爸爸插话说："但看这位小姐，一定是个完美的水手！"

"对不起，罗伯特，你怎么知道？"妈妈皱了皱眉头。

而爸爸却犹豫了："你可以通过……她有多笃定来判断，不是吗？"

乔安娜快速对他们说了一句"谢谢"，并问他们是否愿意在我们等待其他人的时候上船参观。爸爸当时太兴奋了，冒着落入港口脏水里的危险，尝试运动式地跳到甲板上。

"您是瑞典人？德国人？"爸爸问道。

"其实，我是那不勒斯人。"乔安娜回答说，她的名字之所以这么叫,是因为她的妈妈其实是德国人,而她的爸爸是那不勒斯人。

当我们从甲板下再钻出来的时候,登船区前已经聚集了一群人。有两个孩子盯着帆船,互相评论着帆船有多大、多结实,谁知道它在海上跑得有多快;不远处有一个男人一定是他们的爸爸,正忙着用手机聊天。

一个比我大的男孩,在一对比爸爸妈妈年长的夫妇陪同下,正在和卡里姆聊天。这家伙的穿着很奇怪,仿佛是从另一个时代走出来的:他穿着一件蓝色的T恤和白白的长裤,鞋子一尘不染,肩膀上还搭着一件米色的毛衣。

"好的开始,"我心想,"他一定是威尔士亲王[①]的堂兄弟。"于是我把注意力转移到另一个在我看来和我年龄相仿的男孩身上,他全神贯注地享受着一个巨大的冰激凌,而他的妈妈则在对组织者进行某种程度的盘问。

我已经在自言自语:"天哪,都是男生。连一个女孩都没有!"这时,一辆大型越野车驶上码头,在离登船口几米处踩下刹车。大家都转过头去看,而组织者则在空中挥舞着双手,恼怒地喊道:"你们不能把车停在这里,不能妨碍码头的通行。"

---

① 威尔士亲王,威尔士公国的元首,自1301年英格兰吞并威尔士之后,英王便将这个头衔赐予自己的长子。从此以后,"威尔士亲王"便成了英国王储的同义词。——译者注

从车里走出一个穿着灰色西装的家伙，发际线退了一大截，剩下的是寥寥无几的齐肩长发。他干巴巴地摘下了硕大的墨镜，手腕上的金镯子叮当作响。他看着组织者的脸，对他以你相称，好像很认识他似的："听着，我在这里就和在家一样。我是游艇俱乐部的成员。"

"我明白了，"组织者连眼睛都没眨一下，"但您得把车停在指定的车位上……"

那人重重地拍了拍组织者的肩膀，笑道："好，我现在就走。就一秒钟，我就挪开。"

我们所有人都在关注着这场小闹剧，这时我的心高兴得怦怦直跳。从另一扇门里走出来一个和我年龄相仿的女孩，虽然她有点板着脸。此时，穿着西装的男人还在说："让我跟我女儿告个别，好吗？来吧，夏奇拉！"

女孩双臂交叉站在车门旁。这时，一个女人从车里走出来，手里拿着一个行李袋。她应该是女孩的妈妈，但坦白说，她看起来不像我认识的任何一个妈妈。首先，她的头发完全剃光了，耳环的数量数都数不清。她穿着一件紧身的黑色小衬衫，露在外面的手臂上覆满了文身，肚子上穿了肚脐环。她下身穿着破洞牛仔裤，腰带上系着两条链子，脚上穿着人字拖凉鞋，也许是为了炫耀她涂了黑色漆面的指甲和她脚趾上的金戒指。

如果那两个人是父母的话，他们女儿肯定是被收养的，因为她像广告中的那种女孩，有着天使般的面孔和长长的金发。她像个舞者一样昂首挺胸地站着。我想："在这里，这群人中唯一的女性是一个超模。我能不这么倒霉吗？"

这会儿，妈妈惊恐地看着这一幕。"哦，天哪，但这些人是谁？"她在和爸爸说悄悄话。

看来那个穿西装的家伙已经听到了她的声音，因为他赶紧向大家介绍自己："你好，我是吉戈·马罗尼，这是我的女伴维蕾娜。"在与爸爸妈妈握手的时候，他还拿出了一张名片，说："我们是康提基俱乐部的产权人。"

"……康提基？"那个衣着整齐的男孩的爸爸疑惑地问道。

"它是沿海最著名的迪厅，知道吗？"吉戈解释道，他很惊讶这个男人竟然不知道它。"我希望你们今晚都能到场庆祝我们小朋友们的启程。"在这时，他在我爸爸的背上拍了一个大巴掌，就像他是爸爸最好的朋友似的。爸爸开始咳嗽，因为正在他刚想说什么的时候，吉戈拍了他。

"罗伯特，怎么了？"妈妈担心地说，"你是不是被什么东西噎住了？"我爸爸红着脸摇了摇头。而另一位爸爸，也就是用手机聊天的那个，则及时说道："对不起，可我要开会。"

"你要干什么？你星期六晚上也要工作吗？"吉戈疑惑地看着他，但对方眼睛都不眨一下，回答他时强调了"您"字，说："当然，像您一样，不是吗？"

"什么，你也有个俱乐部？"吉戈回答道，但这时光头女人却给了他胳膊一巴掌。

"你管这位先生做什么呢？我们邀请了所有人，如果有人不能来，那是他的事。"

这时，那个小女孩也在打量我。

"你叫什么名字？"我问她，只是想找点什么话说，其实她的名字我听得很清楚。

"埃莉奥诺拉。你呢？"她回答我，让我目瞪口呆。

"什么埃莉奥诺拉，"光头女人插话说，"她叫夏奇拉。现在她把这个记在了脑子里，'我的肮脏的名字'……"

"我说了埃莉奥诺拉！"女孩反驳道，恶狠狠地瞪了女人一眼。

"你知道吗，我也改名了。"我向她透露，"现在大家都叫我米娅。"

然后她向我投来一个灿烂的笑容，伸出手："很高兴认识你，米娅！"

"很高兴认识你，埃莉奥诺拉！"

就这样我们马上就成了好朋友。

我看了看时间，惊呆了！好像就在刚才，妈妈才到我房间探了个头，嘱咐我关电脑睡觉，而现在已经过了一个半小时了！

天啊，都快半夜了，在我写作的时候，时间真的是过得飞快！是的，我经常问自己，作家们敲出一章，填满一页纸需要多长时间……这取决于你是否有一个好的想法，故事就像著名的魔豆茎一样，在你的手中成长。这个故事，顺便说一句，我仍然不知道它将如何发展。

在入睡之前，因为我还不是很困，所以还是先把接下来的章节要讲的内容做一个小小的提纲吧：

——描述孩子们和他们建立的关系；

——船上生活；

——描述"海盗"。

目前，我想这就够了……

开始航行

临走前，卡里姆和乔安娜从他们自己开始先做了自我介绍。我以为他们是情侣之类的，但他们很快就打消了我的疑虑，因为乔安娜告诉我们她已经结婚了，而且她的丈夫留在那不勒斯工作。

"您丈夫是做什么的？"洛克立刻问，他是那两个孩子中的一个。

"大伙很好奇，嗯？"她回答说，她很聪明。

"我丈夫是个dottore。"

"什么博士？"洛克坚持问，他真的是一个不知趣的家伙，总是提问题，打探一切，"因为我父亲也是经贸博士。"

"不，他是个医生。①你满意吗？"

还没等洛克再次开口问她丈夫是哪个专业的，或者是在哪家医院工作，乔安娜就介绍了卡里姆。卡里姆，因为不是乔安娜的男朋友，所以在我和埃莉奥诺拉的眼里，立刻变成了一个可以征服的对象。当然，他二十二岁的年纪有点大，但他很帅，有一头卷发和黢黑的眼睛、浅褐色的皮肤和运动员的身材。而且他总是用非常平静和温和的声调，他从不生气，甚至对洛克或洛克值得信赖的朋友诺曼的机关枪式的问题也不生气，他们用技术解释、风向、航向等问题来考问他。卡里姆常年从事船长工作，因为他热爱大海，他的梦想是买一艘自己的船。

现在，轮到我们自我介绍了，但是除了我们叫什么和我们为什么选择这个假期之外，谁都没有什么可说的。

我心不在焉地听着，因为我对这些男孩没什么兴趣。我的想法是在帅气的卡里姆旁边、有埃莉奥诺拉陪着一起度过一个愉快的假期。我们在一起肯定会有很多话要说，有很多事要做。但

---

① 在意大利语中，dottore一词既有医生的意思也有博士的意思。因此，这里引起了一个小误会。——译者注

我们的船长们却不这么想。他们宣称目的是营造一种"团队精神",能更好地了解对方,学会共同生活。于是,他们马上把我们分成一对一对的,分配各种任务,有做饭的,也有操纵船帆的。每隔两三个小时,任务就会发生变化,搭档也会发生变化。我们会有共同的时间,最后有"私人时间",可以个人随意做自己想做的事情。搭档们是通过从花瓶里抽小纸条抓阄选出的。我很倒霉地抽到了雅各布,那个穿戴整齐、口音让人无法忍受的男孩,他是同伴里最年长的。

"嗯,"他说,他抬起下巴从眼镜后面窥视我,眼镜放大了他的眼睛,使他看起来像个海豹,"看来我们会成为合作伙伴。"

那是什么话?我皱了皱眉头:"嗨!我们不用打网球,我们在厨房值班。你会做什么?"

"一些非常好的煎蛋卷。"他兴高采烈地宣布。

"那就是煎蛋了,对吧?好吧,你给大家做煎蛋,我来准备新鲜的西红柿面。可以吗?"

"绝对可以。"他回答说,那种猝不及防地使用副词的方式,让我非常讨厌,"我想问你一件事……"

"开腔。"我模仿我哥哥回答道。

"既然我们很快就会肩并肩了,我想问你,你是否对咬甲癖有什么看法?"

"瞧瞧吧,"我心想,"让我赶上了一个疯子。"那家伙让我感到不安。

"那是什么?"我脸色难看地问道。

他脸红到发际,回答道:"我吃指甲,全部。"

但那是正常的!我松了一口气:"这不是问题。只要你的指甲不掉在煎蛋里,而且不要再用这些副词了。"

从那一刻起,一切都变得很好。

我必须承认,雅各布是一个真正的煎蛋魔法师,他知道如何制作各种类型的煎蛋,配上香草、土豆、洋葱、奶酪,就像个大牌厨师长一样,他用杂技般的技巧让煎蛋在平底锅上跳跃。他告诉我,他是从和他生活在一起的墨西哥厨师那里学来的,因为他的父母经常在世界各地旅行。他的父亲其实是一名外交官,他的妻子也跟着他,因为似乎在这份工作中,必须有妻子的陪伴。呸!我绝不会嫁给一个外交官——要知道那些酒会是多么累人,所有人都在假笑和闲扯。即使你周游列国,到头来也得扮演一个漂亮的小雕塑,跟着一个老得不行的丈夫,因为雅各布的爸爸已经七十岁了,和我的外公瓦莱里奥一样!

所以可怜的雅各布才会有那种老套的做法,还用副词来表示夸大情况。他的爸爸岁数大了,他的妈妈是荷兰贵族。除此之外,他还在一所非常严格的寄宿学校里学习,他们强迫他穿上军装,就像军营一样!所以他才会津津有味地听我讲我的房子,我特别普通的爸爸妈妈，我们的狗，我的哥哥——他目前正跟一群朋友一起在欧洲旅行，去我不知道的什么民族音乐节。

总之，他让我觉得自己像个奇迹创造者。他用了超多的副词不停地对我说："你真幸运。我基本上也想住在郊区的公寓里……如果可以的话，我立刻就带一条狗回家！我有一匹马，当然是在乡下，我几乎没见过它……"

可怜的雅各布，我甚至最后还请他到我家，告诉他可以睡在厨房旁边的小房间里，而他都感动了！长话短说，我的值班还算顺利，不像埃莉奥诺拉，她和那个背信弃义的布兰多搭档，在我们的"私人时间"，也就是晚饭后的晚上，她对我说了各种各样的事情。

布兰多被宠坏了。他的父母离婚了，他和他的妈妈住在一起，他妈妈从小就是一名运动员，现在拥有一家体育连锁商店。当然，你永远不会知道布兰多是一个运动员的儿子，因为他很胖，而且很笨。他一碰什么东西，就会把它弄得一团糟。更不用说轮到他们的时候，会是怎样的情景！他们必须学会扬帆。布兰多在绞盘上绊了一跤，丢掉了帆脚索，抓住了帆杠，差点没掉到海里。然而，他不愿承认自己错了。对他来说，总是别人的错，如果没有别人，就是东西的错！

埃莉奥诺拉很可能成为受害者，但由于她不是那种会被人欺负的人，她和布兰多最终狠狠地打了起来，卡里姆花了很大力气才把他们分开,说服他们互相给对方道歉。

但她怀恨在心。

"家里出了问题,不是让大家买单的好理由。"她气愤地说。因为说到问题,她有很多,包括她的爸爸以及她爸爸的女伴——那个剃光头的人。更不用说他们的朋友了,他们看起来就像恐怖电影里走出来的。还有后院的两条斗牛犬,阻止她饲养一只猫。埃莉奥诺拉的妈妈是瑞典流行歌手,目前正在进行巡回演出,大部分时间会住在斯德哥尔摩,埃莉奥诺拉在圣诞节和8月份的时候就去那里度过几周。小可怜!如果我是她,我早就收拾行李去澳大利亚了,远离那帮疯子。但她的想法非常清晰。她告诉我:"我想成为一名古典芭蕾舞者。我已经学习了四年,三年后我想进入舞蹈学院。我的梦想是在斯卡拉大剧院跳舞!"

"吉戈怎么说?"我好奇地问道。她眉头皱得更厉害了。

"他说我还小,我会改变主意的,说如果我在电视节目里工作会更好,因为他认识所有人。但我讨厌那些粗俗的舞蹈,而我喜欢卡拉·弗拉奇①!再有,"她目不转睛地看着我说,"我不会改变主意,因为我一点也不小。"

在这一点上,她说得完全有理!

---

① 卡拉·弗拉奇(Carla Fracci,1936—2021),意大利著名芭蕾女主演。——译者注

一放学回家，我就马上扑到我的故事上。此时我正给肖恩发电子邮件，我很好奇，想知道他的意见！不过，与此同时，我还要继续写我的大纲，因为当你有激情的时候，就要一鼓作气。

我没想到写作这么有趣！在学校里，我觉得很复杂很难，我总是害怕说错一句话，觉得不能自由地用平常的词语讲述自己的故事……有时我甚至觉得自己写得像18世纪的文人——"当我看到眼前出现的人的步态后……"这都是因为我说服了自己，认为要想写好文章，必须模仿古典文学。但是还有一种折中的方式，介于文学和口语之间。这种折中的方式，就是用简单的方式讲一个当下的故事，这样就自由多了。因为我可以用我自己的风格，个人的风格，而不用担心去润色。

现在，无论如何，随着海盗黑杰克的登场，乐趣开始了！

黑杰克

航行到了第三天，我们已经相当默契了。甚至，说实话，我们有点忘乎所以了。那两个孩子已经记住了船上的术语，所以他们没有再去折磨卡里姆要解释。第二天，我们的船长已经想出了一个绝妙的主意，让两人中比较无聊的洛克负责设定航线。这个洛克的计算方式让人印象深刻，而且他对科学的认识也很深刻。如果他没有那稚嫩的声音和孩子的身材，我真敢发誓他是比尔·盖茨装的。显然，他长大想成为一名航天工程师，并为美国宇航局工作。

"看吧……为美国宇航局！"布兰多讽刺地说，"也许他们会带你走吧！"

"为什么不呢？爸爸说要送我去美国读大学。"洛克不耐烦地回答。

"去哪儿啊？"雅各布插话说，"因为爸爸答应我去哈佛。"

我们在座舱里玩"同花四十"[①]，我趁他们分心的时候，打出了最后三张同样的牌，赢了这把。

"现在还是先学会如何打牌吧。"我说。

我不得不承认，我和埃莉奥诺拉从一开始就有领导权。这很正常，因为通常男生在女生参与的时候会很尴尬。我们怎么能不利用这点呢？不管怎么说，还是这样比较好，否则雅各布在游轮上依然是那种小贵族，洛克和诺曼会一直扮演太空战士，而布兰多也会在几个小时内毁掉这艘船。

而雅各布却忘记了自己的衣柜，他的衬衫一直没有换过，到第三天的时候，衬衫已经变得相当脏了。而且他头发上还结了盐

[①] "同花四十"是一种源于拉米纸牌的广受欢迎的意大利纸牌游戏。——译者注

霜，因为他从来没有用过在英国药店买的那套药膏，所以脸都晒红了。

洛克和诺曼曾经向我和埃莉奥诺拉汇报，称我们为"老大"。谁知道他们的父母看到他们俯首于两个女孩会做何感想？因为诺曼的爸爸是一位企业家（就是那位打电话的先生），而洛克的爸爸是一个著名的会计师，显然他们希望自己的儿子（两个最好的朋友）继承他们的小帝国。但这两个人并不愿意在工厂或大型办公室里发号施令。反正洛克想登上木星，而诺曼长大后想当萨克斯手。

至于布兰多，他已经尽量试着减少麻烦，尤其是我注意到他对埃莉奥诺拉暗送秋波，尽管她第一天就给了他一个冷眼！

总之，在我们碰到那种海盗狂欢节化装舞会之前，一切都很顺利。我得说，即使在他们登船之后，我也一直认为这是一个愚蠢的玩笑，也许是现在电视上很流行的那种，在主角不知情的情况下进行的"真人秀"。我告诉自己，随时都会有其他电影摄影组从游艇的甲板下面出现。

但是几分钟过去了，什么也没发生。相反，黑杰克牢牢地掌握了我们的船舵，把我们的两个船长像香肠一样五花大绑起来，并锁在船头房间，然后没收了我们所有人的手机，狂笑着扔到海里。

"我多么喜欢这一刻啊！"他大喊着，把一个个手机扔了出去，"我是多么痛恨这些荒唐的东西啊！下去，喂鱼！"

我吓坏了！妈妈会因为没有我的消息而大发雷霆的。我们都有同样的想法，因为我们交换了恐惧的眼神。黑杰克笑得更大声了，然后嘲笑我们说："那现在你们怎么跟你们的爸爸妈妈说话，嗯？哦，他们多痛苦啊！他们再也不能对你说那些聪明的话了……你好，你在做什么？你在哪儿？你爱我吗？"他又笑了，"来吧，孩子们，现在真正的冒险开始了！"

我们最终落入了一个疯子的手中！我们谁也不敢吭声，更何况他的几个手下正恶狠狠地盯着我们。此时，两艘船正向海上驶去，游艇在前，我们的船在后。

黑杰克是兴高采烈，甚至开始高声地唱起一首歌。我听出了主旋律，低声对埃莉奥诺拉说："那不是电影《彼得·潘》里霍克的歌①吗？"

她点点头说："我想是的……我的妈呀，这个疯子想干什么？"

在我们身边，诺曼像一片树叶一样颤抖着，突然哭了起来。一个海盗傲慢地对他喊道："现在开始哭还太早了！还有更好的戏看呢！"

---

① 电影讲述一个会飞的淘气小男孩彼得·潘和他在梦幻岛的冒险故事，以霍克船长为首的一群海盗是他最大的威胁。——译者注

这时，诺曼开始颤抖得更厉害了，我抱着他安慰道："你看吧，"我在他耳边悄悄说，"这些骗子是跑不掉的。我们的父母们会报警。而他们最终都会进监狱。"

洛克仿佛听到了我的话，对着海盗抬起了下巴，表示反抗："你们绑架了我们！你们最后都会进监狱的。"

而那个海盗生气地回答他说："如果是说这个的话，我们已经进过监狱了！"

他们是刚逃出来的罪犯？他们为什么要绑架我们？他们要带我们去哪里？我绝对要弄清楚是怎么回事，然后做点什么。这里就需要无畏的米娅出手。于是我对黑杰克大喊一声，说："嘿，船长！你为什么要唱霍克的歌？"

他笑得很开心："因为他是我的英雄。"当然，作为一个海盗来说，这个黑杰克显得相当幼稚。

"彼得·潘的敌人？"我问道，"童话故事里的人物？"

"当然了！你不相信童话故事吗？"我摇了摇头，他冷笑道，"你年纪太大了不适合这些童话啦，嗯？"

"你呢，你是不是有点太老了，不适合听童话故事？"

"不，亲爱的。我的年龄正合适。你听听我相信的童话故事：从前，栅栏里有六只小母鸡。有一天，一个狡猾的农夫来绑架了它们，然后小母鸡们开始下金蛋，于是农夫发了财，从此过上了幸福快乐的生活。"

"我们是小母鸡吗?"我并没有被他吓到,问道,"因为如果是这样的话,你就错了,我的家庭是一个普通家庭,无法支付数十亿美金的赎金。"

"但每只小母鸡都会根据自己的可能性来下蛋。"他反驳道。而在说话的时候,他从胸前的口袋里掏出了一根大雪茄。一个海盗走过来为他点烟。"你的蛋将是一个小蛋,但别人会给我一个像鸵鸟蛋一样的大蛋!"

这时,诺曼又开始抽泣起来,结结巴巴地说:"我爸爸是个实业家……我是鸵鸟蛋!"

我很生气,这个蛮横无理的人占了六个手无寸铁的孩子的便宜,我勃然大怒:"你以为他们不会来找我们吗?我们的父母不会翻遍半个世界?直升机来了,你能把我们藏哪儿?"

"听着,宝贝,"他嘟囔着,抽着雪茄,"你以为我是傻瓜吗?海盗装和旗子只是我一时兴起。剩下的才是我的本职工作,我知道我在做什么。"

这时,埃莉奥诺拉捏着我的胳膊,小声地告诉我:"不要激怒他,否则他会伤害我们的。"

"我心里已经有了一个想法。"我小声地向她吐露。

这只是半个想法。此时此刻,我只能等着看我们将会到达哪里,我知道只有这样我的计划才会成形。

最大的快乐和幸福来了！！！

肖恩回信了，他十分赞赏我的故事（他还没看这一章）。他告诉我，我很风趣，我能够以一种非常可信的方式想象出整个故事。

不仅如此……他在船长卡里姆身上认出了自己，其实他并不在自己的故事情节中。相反，他的主线中还有一个叫雅各布的船长，但我有点把人物和他们的属性混在一起，有点像小学老师以前让我们处理童话人物一样。总之，肖恩非常高兴，用英语说，他把这儿一点，那儿一点的那些关于同胞的玩笑话都忽略掉了。（妈妈概括了孩子没人管，雅各布长得像威尔士亲王的表弟……）

但他又让我有点紧张，因为他问我这个埃莉奥诺拉是不是我一个朋友的画像。"你会喜欢她吗？"我想这样写给他。但你想做什么？到最后，所有的男孩都抵挡不住傻白甜，哪怕是一个从头到尾完全创造出来的角色！我承认我把珍妮的一些性格转移到了埃莉奥诺拉身上。为了描述这个勉强的家庭，我借鉴了一对住在海边的别墅里的夫妇，他们就住在外祖父母在维西莉亚的公寓对面。

总之，如果连一个有抱负的作家都掉进了小说的陷阱，那就说明我真的成功了！

肖恩不仅给我发了无数的赞美，评论了很多细节，还提出了

"海盗巢穴"的位置和设置方法。此外,他还根据他对海盗故事的了解,补充了一个关于船员的名字和特征的建议,而事实上,我并不具备这些知识。最后,他给我送了很多吻……但是,都是虚拟的!

在某个可以使故事变得更加令人兴奋的想法在我头脑中成形之前,我能做的只有在海盗巢穴背景下继续我的故事……

海盗的巢穴

我以为我们会登上某个因为神秘原因在地图上没有显示的不知名小岛,或是那种每十年才会从海底冒出来一次的小岛。但那是詹姆斯·邦德电影里的发明,相反,我们都立刻认出了那是厄尔巴岛的轮廓。我们很惊讶,游艇竟然全速向一个人流颇多的地方驶去。每个人都很欣喜地认为,警察肯定会立刻找到我们。

游艇从伴在我们船旁的帆船和橡皮艇边滑过,进入了一个私人的登陆地点——一个码头的近岸锚地,左边是一个船坞,我们的帆船就藏在那里。

从码头出发,海盗们让我们爬上桃金娘树丛和非洲柽柳之间的一条小道,来到一栋半掩在植被中的别墅。你能想象吗?那些从海面上看就像某个幸运富翁天堂的房子其实是海盗的巢穴!

在那里还有另一个男人等着我们,但他看起来相当无害。那是一个穿着短裤和T恤的矮小家伙，看起来相当激动。

"你们真的成功了！"他用一种尖锐的声音说，这泄露了他的极度焦虑。

"当然，钓鱼很顺利！"其中一名海盗说，"果然不出所料！"

"对啊……把小鱼们放进冰箱，"黑杰克说，"不要让他们发臭！"就这样，那些坏人们把我们锁在了别墅地下室一个潮湿黑暗的房间里。房间顶部有一个带栅栏的小窗户。

谁知道他们把我们关在这里能拿多少钱，可怜的幻想家！

"伙计们，我们得做点什么，"我小声说，因为可能有人在监视我们，"没有人能在这个地方找到我们。即使他们开着直升机找我们，也看不见我们的船。"

"你是对的。"雅各布同意，"但实际上，要想从这里逃出去是不可能的。谁知道外面有多少人？"

"我数了，有六个。"洛克指出，"但也可能有其他人藏在房子里。"

"你是对的。"我说，"也许还有一个头儿，因为我觉得这些家伙似乎不是很聪明。你们看到了吗？黑杰克是最不精神错乱的一个。其余的人看起来一个比一个更奇怪。"

"他们会向我们的父母索要赎金吗？"诺曼问。我点点头，大声说:"是的,但不是马上。你知道绑匪是怎么做的吧,对吗?他们会等几天,为的是吓唬我们的亲人。这是控制他们并阻止他们报警的一种方法。"

"我爸爸会亲手杀了他们。"埃莉奥诺拉脱口而出,她直到现在还在皱着眉头沉默,"他会来这里,把他们都干掉。"

这时,诺曼整个人都亮了:"我爸爸也会杀了他们,他会雇警卫,他会叫军队!"

"而且我妈妈会来掐死他们,她还会功夫呢!"布兰多狂热地说。

这些人都在做白日梦。我可能看不到爸爸妈妈打扮成海军陆战队员,黑着脸,冲进海湾,向海盗开枪,但却能很好地想象到他们的担心和不安。或许妈妈哭了,而爸爸日夜盯着电话,准备接电话。

于是我摇了摇头,还是小声地说:"伙计们,我们需要快速地、独自地做这件事。一旦他们给我们的家人打电话,就会发生很多事情。相反,他们想不到我们会立即做出反应。听着,洛克,你知道我们在哪里吗?"

"我可以画坐标。"

"好,让我们想办法离开这里。我们需要知道具体有多少……"

"如果这里有监控系统,"雅各布补充道,"例如闭路电视摄像头。"

"和狗。"专家埃莉奥诺拉说。就在这时,外面传来一些犬吠。我举起大拇指表示赞赏:"好样的!你是对的。"

"它们可能是杜宾犬。"诺曼说,他真是个胆小鬼。

"我不这么认为。杜宾犬太扎眼了。"雅各布安慰他,"它们可能是德国牧羊犬或者是马雷马牧羊犬……它们在这些别墅里比较常见。"

"是真的,"埃莉奥诺拉证实了这一点,"我爸爸为斗牛犬准备了很多文件,我们养的杜宾犬也给邻居带来了麻烦……但是没有人会注意德国牧羊犬,如果你训练它们,它们是能致命的。"

我们看起来像一个专家团队!此时,我的想法已经成形:"你们听听,我是这么想的。我是最不富裕的一个,所以我要努力让黑杰克认为我是站在他那边的。我会尽量让他告诉我更多信息。同时,洛克画坐标图,这样我们最终可以向警方指明我们的所在地。"

"是啊,但我们怎么离开这里?飞走?"埃莉奥诺拉问我。

"这也许是个主意。"我对她微笑。然后,我把视线转向所有人,低声说:"我们得上演一场群架。我的计划是……"我解释了我的想法。

忽然，我直起身子，推了布兰多一把："够了，你让我静一静吧！"

"你真笨！"他喊着，想扑向我，但雅各布用胳膊挡住了他。

"算了吧，她脑子进水了。"

我开始生气地大喊大叫，埃莉奥诺拉、布兰多、诺曼和洛克也开始这么做。雅克波甚至用荷兰语大喊大叫。

"发生什么事了？"一个男人打开门，后面跟着一个拿枪的家伙，"你们立刻停下！"

我用尽喉咙里的所有气力喊道："我要和船长说话！我不想和这些家伙待在一起！"

"那你就滚吧！"埃莉奥诺拉喊着，夸张地推了我一把。那人走到中间来把我们分开，大喊："你们安静！"

我的妈呀，酒臭味！他几乎站不起来。另一个则在空中挥舞着手枪，但他看起来比我们更害怕。所以，我怕他不小心走火，而他还在大喊："所有人都走开，都面对墙站着，不许出声！"

我的朋友们很快就顺从了，他们被那个似乎生平第一次拿起武器的男人的激动情绪吓坏了。与此同时，那个醉汉拉着我的胳膊，把我拉了出去："现在我带你上去，让老大做决定！"

在我出去的时候，另一个家伙锁上了门，脱口而出："这些可恶的孩子，我就知道会很费劲。"

我有一种可怕的怀疑,我认为这些人是菜鸟绑匪。显然看得出来,他们很害怕,而且动作笨拙,他们没有坏人的冷血。事实上,他们一出来,拿武器的那个都把枪从手里掉到了地上,好像枪烫手似的。醉汉喊道:"小心点,笨蛋!可能会走火!"

"但是没有,我没有开保险"。另一个人说,但他的声音在颤抖,他小心翼翼地捡起手枪,好像那是一件文物。

楼上,矮个子很激动,担心地招呼我们:"发生什么了?这个小女孩到这儿干什么?"

"打了一架,我带她去见老大。"

"打架?他们在楼下打碎了什么东西吗?"

另一个耸了耸肩,那个焦虑的家伙开始说:"如果他们把东西弄坏了,那可就麻烦了,唉……你们承诺过不会有任何损失的……"但那个醉汉却甩开他,打开客厅的门,拉着我和他一起往里走。

我承认,打群架的想法让我想起了肖恩和那个令人讨厌的胖子之间的斗殴。真是白痴!我甚至没问他怎么样!我真是个以自我为中心的傻瓜。现在我被这个故事迷住了,一切似乎都退居其次……

我马上给他发短信,为前几天我不敢问他事故结果而道歉,但他没有回复。我试着给他打了个电话,但电话挂断了。或许最好等他有空再读我的留言。

我想当个小作家　315

我要去厨房找点东西来塞牙缝。因为写了这么多，想象着这些就像电影一样的场景，我饿坏了。

路过客厅，妈妈正全身心地投入到夏天"整顿家务"的极限运动中（即卷起地毯，搬走所有的小玩意儿，用大花布遮住沙发），我从她的电话对话中捕捉到几句："米娅学习都学疯了，小可怜，她没日没夜地关在房间里对着电脑写东西，或者一头扎进书本里……哦，对了，她对初中三年级考试很认真……"

如果她知道我不是在为考试而学习，而是为写作学校的入学考试……但是，如果我被录取了，我就得说出来，然后……会发生什么？我不想去想它，因为一切还只是一种可能。

我最好回到我的写字台上，继续我的海盗故事。我吃了点布丁，喝了点果汁，然后再跳进厄尔巴岛的海里……

成为海盗

"你想要什么？"黑杰克多疑地看着我。

我站在他面前，他瘫坐在扶手椅上，这里似乎是别墅的客厅。当我走进来的时候，那个可怕的海盗正在看一个愚蠢的电视游戏节目，脸上表情傻乎乎的。但是当他看到我的时候，就变得很严肃，目光凶狠。我双臂交叉，紧紧地对上他的目光："我不想和他们待在一起。"

"为什么？说来听听！"

他没有关掉电视，电视继续叽叽喳喳，屏幕上闪过了耳朵被塞上的参赛者、鼓掌的舞者，而主持人非常专注于一些愚蠢问题的画面。这甚至连一场大学考试都不是。我把眼睛从电视上移开，回答黑杰克："因为我和那些富家子女没有任何关系。我不是有钱人，而且我已经知道我的父母支付不起赎金。"

"这意味着我们要立马把你扔去喂鱼。"黑杰克回答道。

"你要对我们的两位船长做什么？"我问，一点也不畏惧。

"为什么要把我们的生活复杂化？"他带着一种自满的笑意说，"杀两个人，让他们消失，增加我们的压力……不，这不值得。我们只是想让他们累一点，让他们在他们舒适的小船里待上两天，然后我们就把他们带到海边的某个地方，把他们留在那里。警方和媒体的注意力会集中在他们身上，而与此同时，我们还继续执行我们的计划。"

"为了不使自己的生活复杂化，你更没有理由杀死我了。"我立刻回应。

我说话的时候，目光又落在了电视上，因为电视里的音量加大了。事实上，主持人提高了音量，用戏剧化的语调宣布："十万欧元。问题是，逆风驶船意味着什么？"天啊！我这几天刚刚学过这个——这意味着让船头迎着风。如果我是参赛者，那十万块钱就是我的了！而那个家伙开始大汗淋漓，他大声地念出想要选择的答案选项："制作大麦""让船首迎着风""装饰一个花瓶""禁食半天""玩铁环和棍子"。参赛者犹豫了一下,我和黑杰克都等着他选正确的答案。

"无知!"我说,"他对航海一无所知。"

"怎么,你知道些什么吗?"他带着一丝讽刺地问道。

"当然!当要横渡的时候,可以逆风驶船,也可以顺风驶船。如果把船头对着风,就是逆风;而如果让风吹着船尾,就是顺风。"

这时,电视里的选手选择了"装饰花瓶"这个答案,我哼了一声,不屑地说:"不是!花瓶跟这有什么关系?上风舷是船的迎风面!"

这里,主持人假装遗憾地大声喊道:"答案是错的!太可惜了!你已经失去了一切!"

"如果是你在那儿,就可以赢下很多钱。"海盗说。这个人怎么说话的?让我觉得,他像从小时候爸爸给我读过的那些冒险故事里走出来的。"所以,你可以自掏腰包支付赎金。"他最后仍旧讽刺道。

"为什么不呢?"我皱着眉头,没有退缩,"我可以给你打工。"

"我不知道一个小女孩能干什么。"

"但我学得很快,我可能对你有用。"

我要全力以赴。黑杰克估量着我，说："是的，我看到了。你学得很快。"

"况且，过海盗的生活一直是我的梦想。"我说，尽量让自己的表达显得真诚。

"你太小了。"他说。

又来了！连黑杰克都开始像爸爸妈妈一样说教了！

"我不这么认为，"我噘着嘴说，"过去的见习水手们都和我一样大。"

"见习水手们都是男的，"他固执地反驳说，"你最多只能在厨房里帮忙！"

"看啊，已经有女海盗了！"我爆发了，因为这个黑杰克的老套想法开始让我紧张了。他可能是个海盗，但也是个大笨蛋。

"女海盗？瞧你说的！"他开始笑了起来。

"是的，亲爱的！"我生气了，向他吐露道，"在18世纪，有两个女海盗叫安妮和玛丽。"

"可是，你听着！她们又做了什么呢，打扫船吗？"

"根本不是！"我捏着拳头叉腰，向那个笨蛋解释，"她们像男人一样战斗，甚至……你知道她在夺取船的时候，只有她们两个人在战斗吗？"

"你是怎么知道这些事情的？"他说，他为了学我也双手叉腰。

"因为我喜欢这个故事并做了研究。而且我刚和你说过，我学得很快。"

"对。你学得很快。"他鹦鹉学舌地重复道。他慢慢地从椅子上站起来，也许是因为他的肚子比较大，这让他有点费力。他打量着我："所以你想当海盗？"

"是的。"

"你应该回答：'是，船长。'"

"是，船长。"我把胳膊贴在身体两侧，几乎立正。

"你会背叛你的朋友们吗？"

"他们不是朋友，船长。我三天前才认识他们。"

"你会抛弃你的家庭？妈妈和爸爸？"

他的眼神闪过一丝讽刺，但我眼都不眨："我想成为伟大的人，船长。"

黑杰克盯了我片刻："你以为我会信吗？"

天哪，这家伙怎么说话的！都是套话！于是我脱口而出道："如果你做海盗，那我也可以做，而且做得更好。"

"你在做什么？你在侮辱我吗？"

"无意冒犯，但你说话像在一部老电影里。如果你是从电影里学会做海盗的，那我可以做得更好。"

这时黑杰克突然开始笑起来，笑声粗犷、响亮，把我吓了一跳。然后他对我说："看看这个小不点的个性！好，我喜欢你！"他拍拍我的肩膀,继续说:"我向你承认,我十二岁就开始做不良少年,但从来没有后悔过。你更小,但你比我聪明多了。"

对此我一点也不怀疑。

就这样,我变成了一个海盗。因为我要演好我的角色,所以我决定打扮成一个真正的海盗,于是我向黑杰克要求去帆船上拿我需要的东西。显然他不信任我,所以他让一个叫巴托洛的手下陪我下去。他没有酒味,也不怕枪,但他一脸心不在焉的,仿佛是在长期待机中。为了扮演凶悍的歹徒角色,他手里拿着一根棍子,在陪我下船之前,他对我说了句话:"如果你想骗我,我就给你当头一棒。"

他和我一起去甲板下面,默不作声地看着我做的一切。于是我打开大家的行李箱,我找到一件条纹T恤和一条七分裤,一条头巾,一双运动鞋,还有一件雅各布的带金色纽扣的蓝色外套。

"好吧,我得换衣服了。"我对巴托洛说,他似乎没明白。"我得脱衣服,然后再穿衣服!转过去!"

他又把棍子展示给我看,并重复说:"如果你想骗我……"

"是的,我知道,你会给我当头一棒。"他高兴地笑了笑,然后转过身去。这个团队里没有一个人有幽默感。

我迅速换好衣服,照着镜子检查自己。我只缺一条带剑的腰带，于是我拿起乔安娜的干粮袋，斜挎在左肩上。完美！我已经准备好成为征服七大洋的恐怖米娅了！

我走在巴托洛的身边，他挥舞着棍子，就像是拿着光剑的欧比旺·克诺比①一样，我回到房子里，黑杰克在那里夸我这副打扮地道。

"你暂时没有武器。"他告诉我，"但如果你乖乖的，我就给你一把刀，也许能派上用场。"

这个头脑简单的人，他不知道，我口袋里有两颗信号弹和一把折叠刀，是我在船上趁着巴托洛发呆的时候捡到的。

首先，我必须和那些还不知道发生了什么的朋友达成一致。所以我请求黑杰克让我陪那些给人质送饭的人一起去。

"我也要去，"他开心地说，"我要去看一场好戏！"

于是两个狱卒，我和黑杰克，我们依次下到地牢。我一出现在房间里，我的朋友们都惊呆了。

"卖身投降！"布兰多立刻喊道，从地上爬起来，"你这个叛徒！"

"你会为此付出代价的！"埃莉奥诺拉喊道，"你也会进监狱的！"

---

① 欧比旺·克诺比是《星球大战》中的人物，是一位绝地大师，他的一生富有传奇色彩，在帮助整个银河系实现它的宿命过程中做出了不可磨灭的贡献。——译者注

"懦夫！叛徒！"他们都在喊。

在那片混乱中，黑杰克似乎享受得不得了，他把一只手放在我的肩膀上，保护着我。我没有动，但他想了想说："你们的朋友决定加入我们。她选择了自由，而不是生活在溺爱中！"他说话像往常一样，像个漫画人物，"从现在起你们要小心她哦！"

这时，我走上前去，让自己与埃莉奥诺拉面对面。

"你会后悔把我当傻瓜的！"我对她吼着，为了让场面更有戏剧性，我拉着她的头发。我希望我没有让她受太多伤，虽然她低下头呻吟。我挡住她的手，假装在防止她的攻击，把我准备好的纸条递给她。埃莉奥诺拉握紧了拳头，咬牙切齿地威胁着。

"你会为此付出代价的！"

一离开房间，黑杰克就夸我："作为一个小女孩，你还真行啊。"

他的套话真无聊！

我已经找到了一种方法来使用这些说法。可怕的齐佩尔警告我们永远不要使用它们，否则就让我们不及格。准确地说，我觉得这应该取决于如何使用这些表达方式。如果有人说"这不是世界末日"，那意思并不是真的世界末日。

无论如何，我太累了！我一直在不停地写，现在感觉两眼都能看到重影了。所以，别管齐佩尔了，我最好什么也别干了。

我想当个小作家

***

肖恩终于给我发信息了！天哪，现在是晚上10点，我已经戴着耳机躺在床上了。手机振动得像只小鹿，上面出现了一条令人振奋的信息："对不起，我因为要校对完我的小说，所以关机了。你能关心我那场打架的事真是太好了。但我已经忘记它了，我有更重要的事情要做。你继续写了吗？"

"我已经写了不少。你的小说题目是什么？"

"阿瓦隆骑士团。"

"真棒！我真想马上一睹为快。"

"我很重视你的意见！想你了。"

最后一句话给我的感觉就是电击的效果！

"我也想你。"我飞快地打字，然后加上"吻"。

他没有回复，于是我花了整整一刻钟的时间反复读他写给我的内容，感觉甜甜美美的。

我已经睡了一段时间了，这时我的手机嗡嗡作响，像一只巨大的蚊子。我睁开眼睛看时间，半夜12点10分！"如果我错过了你的光明，那对我来说，是一千个糟糕的夜晚。"这不但让我无法入睡，甚至差点晕倒了！

今天早上，我欣喜若狂，天一亮就醒了（这是很难得的）。并且立刻打开电脑，因为我想尽快把我的故事写完！

开展调查

如果这是一伙绑匪，那我就是超人。这是一群由黑杰克带头的乌七八糟、精神不太正常的人。黑杰克的头脑当然是最敏锐的，他不得不照顾一切。因为只要他一个不留神，手下人就会陷入麻烦。

比如说，那个浑身酒臭的人，在厨房里点炉子，就把额头上的一缕头发点燃了，还成功地烧到了鼻子。我想这世界上还没有人发生过这样的事情呢！

另一个人，在岩石上不小心踩了刺猬，在尖叫和咒骂中，花了很多时间把刺拔出来。而巴托洛穿着木屐在浴室里滑倒了，踢开了淋浴间。绝望的矮个子不停地在别墅的房间里跑来跑去，追着这个或那个海盗。于是，我就知道了他是看门人。因为这栋别墅属于一个家庭，那家人平时在城里，每年8月，都会来这里度假。我想知道为什么看门人会有接待一群坏人的这种想法。好吧，其实这不难知道。获取信息是很容易的，因为这些笨蛋不知道如何保持沉默，尽管他们认为自己可以。

这是一个我与巴托洛对话的例子。我之所以选择他，正是因为他是所有人中最不聪明的:"巴托洛,在这个别墅里有摄像头吗?"

"我不说,我什么都不说。"

"我知道,你是一个真正的硬汉。"

"没错!"这时,他眼里发出骄傲的光芒,"我是一个真正的硬汉。"

"你不需要摄像头。你只要有眼睛和耳朵就够了。"我用严厉的语气坚持说。

"是的,我很清楚,你觉得呢?而且,这里没有摄像头。"

"连前门都没有?"

"没有,有沃尔夫和布兰卡就够了。"显然,这是两只德国牧羊犬,埃莉奥诺拉对狗的类型做了正确的判断。于是我坚持:"狗们怎么才能听你话呢?它们不认识你,为什么不攻击你?"

"嘿嘿……因为我们很狡猾!"

谁说不是。简直是狐狸!巴托洛对我眨眨眼,我猜测道:"它们听费尔迪的,不是吗?"费尔迪就是焦虑的看门人。巴托洛惊讶地看着我:"你怎么知道?他告诉你了吗?"

"我也有一只狗,我知道狗会怎么表现。"

"那如果你说'坐下',它会服从吗?"

"不见得。"我回答说,一瞬间我想起了罗比,它永远只做自己想做的事情。

你看，从这些家伙嘴里知道东西多容易！我不明白他们怎么会想到要绑架我们。

在巴托洛之后，我转向了马里奥，就是那个来地下室找我的时候把枪掉在地上的人。他现在因为被刺猬扎了脚，脚上缠着绷带。有了这个借口，他就把时间花在了玩一个非常古老的电子游戏上。

"你打破纪录了吗？"我这样问，只是为了诱导他上钩。他摇摇头，整个人都被游戏给吸引住了。然后我暗示："如果你变有钱了，你就可以买一台游戏机。"

"这正是我心中所想。"他说，勉强看了我一眼。我继续说服他："或者一台电脑，你把几百万的游戏都放进去。"

"我不知道怎么用电脑啊。在牢里他们给我们上了一节课，但我对这些东西一窍不通。"

"你为什么进监狱？"

"入室盗窃。"

"你在一间公寓里偷东西了？"

"我偷开了一辆越野车，他们立刻抓住了我。我只是想兜风，并且会在晚上把它送回来。我向警察解释了，但是那些人很顽固！"

我摇摇头："唉，警察真是不懂啊！毕竟，借辆车开一开有啥关系呢。"

"是啊,但那次不行,他们把我关起来了。"

"那次?那不是第一次吗?"我觉得自己已经变成了一个律师,善于狡猾地审问客户,让他们讲出自己的人生故事。

"总之,一个可怜的基督徒得吃点东西。到处都是心不在焉的游客。"

"哦,是的。有钱的美国人。"

"不,不要美国人。他们只有信用卡,毫无用处。最好是那些东边来的家伙,他们坐长途客车来,一坐就是半天;或者是那些老家伙,他们拿着满满一袋钱到处给孙子、孙女买礼物。"

"行了吧,马里奥!别告诉我你偷老太太们的东西。"

他耸耸肩:"为什么不?我不是也老了吗?"

"没那么老,因为你是海盗,又要把孩子关起来……"我挑衅他。然后他压低了声音说:"你能保密吗?"

"怎么不能?"我把手指交叉放在嘴唇上。

"我们就要结束了。明天晚上就有人来接你们。"

"啊,是吗?谁会来啊?"

"知道该怎么做的人。"说到这儿,马里奥也闭上了嘴巴,而我还是小声对他说:"为什么?你不知道你要做的事吗?船长不知道自己的事吗?"

"当然,"他骄傲地说,"但这些人都是专家。"

"你是说你们要把我们送到另一帮人那里去?我也和你们

一起？"

他耸耸肩说："他们出了个好价钱。"

所以他们的计划是：他们绑架我们，然后把我们卖给一个真正的诈骗犯。看门人费尔迪也参与其中，因为得把我们藏在一个不引人注意的地方一天。毕竟，费尔迪和马里奥是很久的朋友，费尔迪欠他一个人情。似乎三十年前马里奥为他打过掩护，他们和另一个人一起试图抢劫海滩上的一个小卖部。即使它的结局很糟糕，马里奥也非常喜欢回忆这段情节，谁知道为什么。

"我们那时还是孩子，多开心啊！"他开心地笑着说，"多么美好的时光。我们以前经常搞各种恶作剧！有一次，我们为了让自己看起来像北非人，给自己抹上黑霜，假装在沙滩上卖东西。那次皮诺很厉害，他看起来就像一个阿拉伯人！"

"谁是皮诺？"

这时，马里奥意识到他说得太多了，然后立马换了话题："很明显，目的就是为了偷钱包和黄金制品。女人们去海边总是戴着满满的珠宝，简直是太好了！直到某一刻，那只笨鹅才发现我拿了她的手镯，并叫来了救生员，一个大男人……那次的结局也很糟糕。"我问自己这些人是如何谋生的，他们一定是预订了监狱。而那些笨拙的人还真以为绑架我们是他们人生的"转折点"！我相信真正的歹徒一定会在短时间内除掉他们，这些可怜的家伙……他们连一分钱都见不到，更别说是游戏机了！

> 无论如何，他们没有跟我和我的朋友们算账。其实，是时候脱去海盗米娅的外衣，换上带给大家自由的米娅的衣服了。

妈妈又来我的房间探头了，一脸感动地看着我："米娅！你还在学习？"

我迅速关闭文件。"我必须完成一件事……"我结结巴巴地说，但我看起来一定很惊慌，因为妈妈越发懊悔，抱着我说："亲爱的，这只是一次简单的考试，你不用担心。你一直都很好……"

"但今年，齐佩尔的考试情况不太好。"

"你说什么呢，宝贝？教授很看重你。"

"也许吧……无论如何，我想做好充分的准备。"

"首先你不用牺牲自己，来吧，来吃早餐。你睡得好吗？"

"一千个糟糕的夜晚，对我来说。"我傻傻地说着，重复着肖恩发给我的精彩句子。

"你连莎士比亚都引用？"她说。

"什么？"我眨了眨眼，好像不太明白。

"是啊，这是《罗密欧与朱丽叶》，你考试要考它吗？"她越问越温柔，因为都知道妈妈喜欢戏剧，去年她参加了《罗密欧与朱丽叶》的演出。那是一场相当难以理解的演出，因为没有人在朗诵，他们只是在做一些不审慎的动作，同时一个喇叭在播放一些句子的片段。当我们去厨房的时候,我嘟囔着说了句"是",然后我问她:"其实我想问你,你有脚本吗?"

"当然,虽然画了一些下划线,你知道……我们做了很多努力。"

"我能想象。"我圆滑地说。虽然说实话从表演上看,他们并不像真的用心研究过诗句……

我迫不及待地想让在学校的上午快点过去,现在都是考前的预测。我大脑的一部分被留在了海盗的巢穴里,是时候逃离了!

准备逃跑

绑架案发生在昨天上午。整整一天过去了,现在警报已经响起。我们的父母会认为我们遇难了,在某个荒凉的海湾里迷路了,可能还受了伤!收音机被人动过手脚,手机在海底……

他们很有可能在离这里更远的地方寻找我们。航行计划中把詹努特里岛作为今天的目的地。我想象着宪兵轻型护卫舰在那座岛的海岸上检查,而我们却藏在这里。今天早上,一架直升机正好从我们头顶上飞过,但从上面看,飞行员只能看到松树间的白色屋顶和停在海湾里的一艘游艇。总之,没什么异常的。

我的朋友们在地下室里过了一夜,我不能下楼,因为海盗们都要轮班看守。但他们让我在楼上的房间里睡觉,所以我可以看到整个房子。这是一个两层的平行六面体：一楼是客厅、厨房和两个小卧室；楼上紧锁的房门，应该是卧室和浴室。经过无数次的商量，费尔迪把我安置进了一个有双层床的小房间，就在一个小浴室的旁边。当我们爬楼的时候，它就正对着最后一个台阶。我注意到一个梯子通向一个小门廊，从那里，可以到达屋顶，那是一个俯瞰海湾的巨大露台。

现在我已经摸清楚了一切，我真的需要在日落之前做点什么了，因为今晚那帮真正的绑匪就应该到了，谁知道他们会带着我们赶往哪里。

昨天午饭时，我偷偷递给埃莉奥诺拉的那张纸上写着一切就绪，我去放他们走的时候会给他们一个信号。但是整个下午和晚上都过去了，我再也没有出现过。我一直在和海盗们聊天，试图和他们取得联系。他们现在把我当成吉祥物了，以至于他们有点不高兴把我交给下一伙人。黑杰克说他会考虑的，他可能会要求把我排除在被绑架的人之外，因为我换不了几个钱。而且我可以加入他们。你知道，这是个不错的前途！

我想我的朋友们很担心我，因为今天早上，当巴托洛给他们送早餐的时候，他们问起我的消息，那个傻瓜回答说："她现在是我们中的一员，你们为什么要担心？"

于是，在早上，我假装从地下室通往花园的小窗前偶然经过并且往里扔了一块包着纸的石头。环顾四周后，我把弹簧刀也扔了进去。纸条上写着:"下午三点离开那里。用这个开门。"

我想布兰多会处理好的,他是破坏东西的专家。此外,我也不知道房间的钥匙在谁手里,可能是黑杰克,但我想无论如何也不可能说服他把钥匙给我,也不可能从他手里拿走。只有在电影里才能设法从监狱门前熟睡的狱卒手中取走一串钥匙!

在我看来,下午2点30分是最佳的行动时间。那时天气非常炎热,很少有人能够保持清醒,特别是上夜班的临时绑匪。

在船上,我们这个时候通常会躺在船帆的阴凉处,或者在甲板下听着拍打水面的声音,看一些东西。

我想,在这栋矗立于海边的白房子里,在不停的蝉鸣声下,没有人能睁得开眼睛。石头像玻璃片一样反射着阳光,蒸汽从地面升起,使地平线上的物体变得模糊,诱发了人们的深度睡眠。

2点30分前不久,正如我所猜想的,凶猛的海盗们也不可避免地感到了困顿。醉汉鼻子缠着绷带打着鼾,躺在花园的吊床上;巴托洛坐在窗下的台阶上,把头枕在胸前;马里奥在一楼的小房间里,以脚受伤为由,直接把自己撂到了床上;最后是年纪最大、总是独来独往的弗朗科,他开始在厨房的桌子上打牌。另外,我发现弗朗科是半个聋子,听别人说话有点困难。就连永远无法保持静止不动的费尔迪,也坐在了沙发上,并试图做着填字游戏,但他的头渐渐垂下来,最后几乎贴到了胸口上。

黑杰克坐在电视机前的椅子上。如果不去帮助梦之神莫斐斯,也许他会保持清醒!

"你在看什么?"我问。

"没什么,一部电影。"

"你介意我看一下一级方程式赛车①吗?"

"看啊,一个热爱车的女孩。可是,你知道你真的很奇怪吗?"我想说,那得看是谁说的,但我只是回答他:"对我们女孩你有太多东西不了解。你没有妻子或者女朋友吗?"

"我曾经有,但我离开了她。她太无聊了。"他皱起眉头。但我马上意识到他在撒谎,我认为他的妻子是因为受不了这个不成熟又有犯罪欲望的胖子而和他分手的。

与此同时,我坐在沙发上,收听一级方程式赛车,仿佛那是我在这个世界上最关心的事情。如果你想找一个能让失眠者也入睡的节目,那么最理想的就是在夏日里看一场赛车大奖赛了!事实上,不到5分钟,黑杰克已经在打鼾了,我可以开始行动了。

有一些让人无法动弹的小技巧连孩子都知道。比如在鞋底抹上很多油脂,我对黑杰克的鞋子就是这样做的,不过我用今天早上在浴室里拿到的肥皂代替油脂。我也想对费尔迪做同样的事,但我怕他马上醒过来,然后他就穿上人字拖了!我偷偷跑去

---

① 指世界一级方程式锦标赛,简称F1,是国际汽车运动联合会举办的最高等级的年度系列场地赛车比赛。——译者注

厨房。

"你要干什么?"独自玩牌的老人问我。

"加餐。"

"去外走廊?"他疑惑地问我。

"加——餐——"我一顿一挫地说,然后他摇摇头嘟囔着:"已经?哟……这些孩子!"

我打开架子,拿起狗饼干,临走前我把厨房钥匙塞进口袋。一到花园,我就把醉汉的鞋带绑在一起,然后把一个花瓶移到巴托洛头的正上方,这样当他站起来的时候,花瓶就会落在他的头上。然后,我向拴在一棵松树下的狗们走去。看到我奇怪的动作,它们已经竖起了耳朵。我撒开它们的牵绳,还把一盒饼干倒在它们的眼皮底下,说:"来这儿,使劲吃!"

"你在这里做什么?"费尔迪的声音让我心惊肉跳。

"没什么,我给狗带了些饼干。"

"一些饼干?"他生气了,从我手里抢过包装袋。这时,沃尔夫开始抱怨了。

"听话,你!"费尔迪命令道。不过沃尔夫看起来很生气。男人吓得往后退,一个跟跄,摔倒在地。狗慢慢靠近,对着他。

"坐下!坐!"费尔迪低声说,尝试用各种语言下达命令。我扶着他坐下,用狗绳把他的双手绑在背后,而沃尔夫一直盯着他。

"你在做什么?"他气急败坏地对我说,他很害怕那条狗。我把头上的头巾拿下来,塞进他嘴里,这样他就叫不出来了。

"没什么,我只是在玩印第安人的游戏。"我说,我把绳子固定在树上。狗继续盯着他,我则拍拍它的头,说:"沃尔夫,好孩子,看着他。"

我赶紧回屋解决马里奥,他正在床上打瞌睡。我把他的房门锁上,然后我回到厨房,把忙着打牌的半聋老人那间房给锁上了。

我终于向地下室跑去,我的朋友们已经成功地撬开了锁,并且已经在楼梯顶上了。我低声说:"快,我们上别墅房顶上去!这边走!"

当我们冲上楼时,海盗们被骚动惊醒,试图反击。醉汉跳出吊床,结果因为鞋带的原因,脸朝下趴在地上。因为他的鼻子已经受伤了,所以他就像被压路机碾过一样开始尖叫。

巴托洛,不出我所料,一抬起头来,就被花瓶打中胸口,最后被打趴在地上了。厨房的门被老头用拳头猛击,他大喊:"警报!警报!"

房门也被大喊脏话的马里奥用拳头破坏了。与此同时,黑杰克已经迷迷糊糊地醒了过来,跳了起来,可刚想走两步,就像踩在冰上一样滑倒了,最后摔在了地上。(当我在那里的时候,我在地上抹了很多肥皂,所以效果加倍。)

我们的时间不多,要赶在那些疯子出来之前。我们爬上别墅的屋顶,用椅子和一张小桌子堵住了通道门。显然,这些椅子和小桌子是主人在外面用餐和欣赏风景用的。

这时,我发射了第一颗信号弹,在天空中形成了一条长长的光迹,一缕缕红色的烟雾向上飘散。

"我们必须做点别的事情,"雅各布说,"为了让直升机看见我们的信号。我们在屋顶上写一个巨大的SOS。"

"那我们该怎么写呢?"我问他。

"用衣服,用鞋子……用我们身上穿的一切!"

我们迅速脱掉衣服,留下内衣。我们把所有的衣服摆成一个巨大的S形,然后我们躺下,用我们的身体组成一个巨大的O和另一个S。习惯了芭蕾舞编排的埃莉奥诺拉为我们讲解如何放置身体。

在我躺在地上之前,我把第二枚信号弹发射到空中。它看起来就像一颗彗星迷失在白色的天空中,有那么一瞬间,我感到一阵寒意,怕没有人注意到那个求救信号,那个关系到我们所有希望和祈祷的光点。

我真希望英语测验能顺利通过,因为我经常为自己的故事情节分心。

所以,一回到家,超快地吃完午餐后,我就开始写这一章。

在这一章中,我加快了叙事节奏(在所有的小说中,当到了紧要关头,就会真正地加速)。爸爸也很担心我突然勤奋学习。就在几分钟前,他从办公室一回来,就敲开了我的门,来问我的情况。他一定是注意到了满屏的字,问我是不是已经在写准备提交的考试论文了。

"一定意义上是。"我含糊其词地回答,但我担心这样的回答会让他产生怀疑,如果他让我读这一页呢?我说:"这更像一个故事,一个有待发明的故事。"

爸爸的脸上显露出轻松的表情,谁也不知道为什么,好像写故事和写科普报告相比,并不是那么费劲……但我在这里很努力,因为我想做到最好,所以我不断地通过重读章节来纠正我意识到的重复。我谨慎地使用动词,尤其注意拼写,因为有时候形式上的错误会影响到其他的一切……

总之,现在爸爸已经从我的房间里出去了,我继续朝大结局推进。我很清楚,为了连贯逼真,这个故事需要一些外力的帮助,有点像老电影里说的"我们的人要来了"。

我们的人到了

令人不可思议的是,在某些时刻,时间似乎永远不会流逝!我们在那里,脚对着脚,或者手挨着手,摆成O形和S形,希望救援能在一瞬间到来。但时间一分一秒地过去，却什么也感受不到。

而下面，却出现了很大的骚动。喊叫声，家具被搬动，震耳欲聋的敲击声，各种咒骂声，狗叫声，还有黑杰克的叫嚷："你们跑不掉的！我们来抓你们了！"

楼梯上的脚步声、砰的关门声、流水声……海盗们正在恢复体力。尽管烈日把我们的腿和胳膊晒成了棕色，我们却在这里瑟瑟发抖。

但警察要多久才能来？

一定会有人看到信号弹。在海上，总有一艘金融或宪兵护卫舰监视着船只，如果近海触发警报，他们随时可以介入。再说，我们的父母从昨天开始就没有我们的消息了，他们肯定会疯的，一定是启动了紧急状态。

那为什么没有人找我们？为什么没有直升机马上过来？我们在一个到处都是人的岛上，但在这个屋顶上，我们却感到孤独和绝望！

脚步声越来越近了。接下来，黑杰克和他的手下们就开始敲击露台的门。

在我旁边组成S的诺曼开始抽泣："完了！他们会再抓住我们的！"

"不要动，诺曼。他们还没有抓住我们。"我对他说，"在他们来之前,我们待着别动。"

敲击声停了几分钟,然后又开始了,但这次他们的声音更大,更有节奏,仿佛是在用斧头。而事实上,到了第六下,就听到了巨大的破碎声!门塌了,桌子被弄坏了,海盗们在我们堆积在门前的木块、椅子和东西中开路。他们大喊大叫,生气极了。但黑杰克,一看到我们躺在屋顶上,就大笑起来:"你们在做什么?玩装死?现在还不是时候。"

就在这时,听到空气中传来一阵声响,好像有人突然启动了一台巨大的搅拌机。

"那是一架直升机!"洛克喊道。

黑杰克抬头一看:"一架金融直升机!该死的多管闲事的人!"

我们从海面上等来的直升机,突然从山丘后面出现,此刻就像一只巨大的蜻蜓,在屋顶上打着转。我们依旧蜷缩着身子,而飞机却悬在我们的上方,搅动着空气,仿佛想好好给那个愚蠢的海盗、偷孩子的贼一记响亮的耳光。

坏蛋们赶紧逃跑,黑杰克愤怒地跺了一下脚,就急急忙忙地冲向一楼。这时我们起身,向直升机举起手臂,直升机继续盘旋,直到突然恢复高度。

"它要干什么?把我们留在这儿?"我们面面相觑。

"它将寻找一个落脚点。"洛克猜测。与此同时,我们听到游艇驶离港湾的声音。我们跑到护栏上看了看,看到宪兵护卫舰正悄悄地朝海湾处前进。用他们喜欢的一句话来说——黑杰克完蛋了。

海盗们试图徒步逃跑,但这座别墅很偏僻,附近没有村庄。在一个只有一条路、所有执法部门都高度戒备的小岛上,抓捕这些疯子特别容易。黑杰克想随游艇一起下水入海,绕过护卫舰,但在宪兵的船上,上士用喊话筒向他喊道:"雅各布,别再胡闹了,放弃吧。"

原来,海盗黑杰克的真名叫雅各布·内罗尼,他是一个"普通"的罪犯,就像在军营里的上士告诉我们的那样。

我们所有人都聚集在那里。我们这些孩子、两个饿得要死的船长,还有坐着小飞机来到岛上的爸爸妈妈们。不过,与出发时相比,爸爸妈妈们似乎多了一倍,这次还有洛克的爸爸妈妈、诺曼的妈妈,甚至还有埃莉奥诺拉的瑞典妈妈,他们都在哭着和我们拥抱。

上士告诉我们,雅各布·内罗尼是监狱里进进出出的少年犯之一,他总是以小偷小摸、欺骗、赌博和欺骗为生。总之,上士说得好像这是小事,但对我来说,这听起来很严重。所以我不再犹豫,我问:"对不起,上士,如果雅各布一出狱就开始偷窃或欺骗,为什么不把他一直留在监狱里?"

他笑着说:"因为你不能把一个人永远关在监狱里。除非他很危险，是个杀人犯。"

"但他一直在偷！"洛克插话说。

"而且每次他都说他会洗手不干了。但这次他闹得有点大了。"

"一个小骗子怎么能想出这样的计划？"雅各布的爸爸问。

"是啊，这就是问题所在，"上士说，他脸色变得阴沉起来，"雅各布和他的人只是打小工的。计划是转移孩子。雅各布知道他不可能进行谈判，也不可能逃脱调查人员的追捕，所以他把'儿童套餐'卖给了勒索专家。"

"这个马里奥也跟我说过，"我插话道，"但那些人怎么知道在这么多船中，谁在哪艘帆船里呢？"

"有人通知了他们，有人知道那艘船上有企业家的儿子……"

"马里奥说过一个名字，一个他和费尔迪年轻时的朋友。"

"什么名字？"上士盯着我说。我能感觉到大家的目光都在注视着我，我透露说："某个皮诺。"

"皮诺？"诺曼的妈妈脸色苍白地惊呼，"不会是那个皮诺……我们的管家吧？"

好吧，管家们过去总是在雇主背后密谋。

我忍不住在最后放了一个小小的揭露，和背叛主角的"内鬼"来个转折。

我答应过爸爸妈妈，今天不会太晚，但现在离结局很近了——大团圆结局篇。

明天我得重新阅读所有的内容，修改、打印，然后交上去，因为申报要到期了。

而且明天，我终于要和肖恩见面了。因为他也将从他的小说中解脱出来。此外，他还什么都没有告诉我！

回到船上

总之，事情是这样的：皮诺在诺曼家的别墅里做了几个月的管家。本想一有机会就去抢房子，结果却得知诺曼要出海旅游，皮诺和马里奥就和雅各布商量了一下，他们三个人都相信，抓住孩子们是小儿科。比起试图闯入企业家到处是报警系统的别墅，危险性要小得多。此外，除了诺曼，还会有其他有钱人的孩子可以榨油。

这将是他们一生中最大的犯罪。非常简单，因为他们不会染指要赎金、谈判和可能的长期监禁这些事。由于他们三个人不可能策划这样的犯罪，他们结交了一群朋友——看门人费尔迪、非法停车的傻子巴托洛、一个退休的扒手弗朗科，还有一个倒卖赃物挣两个钱的酒鬼。而这些人,将是凶猛的海盗!

"你们做得很好,"上士说,"但你们冒了很大的风险。"

"没那么大。"我说。我的理由很充分。我们不能碰到一群无比傻的人,才让我们显得超级勇敢!

我正在码头上,和大家一起吃晚饭。我们继续说我们的历险记,而爸爸妈妈们则轻松地聊天。现在,他们彼此之间笑着开玩笑,接受埃莉奥诺拉爸爸提议的吵闹祝酒:"敬我们所有的小朋友,平安无事!敬这美好的陪伴!敬我们美好的家庭!"

我们发誓要保持联系,再组织一次航行旅行,因为这次旅行在最美好的时刻被打断了。

忽然,洛克提高了声音。

"你们看!这是我们的船!是'盖亚'!"

我们都站起来,眼睛看着大海。除了停泊的船只,在港口的另一边,白色的船体在地平线上露出一点尖儿。我们赶紧离开餐厅,跑到码头上。

太阳已经落山了,天空都是粉红色的。在那边,就在染上了紫色、蓝色的海面之上,扬起了大三角帆。那独特的、火红的颜色。我们着迷地盯着它。因为它看起来就像一颗巨大的心脏在浩瀚的海面上跳动。

我完成了!

我把全文都修订了……

我打印了……

我上交了!

但我没有让肖恩读这个故事，现在我就在广场的角落里等他。

我们约好在秘书处见面，一起上交我们的作品。但我来得很早，焦虑不安，把所有的事情都做了，现在的我就像一只潜伏的鹰。最重要的是，肖恩迟到了，我一直在看表，我觉得它走得非常缓慢。

我终于看到他从远处出现，他走得相当慢，好像还很早似的。我忍住不跑到他面前，试着控制住自己，就像我第无数次地盯着报亭易碎的底稿一样。当他够近的时候，我傻乎乎地挥着一只手，为了让他看清我。突然我觉得他在加速，片刻之后他靠近了我。

然后发生了一些我根本没有预料到的事情。我花了半个小时在他身上做白日梦，想象着问候和聊天。他对我微笑着，一句话也没说就紧紧地拥抱着我，我觉得自己在融化和蒸发。我还没来得及说什么，甚至还没来得及叹息，他就把嘴唇贴在我的嘴上，吻了我一会儿，瞬间让我忘记了时间，甚至驱散了我最后一丝忸怩。

记叙文写作学校

阿图罗岛

被录取者

塞雷娜·布兰迪

贾科莫·伯通切利

埃曼诺·布索尼

诺米·科恩

辛西亚·库特鲁菲利

玛丽安·德索托

丹尼尔·菲格拉

亚历山德拉·日耳曼尼

费德里卡·吉尔吉诺

♡ 肖恩·汉密尔顿 ♡

乔治娅·基亚罗斯塔米

斯特拉·拉皮尼

马可·罗·普雷斯蒂

米娅·玛尔塔莉娅蒂

亚历山德罗·米拉贝拉

玛蒂娜·帕斯奎西

安德里亚·里斯托里

丽贝卡·塞伯

朱莉娅·辛蒂尼

皮耶罗·扎诺托

请稍等片刻，在目录之前……

我还有话要说。首先，事实证明我被写作学校录取了；然后是我通过了初三的升级考试，也许是因为我考得太好，爸爸和妈妈不仅没有因为我偷偷地做了这一切（报名等）而生气，反而很感动，甚至把这件事告诉了半个世界，以至于现在连面包师都夸我了。

我正在收拾行李，准备下一次出发。多么激动人心啊！你们猜猜我第一件事是把什么放在背包里？它现在是我的护身符——我宝贝的旧米娅日记。